Himmelseher · Tödliche Gier

Volker Himmelseher

Tödliche Gier

Teneriffa-Krimi

Zech Verlag

Bibliografische Information:
Die Deutsche Nationalbibliothek verzeichnet diese Publikation in der Deutschen Nationalbibliografie; detaillierte bibliografische Daten sind im Internet abrufbar über http://dnb.dnb.de.

Tödliche Gier. Teneriffa-Krimi

www.zech-verlag.com · Tel./Fax: (+34) 922 302596

Text:	Volker Himmelseher
Umschlag:	Karin Tauer, unter Verwendung eigener Zeichnungen und Fotos
Druck:	Gráficas La Paz
Dep. legal:	J-2483-2011

ISBN 978-84-938151-4-1
Printed in Spain

Vorbemerkung des Autors

Dieser Roman ist in ein regionales Umfeld gebettet, das mir in mehr als zehn Jahren ein Stück zweite Heimat geworden ist. In ihm sind viele unvergessliche Eindrücke verarbeitet, welche die vielen »Auszeiten« auf der Sonneninsel mit sich brachten. Die Geschichte selbst sowie die in ihr handelnden Personen sind frei erfunden. Ähnlichkeiten mit realen Vorkommnissen oder auch Zeitgenossen sind rein zufällig und nicht beabsichtigt.

Ein besonderer Dank gebührt meiner Ehefrau Michelle, den Familienmitgliedern und Freunden, die die gemeinsamen Aufenthalte auf Teneriffa, im eigenen Heim in der Urbanisation Lomo Román, zu den Glücksmomenten machten, die sie immer wieder waren. Wesentliche Unterstützung erfuhr ich durch Frau Ingrid Wilkening, die mir mit ihrer kritischen und gründlichen Lektoratsarbeit beiseite gestanden hat.

Dr. Volker Himmelseher

Das Wetter auf Teneriffa spielte zurzeit verrückt. Noch vor kurzem hatte im Orotava-Tal Weltuntergangstimmung geherrscht. Die schlimmsten Regenfälle seit vier Jahrzehnten waren heruntergeprasselt. Dieser unvorstellbare Herbstregenguss setzte Straßen und Wege unter Wasser. Selbst die Autobahnen wurden unpassierbar, denn die Wassermassen konnten vom knüppelharten Boden nicht mehr aufgenommen werden. Gewaltige Niederschlagsmengen strömten sturzbachartig durch die Barrancos und liefen die Hänge hinab. 180 Liter pro Quadratmeter in 24 Stunden ließen reißende Schlamm- und Geröllmassen entstehen, die selbst Autos mit sich schwemmten. Menschen und Tiere kamen zu Schaden.

Der beginnende Herbst machte sich bald mit neuen Strafen bemerkbar. *Calima*, Hitze, Sand und Staub aus Afrika hießen die Plagen! Die Temperatur nahm ständig zu und wurde für alle Kreatur unerträglich. Ein Hitzeschild stand wie eine Wand über der Insel - kein Luftzug, keine Erfrischung. Selbst der stets kühlere Norden litt unter der Glut, die aus bleischwerem Himmel auf das Land drückte, obwohl die Sonne hinter milchigen Schleiern kaum zu sehen war.

Nur manchmal öffnete sich das wolkenverhangene Grau. Doch es ließ nicht das übliche, strahlende Blau hervor. Es war vielmehr das Türkis eines mit kleinen, gefährlichen Äderchen durchzogenen Opals, das die Hitzewelle begleitete und das Meer mit giftig grünlichem Schimmer verzauberte. Die Luftfeuchtigkeit war langsam aber sicher ins Bodenlose gesunken und die Gluthölle aus Afrika hielt die Frühlingsinsel fest in ihren Fängen. Auch das Atmen fiel den Inselbewohnern schwer. Ihre Nasen waren andauernd trocken und innen rau wie Sandpapier, sodass sie beim Naseschneuzen schmerzten.

Touristen, die Woche für Woche zu Hunderttausenden einflogen, waren entsetzt. War das wirklich die Insel des ewigen Frühlings? 220 Sonnentage im Jahr, nicht über 30 Grad im Sommer und nicht unter 20 Grad im Winter hatte man ihnen versprochen! Sie wollten einen schönen Urlaub erleben, stattdessen kamen sie nun am besten mit dem Wetter zurecht, wenn sie in den Hotels blieben und nichts taten!

Die meisten Einheimischen dagegen konnten nicht einmal zu Hause bleiben, denn ihre Arbeit musste weitergehen. Sie konnten nur sehnlichst darauf hoffen, dass bald der Passatwind zurückkam, um eine Wetterwende einzuleiten. Erfahrene Insulaner wussten, dass selbst die Rückkehr des Windes nicht unbedingt das Ende des Übels bedeutete. Der Wind konnte neuerlich drehen, wieder heißen Sand aus der Sahara herbeibringen und alles mit ockerfarbenem Schleier überziehen.

Rien ne verais plus! Nichts würde mehr gehen. Der Flughafen würde gesperrt, genauso wie der Fährbetrieb zwischen den Inseln. Die Bananenplantagenbesitzer würden um ihre Ernte bangen; die sowieso schon verärgerten Herbsttouristen würden endgültig durchdrehen! Sie mussten nun nach Hause zurück, um ebenfalls wieder zu arbeiten und wurden durch die Unbilden der Natur daran gehindert.

Erst wenn dieser heiße Wind endgültig seine Kraft verlor, war mit Besserung zu rechnen, denn nur ein stabiler Passatwind konnte die Hitze fortblasen und das gewohnt milde Klima der Kanaren wieder aufbauen. Dann erst konnte das Großreinemachen beginnen. Der Sand lag in den Häusern auf Möbeln, Teppichen, auf technischen Geräten und selbst auf den Vorräten; in den Gärten auf Beeten, Pflanzen, den Abdeckungen der Swimmingpools und den Gartenmöbeln; in den Geschäften und Supermärkten auf den Regalen und Waren. Er musste nun sorgfältig weggefegt werden. Man durfte mit der Reinigung jedoch nicht zu früh beginnen: Morgen, *mañana*, war oftmals besser! Die Plage könnte schließlich zurückkommen, und dann hätte man umsonst geputzt!

Was Calima sonst noch alles mit sich brachte, war noch gar nicht richtig erforscht. Man wusste nur, dass Bakterien, Pilzsporen und Viren mit dem Saharawind auf die Insel getragen wurden, mitunter todbringende »Gäste«. Die erbarmungslose Hitze besiegte aber auch Hemmung und Moral der Menschen: Calima war die Zeit vermehrter Verbrechen und Untaten auf der sonst meist friedlichen Insel und auch dieses Mal sollte das sechste Gebot, welches fordert: »Du sollst nicht töten«, in der Höllenhitze des Leidens gebrochen werden!

Das neue Lokal in der früheren Garage lockte mit großer Schrift über dem Eingang: »*Guachinche Pedrito, abierto de 7 a 11 horas, cerrado los domingos*«. Hier, an dieser Straßenecke, war ihr morgendlicher Treffpunkt.

Die Bauarbeiter Alberto Alonso und Diego Sánchez trafen sich um 7 Uhr 30 hier am Anfang der Avenida Venezuela, Urbanisation Lomo Román, Santa Úrsula, um gemeinsam zu ihrer Baustelle zu gehen. Diego rauchte genüsslich und wurde von Alberto dafür wortreich gerügt: »…du schimpfst dich Sportler und willst ein guter Ringer sein«, schloss er vorwurfsvoll seine Vorhaltungen.

»Mein Großvater sagte immer, der liebe Gott raucht auch. Wo kämen denn sonst die vielen Wolken her?«, gab Diego patzig zurück.

Die beiden jungen Männer passierten die Unterführung unter der Autobahn und registrierten in ihrer Morgenmüdigkeit nicht einmal den hohen Geräuschpegel der vielen Autos. Mit dem kleinen weißen Wachhäuschen hinter der Unterführung begann die eigentliche Urbanisation Lomo Román.

Das Häuschen hatte mit einer Schranke die Einfahrt in diese »bessere Gegend« schützen sollen, war aber nie zum Einsatz gekommen. Inzwischen war es ziemlich verfallen und heruntergekommen. Getränkedosen und Zigarettenkippen lagen hier auf dem Boden. In ihm turtelten, besonders in den Abendstunden, gerne Liebespaare. An den Wänden waren die Namen vieler Liebenden verewigt. Auch Diegos Name prangte dazwischen zusammen mit dem von Mercedes, Albertos Schwester, obwohl die leider nichts von ihm wissen wollte. Diego hatte seine kleine Schwester in Verdacht, ihre Namen dort hingeschmiert zu haben. Er wollte sie schon längst entfernen, denn das Gekritzel bot seinen Freunden immer wieder Grund, ihn zu hänseln. Nach seiner harten Arbeit war er dazu aber bisher immer zu müde gewesen oder hatte anderes vorgehabt. So musste er sich auch diesen Morgen wieder von seinen Kollegen veralbern lassen.

Mit der Mahnung »*Se ruega respetar las plantas*«, bitte die Pflanzen respektieren, versuchte ein Schild am Rand der Straße die grüne Lunge der Urbanisation zu schützen. Diego sah eine Möglichkeit, das Thema zu wechseln. Er pieselte grinsend in die Hibisken: »Ich respektiere sie nicht nur, ich dünge sie sogar«, lachte er zu seinem Freund hin.

Auf mittlerer Höhe ging von der Avenida Venezuela die Calle Orinoco ab. Dort stieß Marco Fuentes zu ihnen. Er wohnte in einer der Seitenstraßen in einem ärmlichen Altbau, nicht weit entfernt von dem prächtigen Haus ihres Arbeitgebers Delgado Sociedad Anónima, S.A.

Die drei Männer sollten für Delgado die Treppenstufen ausbessern, die vom Wendehammer der Avenida zum Atlantik hinunter führten. Der Weg wurde inzwischen nur noch wenig benutzt, weil er stark verwildert und kaum noch begehbar war.

Die Urbanisation hatte sich in den letzten Jahren zum exklusiven Wohnort begüterter Bürger entwickelt, aber die drei Burschen kannten die Gegend von früher noch ganz genau. Sie hatten schon als Kinder unten am Meer Tintenfische harpuniert und stolz zu manchem Mittagsmahl ihrer Familien beigetragen. *Pulpo guisado* oder *pulpo a la gallega* mochte jeder auf der Insel!

Ein Blick zurück zeigte ihnen, dass der Teide immer noch im Hitzedunst verborgen lag. Der Tag würde wieder schwer zu ertragen sein.

Ein Hahn krähte. Waren sonst auf der Insel die Hunde mit ihrem anhaltenden Gekläffe die Herren des Morgenerwachens, so waren es in Lomo Román die Hühner und Hähne. Ein Einheimischer hatte vor längerer Zeit einige von ihnen auswildern lassen. Im unzugänglichen, kakteenbewachsenen Freiland zwischen den Häusern hatten sich die Tiere schnell vermehrt und bestimmten nun mit penetrantem Gegacker und Kikeriki zum Leidwesen vieler Residenten allzu früh deren Aufwachzeit. Eine ältere Dänin hatte versucht, ihre Nachbarn zu überreden, die Tiere abzuschießen. Die meisten Anwohner hatten sich jedoch zähneknirschend dafür entschieden, die Naturgeräusche weiter zu ertragen. Es gab schließlich immer weniger davon. Ein an die Mauer geklebter Zeitungsartikel wirkte bei der fortwährend gackernden Geräuschkulisse grotesk: »*Un vergel en Santa Úrsula, un auténtico paraiso alejado del ruido y la contaminacion donde se oyen pájaros*«. Ein Ziergarten in Santa Úrsula, ein wahres Paradies fernab vom Lärm und Umweltschmutz, wo Pflanzen gedeihen und Vögel singen.

Mehrere Eidechsen hatten sich bei der frühmorgendlichen Wärme nach draußen gewagt und verschwanden blitzschnell wieder in den Mauerritzen, als die drei jungen Männer bergab an ihnen vorbeitappten.

Aus den schwarzen, gelochten Gummischläuchen, die in den Beeten entlang des Straßenrandes lagen, plätscherte leise Wasser. Das war bei der herrschenden Trockenheit dringend nötig. Die vielen blühenden Pflanzen, Hibisken, Strelitzien, Bougainvillea, Oleander und Trompetenbäume dankten es mit intensivem Farbenspiel.

Die drei Arbeiter waren leicht gekleidet, kurze Baumwollshorts und Muskelshirts ließen viel Luft an ihre Körper, aber auch die war heiß.

Die jungen Männer hatten gedrungene, athletische Ringer-Figuren. Tatsächlich waren sie leidenschaftliche *Luchadores* und liebten ihren Nationalsport, der auf der ganzen Insel betrieben wurde und auch viele Touristen als Zuschauer anzog. Santa Úrsula, ihr Heimatort, war eine Hochburg für *Lucha Canaria*. Teams von zwölf Ringern traten dabei gegeneinander an. Ihr Ziel war, den Gegner mit spektakulären Bewegungsabläufen in dem mit Sand gefüllten Rund, genannt *Terrero*, auf den Boden zu werfen. Mit diesen Übungen konnten sie sich stundenlang beschäftigen.

Plötzlich wurde ihre Morgenroutine jäh unterbrochen. Die Männer schraken zusammen: Unten am Wendehammer, auf den ersten Stufen des Abstiegs zum Meer, direkt hinter der hüfthohen Mauer, lag zwischen blühenden Bougainvillea-Ranken der leblose Körper eines Mannes. Irgendetwas bewegte sich an ihm. Schlief er vielleicht nur? Ihr Schreck ging schnell in Grusel über. Er musste tot sein! Die Bewegung kam nicht von ihm selbst. Aus seinem rechten Nasenloch krabbelten vielmehr zwei große Ameisen hervor.

»*Boquiabierto y muerto*«, mit offenem Mund und tot, stellte Marco fest. »Und der Tod ist bunt«, ergänzte er mit Blick auf die prächtigen Bougainvillea, die sich um die Leiche wanden. Marco wollte trotz seines gehörigen Schreckens lässig erscheinen und versuchte, seine Betroffenheit durch flapsige Sprüche zu übertünchen.

Die drei identifizierten den leblosen Körper schnell. Es handelte sich um den deutschen Residenten Erwin Stein, der in einer Villa gegenüber dem Einstieg zum Meer wohnte. Stein war Witwer, das wussten sie. Zumindest zu Hause vermisste ihn also niemand.

Diego wollte ebenfalls von seiner aufgewühlten Gefühlslage ablenken und fragte seine Freunde: »Wisst ihr, wie man einen Mann nennt, der 90 Prozent seiner Denkfähigkeit verloren hat?«

»Witwer«, antwortete Alberto genervt.

»Aber der arme Kerl hier hat gar keine Denkfähigkeit mehr!«

Per Handy riefen sie die Policía Nacional zum Fundort der Leiche.

Inspektor Vicente Morales erschien mit der Spurensicherung und dem Polizeiarzt in weniger als zehn Minuten.

»Ich bin sicher, hier handelt es sich um Mord«, entschied er nach erstem Augenschein.

Ein junger Polizist, der seinen ersten Toten sah, fragte entsetzt: »Wer macht denn so etwas?«

Morales verbesserte ihn rechthaberisch: »Warum wurde das gemacht, und wem nutzt es? Das sind für uns wichtigere Fragen. Die Antwort darauf führt uns nämlich direkt zum Täter!« Der Teniente hatte in dem jungen Kollegen endlich wieder einmal ein geeignetes Opfer gefunden und fuhr mit seinen Belehrungen fort: »Mit den forensischen Untersuchungen beginnt man schon am Fundort einer Leiche. Mit Regen müssen wir nicht rechnen«, ergänzte er sarkastisch, den Blick auf die staubtrockene Gegend gerichtet. »Wir brauchen also keinen Wetterschutz«, fügte er für den Neuling erklärend hinzu.

Morales ließ die Fundstelle weiträumig absperren und wies seine Männer an, die gesamte Umgebung nach Beweismitteln abzusuchen: »Vom Zentrum aus spiralförmig nach außen, Fußabdrücke, Reifenspuren, Haare, Fasern, Blutflecken, einfach alles.« Er hatte eine Stimme, die zu befehlen gewohnt war und wusste sie auch zu nutzen: »Bevor ihr die Gegenstände einsammelt, markiert ihre Position und fotografiert sie, lieber zu oft, als zu wenig. Fehlende Bilder lassen sich später nicht wiederholen. Keiner von euch rührt den Toten an, bevor der Doktor mit ihm fertig ist!«

»Wir sind doch keine dummen Schuljungen«, zischelte einer seiner erfahreneren Männer leise vor sich hin. Ein Kollege verstand ihn trotzdem und nickte zustimmend.

Doktor Mendoza, der Polizeiarzt, machte sich an die Arbeit und diagnostizierte schnell: »Tod durch Erschlagen von hinten und zwar mit einem stumpfen Gegenstand! Sie haben Recht, Teniente, es war Mord, keinesfalls Selbstmord.«

Der Mediziner betonte, dass der Täter mit aller Gewalt zugeschlagen haben musste. »Der Schlag ist so hart gewesen, dass er mit hoher Wahrscheinlichkeit nur von einem Mann erfolgt sein kann, im äußersten Fall von einer sehr starken jungen Frau. Der Täter muss, so wie der Schlag ausgeführt wurde, Rechtshänder sein. Unter dem Kopf der Leiche ist eine große Blutlache. Alles deutet darauf hin, dass der Fundort auch der Tatort ist.«

Was nun getan werden musste, war Routine. Der Doktor verabscheute sie: Er hatte, zur Bestimmung des genauen Todeszeitpunktes, die innere Körpertemperatur des Toten mit Rektalmessung zu ermitteln. Die Temperatur sank normalerweise in den ersten zwölf Stunden etwa eineinhalb Grad pro Stunde. Das war der Anhaltspunkt für die Bestimmung.

Mendoza machte den Rücken des Toten frei und schob dessen Hose und Unterhose runter. »Aha, keine Schleifspuren an den hinteren Körperteilen. Das erhärtet meine Vermutung: Der Fundort ist der Tatort!«

Der nackte Rücken des Toten zeigte allerdings merkwürdige blaue Flecken. »*Livor mortis*, die blauen Flecken des Todes. Wenn das Herz nicht mehr schlägt, zirkuliert das Blut nicht mehr. Die roten Blutkörperchen sinken in die Körperteile ab, die auf dem Boden liegen, und färben sich innerhalb weniger Stunden blau«, dozierte Mendoza in die Runde. Dann führte er das Thermometer bedächtig in den After ein. Nach einem längeren Augenblick zog er es mit stoischer Miene wieder heraus und las den Wert von der Skala ab: 32,5 Grad!

»Die Verfärbung des Rückens und die Temperaturhöhe deuten darauf hin, dass das Opfer höchstens drei bis vier Stunden tot ist. Bei dieser Hitze sind die Richtwerte jedoch nicht ganz brauchbar. Sie müssen mir deshalb einen gewissen Spielraum einräumen«, wandte er sich an Teniente Morales. »Die Leichenstarre hat jedenfalls noch nicht eingesetzt.«

Am Rande der Blutlache unter dem Kopf war auf der Steinstufe ein blutiger Fußabdruck zu sehen. Der Arzt wies darauf und meinte: »Der kann natürlich von einem der drei Burschen sein, die den Toten gefunden haben, aber genauso gut vom Mörder. Das wird erst durch die Spurenauswertung geklärt werden können. Auf jeden Fall sollte man Abdrücke von den Sohlen der Drei nehmen, damit das benötigte Vergleichsmaterial vorliegt.«

Der Inspektor nickte zustimmend. Als er sah, dass der Arzt keine Anstalten mehr machte, mit seinen Untersuchungen an der Leiche fortzufahren, wies er seine Leute an, nun auch am Opfer selbst Spuren zu suchen. »Fremde Haare, Hautfetzen oder Fasern, seht nach Verdächtigem unter den Nägeln, vielleicht hat es vor dem Mord einen Kampf gegeben!«

Die Mordwaffe wurde nicht gefunden. Wenn der Täter sie in die Kakteen oder Dornenbüsche des Abhangs geworfen hatte, war sie wohl für immer verschwunden. Die stacheligen Pflanzen bedeckten den ganzen Berghang und machten ihn außerhalb des Weges unbegehbar und uneinsehbar. Dort etwas zu suchen, war schier unmöglich. Ein Versuch kam der Suche nach einer Nadel im Heuhaufen gleich!

Inspektor Morales machte sich nun selbst an das Verhör der drei Arbeiter: »Könnt ihr was zu dem Toten sagen?«, begann er seine Befragung.

Diego reagierte am schnellsten: »Das ist Señor Stein, der hat sein Haus dort drüben.« Mit seiner Rechten wies er auf die Villa jenseits der Straße.

»Gut, das hilft uns schon weiter«, lobte ihn der Teniente. »Habt ihr hier irgendjemanden gesehen?«, fragte er weiter.

Sie erinnerten sich an einen Schwarzen, der in den letzten Tagen hier mehrmals herumgestreunt war. »Womöglich kampiert er in einem der leer stehenden Häuser oder wurde von Señor Stein beim Einbrechen überrascht«, mutmaßte Marco. »Viele der Anwesen werden nur als Ferienhäuser genutzt, sind ideale Unterschlupfplätze und für Einbrüche bestens geeignet«, erklärte er weiter.

Der Kerl wurde für den Teniente sofort zum Hauptverdächtigen. Sogleich ließ Morales die benachbarten Grundstücke absuchen. Ein aufgebrochenes Toilettenfenster im Kellergeschoss eines der Häuser wies seinen Männern den Weg.

Nach kurzer Suche fanden sie in einem der unteren Räume einen verängstigten Eindringling. In dem halb dunklen Raum roch es nach Angst und Schmutz. Weiße weit aufgerissene Augäpfel leuchteten ihnen aus dem Dämmerlicht entgegen. In die breiten Wangenknochen des Schwarzen waren Stammeszeichen eingeritzt. Trotz seiner jämmerlichen Gesamterscheinung sahen sie bedrohlich aus.

Um ihn herum war reichlich Diebesgut aufgetürmt. Ein Flachbildfernseher, eine Stereoanlage, mehrere aufgerollte

Teppiche, Bilder, Schmuck und anderes Gerät waren darunter. Neben dem Mann lagen ein Glasschneider und ein Stemmeisen.

Weiterer Beweisstücke bedurfte es nicht! Der Kerl war mit Sicherheit im Haus auf Beutezug gewesen. »Hausbesetzung, versuchter Diebstahl und wohl auch Mord sind Gründe genug, ihn festzusetzen«, entschied Morales, froh, so schnell erfolgreich zu sein.

Zu ihrer Überraschung fanden die Beamten in den Taschen des Verdächtigen einen sudanesischen Pass. Er hatte sich hier offenbar recht sicher gefühlt. Sonst traf man selten bei solchen Kerlen auf einen Hinweis zur Identität. Ali Machoud hieß der Mann, er war vermutlich ein Illegaler, einer der Bootsflüchtlinge von der nahen afrikanischen Küste.

Inspektor Morales befand, dass hier unten vorerst nichts mehr zu tun war. Die Leiche und alle Fundstücke ließ er abtransportieren. Ali Machoud brachte man zum Verhör aufs Revier. Der Verhaftete folgte allen Anweisungen der Beamten sofort und widerstandslos.

»Gott sei Dank! Er spricht Spanisch. Wir brauchen keinen Dolmetscher«, stellte der Teniente fest.

Als die jungen Männer wieder unter sich waren, begann Marco gegen Diego zu sticheln. Mercedes Alonso, die Schwester Albertos, hatte man oft bei dem ermordeten Deutschen gesehen. Es wurde gemutmaßt, dass Diegos Angebetete in »ausländischen Gärten« genascht hatte.

»Mercedes ist nun wieder solo, wie schön für dich, Diego! Du hast doch wohl nicht nachgeholfen?«, lachte Marco zu seinem Kumpel hin.

Diego reagierte erbost, und auch Alberto fand Marcos Äußerungen gar nicht lustig. Schließlich gingen sie gegen seine Schwester und damit gegen die Familienehre!

»Halt dich geschlossen«, fuhr er Marco wütend an. »Sonst setzt's was!«

Die Männer nahmen schweigend ihre Arbeit auf. Sie hatten schon viel zu lange nichts getan.

Auf dem Polizeirevier in Santa Úrsula ging es zu wie in einem Bienenstock. Seit mehr als 15 Jahren hatte es im Ort keinen Mordfall mehr gegeben. Entsprechend groß war die Aufregung.

»Führen heißt schnell reagieren«, sagte sich der Revierleiter und gab die Parole aus, der Fall sei eiligst zu lösen. Es war bereits Mitte Oktober, und am 21. Oktober fanden die Fiestas *Patronales de Santa Úrsula* statt. Die durften durch nichts beeinträchtigt werden. Er hatte nicht vor, alle im Ort gegen sich aufzubringen. Der Mörder musste rasch überführt werden. So wie es aussah, musste er ja nur noch gestehen!

In der Stadt verbreitete sich die Nachricht von dem Mord wie ein Lauffeuer. Ein Gerücht jagte das andere. Der eine wusste zu berichten, der Mörder sei schon überführt und gefasst. Der nächste beteuerte, der Täter sei noch unerkannt und könne jederzeit wieder zuschlagen. Überall in den Straßen bildeten sich Grüppchen, die miteinander debattierten. Einer der Einheimischen meinte trocken: »Was für ein Glück, dass es keinen von uns getroffen hat.« Dem war nichts hinzuzufügen! Ein besonders Ängstlicher unkte jedoch: »Das kann ja noch kommen. Ich glaube nicht, dass sie den Mörder wirklich schon haben.«

Einige Neugierige liefen zur Polizeistation, um sich nach Einzelheiten zu erkundigen. Die Polizisten kamen den Anfragen nicht mehr nach. Es herrschte bald allgemeines Chaos auf dem Revier.

Ali Machoud grübelte in seiner Zelle. Er saß kerzengerade, sein Körper war steif wie ein Stock. Mit dem Zeigefinger kratzte er sich an der Messerstichnarbe an seinem Bauch. Er fühlte sich wie ein eingesperrtes Tier. Sein Blick hetzte umher, die Augen waren weit aufgerissen. Sein Puls schlug ungleichmäßig. Schweiß stand ihm auf der Stirn.

›Was werden die wohl mit mir machen?‹, dachte er voller Angst.

In dem Moment hörte er, wie ein Schlüssel in der Zellentür gedreht wurde. Die Tür öffnete sich. Ein Wärter trat ein, der ihn aufforderte, ihm zu folgen. Der Polizist war nicht unfreundlich, registrierte Machoud. Da war er aus seiner Heimat Schlimmeres gewöhnt!

Er wurde in einen hell beleuchteten Raum geführt und sah sich darin ängstlich um. Auf einem langen Tisch stand allerlei technisches Gerät. An seinem Ende war auf einem Stativ ein Fotoapparat aufgebaut. ›Der ist bestimmt für Erkennungsfotos‹, dachte Machoud und wurde nervös.

Was der Beamte von ihm wollte, verstand er nicht sofort. Doch als der ihm alles nochmal erklärt hatte, ließ er sich mit klopfendem Herzen Fingerabdrücke abnehmen. Nachdem sie mit der Prozedur fertig waren, nahm Machoud den hingehaltenen Lappen mit zitternden Händen und reinigte seine Finger gründlich. Er nahm sich Zeit. Diese Zeitspanne bedeutete eine kleine Atempause nach all dem Schreck.

Nun musste er sich zum Fotografieren auf den Stuhl setzen. Bei einem Foto seiner Seitenansicht kam sein geschlitztes Ohr richtig zur Geltung. Als das Blitzlicht zum ersten Mal aufflammte, zuckte Machoud mächtig zusammen.

»Der glaubt wohl, er würde erschossen«, lachte der Polizist dröhnend zu seinem Kollegen hin. Er scherte sich einen feuchten Kehricht darum, dass der Gefangene ihn verstand.

Machoud erduldete die Frechheit regungslos und schwieg. Er wollte aufkommendes Missfallen vermeiden.

Schließlich führte ihn der Beamte in den Verhörraum. Dort saßen bereits zwei Polizisten an einem Tisch und sahen ihn kalt an. Neben einem der Beamten stand das Aufnahmegerät. Der andere Polizist sah Machoud an, zeigte auf den leeren Stuhl und forderte ihn mürrisch auf, Platz zu nehmen.

Machoud tat alles, ohne zu zögern. Er schwitzte leicht. Sein Hemd klebte bereits an seinem Rücken. Er hatte Angst vor dem, was nun kam.

Der Kommissar blätterte in den Unterlagen vor sich und begann ohne Umschweife mit dem Verhör: »Sie heißen Ali Machoud?«

Der Gefangene nickte.

»Bitte antworten Sie mir mit Ihrer Stimme, unser Gespräch wird aufgezeichnet«, sagte Morales.

»Jawohl«, wiederholte Machoud mit gutturaler Stimme und setzte hinzu: »Ich bin sudanesischer Staatsbürger.«

Die Stirn des Kommissars krauste sich, doch er entschied sich, versöhnlich zu bleiben: »Sehen Sie, es geht doch! Aber trotzdem sollten Sie bitte nur auf das antworten, was Sie gefragt werden.«

Seine nächste Frage schloss er sofort an: »Wo sind Sie geboren und wann?«

»In Khartum am 15. Oktober 1972.«

Der Inspektor verglich die Angaben mit den Vermerken in Machouds Pass und gab sich zufrieden. Sie waren identisch.

»Sie werden mehrerer Straftaten verdächtigt, ich muss Sie belehren, dass Sie sich einen Anwalt nehmen dürfen«, fuhr er fort.

Machoud lehnte das ab.

›Gott sei Dank‹, dachte Morales. Jetzt blieb ihm wenigstens der obligatorische Satz aller Anwälte erspart: ›Die Inhaftierung meines Mandanten bei dieser dünnen Indizienlage ist ein Skandal!‹ Keine Haftbeschwerden also, jetzt musste nur noch ein Geständnis her, und daran wollte er arbeiten.

»Da hatten Sie aber eine ganz schön lange Reise, bis auf unsere Insel«, stellte er fest. »Haben Sie für Teneriffa überhaupt eine Aufenthaltsgenehmigung?«

Machouds Blick wurde unsicher, dann stotterte er: »Ich, ich verstehe nicht, was Sie meinen.«

»Haben wir auf einmal doch Sprachschwierigkeiten?«, fuhr ihn Morales spitz an.

»Haben Sie ein amtliches Papier, welches Ihnen den Aufenthalt auf der Insel Teneriffa gestattet?«, wiederholte er seine Frage mit anderen Worten.

Machoud überlegte kurz, wie er antworten sollte. »Ich bin ein Flüchtling, Señor«, erwiderte er wie zur Entschuldigung.

»Dann sind Sie wohl auch in das Haus geflüchtet, in dem wir Sie gefunden haben«, stellte der Teniente mit nun schärferer Stimme fest.

»Nein, ich weiß, es war unrecht, was ich dort tat, aber ich brauchte eine Unterkunft und hatte kein Geld«, erwiderte Machoud mit leiser Stimme.

»Das wollten Sie sich wohl mit den zusammengetragenen Wertgegenständen besorgen?« Der Inspektor blieb bei der eingeschlagenen schärferen Gangart.

»Gott möge mir verzeihen, ja, das wollte ich, Señor«, antwortete Machoud kleinlaut und senkte sein Gesicht zu Boden.

»Und dann kam Ihnen der Bewohner des Nebenhauses in die Quere und musste sterben«, folgerte der Inspektor messerscharf mit einer Stimme wie ein Peitschenhieb.

Machoud zuckte zusammen. »Welcher Bewohner, Señor? Ich kenne keinen Bewohner. Das Haus war leer. Ich habe auch niemanden getötet, das schwöre ich bei Gott!«

Morales schob ein Foto des toten Erwin Stein über den Tisch direkt vor den Gefangenen hin. »Schau dir den Toten ruhig an. Wir haben ihn direkt vor dem Haus gefunden, in das du eingedrungen warst. Nun sag mir ins Gesicht, dass du mit seinem Tod nichts zu tun hast!« Morales war vor lauter Ärger in das nicht statthafte »Du« verfallen.

Machouds Augen hatten sich bei seinem Wutausbruch erschrocken geweitet. Er schüttelte heftig den Kopf, blieb aber stumm.

»Du hattest Angst, er suchte nach dir, und da hast du…«

»Nein, nein, nein«, jaulte Machoud auf.

Morales versuchte es zur Abwechslung auf die sanfte Tour: »Hat dich der Mann vielleicht angegriffen, und du hast dich nur gewehrt? Dann wäre deine Tat Notwehr.«

Der Schwarze gab ihm erneut keine Antwort. Er witterte instinktiv die ihm gestellte Falle.

Morales musste sich schwer zusammenreißen, Machoud nicht an den Schultern zu packen und so lange durchzuschütteln, bis er endlich gestand. Der Teniente stand unter Druck, ein Mörder musste her! Bald sah er jedoch ein, dass heute nichts mehr aus dem Gefangenen herauszuholen war. Morgen würden die Untersuchungsergebnisse der Spurensicherung und des Arztes vorliegen, dann würde man weitersehen. Morales beschloss, es für diesen Tag genug sein zu lassen, und schickte den Häftling in die Zelle zurück.

Machoud verbrachte die ganze Nacht aufrecht sitzend, wie zu Hause als Wächter der Herde, ganz ohne Schlaf, aber mit viel Zeit zum Grübeln. Es ging schließlich nicht um illegalen Aufenthalt und Einbruch, nein, dieses Mal ging es um Mord!

Morales war am nächsten Morgen schon früh im Büro. Er blätterte den Bericht der Spurensicherung durch. Der brachte für ihn nicht viel Neues. Er rekapitulierte, was sich danach ergab:

- Der Fundort war der Tatort.

- Erwin Stein war drei bis vier Stunden vor der Auffindung seines Leichnams gestorben. Der Mord war demnach zwischen 3 Uhr und 4 Uhr 30 verübt worden. Eine genauere Festlegung ließ die Witterung am Tag des Mordes nicht zu.

- Man hatte viele Gegenstände sichergestellt, gebrauchte Präservative, Zigarettenkippen, ausgespuckte Kaugummis. Alle hatten nach dem Analyseergebnis schon lange vor dem Zeitpunkt des Mordes am Tatort gelegen und waren damit belanglos.

- An der Kleidung des Toten hatte man weiße Hundehaare und gescheckte Katzenhaare gefunden. Sie eigneten sich alleine nicht, um Rasse oder wenigstens Typ der Tiere zu bestimmen. Dazu brauchte man Vergleichshaare, hatte die Spurensicherung angemerkt. Der blutige Fußabdruck gehörte zum Turnschuh eines der Bauarbeiter. Alberto Alonso war wohl in die Blutlache getreten, als er den toten Deutschen gefunden hatte. Das klang plausibel.

- Es waren keine Abwehrverletzungen gefunden worden, auch keine Spuren unter Steins Fingernägeln, die auf den Mörder hinwiesen. Fingerabdrücke oder Hautpartikel, fremde Haare, fremde Speicheltröpfchen an der Leiche, alles Fehlanzeige! Der Mörder hatte sein Opfer nur einmal indirekt berührt und zwar mit der Mordwaffe und das sofort tödlich!

- Die Mordwaffe war nirgendwo aufgetaucht.

- Ali Machoud war bisher nie gefasst worden. Seine Fingerabdrücke waren jedoch an mehreren früheren Einbruchsorten entdeckt worden und konnten ihm nun aus der Kartei zugeordnet werden. Wie bei der Villa in Lomo Román hatte Machoud an diesen Tatorten Toilettenfenster ausgehebelt und war eingestiegen. Bei diesen Einbrüchen waren ebenfalls Geld, Schmucksachen, tragbare Kunstgegenstände und hochwertige Gebrauchsgegenstände entwendet worden.

Teniente Morales sah alle seine Mutmaßungen bestätigt. Nun zog er seinen Kollegen in die Überlegungen mit ein: »Es wundert mich nur, dass wir den Kerl nicht schon früher geschnappt haben. Man sagt doch, unsere Insel sei so klein, auf ihr käme nichts unentdeckt weg. Wo mag nur das bisherige Diebesgut geblieben sein?«

»Ihre Aussage gilt für früher! Heute geht das ganz anders vonstatten. Bevor du dich versiehst, sind die Sachen schon auf der Fähre oder im Flieger. Inselhopping«, grinste der Kollege ihn an.

»Der Schwarze ist nicht nur auf Einbrüche spezialisiert, er ist auch gefährlich«, fuhr Morales nach weiterer Lektüre des Berichts fort. »Er ist sehr impulsiv. In einem Haus, in das er eingebrochen ist und in dem nichts zu holen war, hat er vor Wut alles Mögliche zerstört und beschmiert! Dieser Charakterzug spricht dafür, dass er durchaus unser Mörder sein kann!« Zustimmung heischend sah er sich um.

»Für ein Gericht reicht deine Beweisführung kaum aus.« Der Kollege holte ihn auf den Boden der Tatsachen zurück.

»Ich komme aber nicht an ihn heran«, stöhnte der Teniente. »Kein Geständnis! Es ist wohl besser, unsere Psychologin hinzuzuziehen.« Er spürte den Zeitdruck mit aufkommendem Stress in seinem Nacken.

Schon am späten Mittag konnte die Psychologin es einrichten, vorbeizuschauen.

Frau Doktor Zafón war eine gut aussehende Frau. Sie war gewohnt, dass ihr sofort alle Männerherzen entgegenschlugen. So war es auch dieses Mal. Sie traf auf dem Revier nur auf Männer. Entsprechend entspannt und selbstsicher gab sie sich. Wie sie so da saß, ihre gut geformten Beinen lasziv übereinander geschlagen, sah sie aus wie eine Meernixe.

Morales kam sofort herbei und begrüßte sie. Er bemühte sich, besonders charmant zu sein. Auch er hatte eine Schwäche für diese bemerkenswerte Frau.

Bald saßen sie bei einem Café zusammen, und der Teniente erklärte ihr, wie die Dinge lagen. Es machte ihn etwas nervös, dass die Ärztin dabei mit ihrem Bleistift auf ein Blatt kritzelte. Als sie das bemerkte, lächelte sie und erklärte ihm: »Wer kritzelt, schärft unbewusst seine Konzentration! Stupides Nichtstun stumpft ab. Eine einfache Nebenbeschäftigung erhöht hingegen die Aufmerksamkeit und Motivation.«

Morales zog die Mundwinkel nach oben und sagte: »Ich verstehe.« Er nickte dabei und dachte bewundernd: ›Diese Frau ist hellwach. Sie analysiert sogar ihr eigenes Tun.‹

Beruhigt fuhr er fort: »Er hat beides zugegeben, Einbruch und Diebstahl, aber er bestreitet vehement den Mord. Dabei sprechen alle Anzeichen gegen ihn. Er ist äußerst nervös, schwitzt vor Angst beim Verhör und hat einen Grund für die Tat.«

Frau Doktor Zafón überdachte seine Worte, dann antwortete sie: »Vom Zeitpunkt der Tat an steht ein Täter unter Anspannung und ist gleichzeitig erschöpft und angreifbar. Da gilt, stetes Wasser höhlt den Stein, wenn Sie wissen, was ich meine. Unser Gehirn wandelt ständig seelische Reize in körperliche Reaktionen um. Vor Nervosität schwitzen, Herzklopfen bei Ängsten zum Beispiel. Beides trifft nach Ihren Worten auf den Gefangenen zu. Er ist nervös, erschöpft und hat Gründe, sich zu fürchten. Dafür muss allerdings nicht unbedingt ein Mord ursächlich sein.«

Ihre Stimme war während des Vortrags gleichmäßig tief und weich geblieben und wirkte auf Morales äußerst erotisch.

»Ich sollte mir vielleicht doch selbst ein Bild von dem Häftling machen. Mir fehlt zurzeit noch jegliches eigenes Gefühl für ein Täterprofil. Ich bin keine Freudianerin und nähere mich dem Problem selten psychoanalytisch, eher durch echte Augenscheinnahme«, fuhr die Psychologin erklärend fort. Sie sah den Teniente bei diesen Worten mit wachen grauen Augen ernsthaft an. Ihre Miene zeigte eine Mischung aus verhaltener Skepsis und leichter Arroganz.

Ali Machoud wurde hereingebracht. Seine Befragung führte zum gleichen Ergebnis wie am Tag zuvor. Die Anwesenheit der fremden Frau beunruhigte ihn allerdings noch mehr. Frauen durften bei ihm zu Hause keinem Mann etwas befehlen!

»Der Gefangene ist wirklich verstockt«, sagte Dr. Zafón nach längerem Bemühen, Machoud zum Sprechen zu bringen. Sie bat den Teniente in einen Nebenraum, wollte unter vier Augen mit ihm sprechen: »Ich sehe nur eine vage Möglichkeit, den Häftling zu bewegen, die Wahrheit zu sagen. Wir könnten ihn in einen Schockzustand versetzen.« Sie streckte ihre langen schönen Beine von sich, wie zur Ablenkung gegen aufkommende Zweifel, und hatte Erfolg damit.

Verstohlen streichelten Morales' Augen ihre weiblichen Reize, sie machten ihn wirklich kritiklos. »Wie meinen Sie das?«, fragte er verwirrt.

»Ich spreche von einer bewährten Verhörmethode der Geheimdienste«, erklärte die Psychologin. »Um mit einem Schock fertig zu werden, werden im Hirn des Betroffenen zusätzliche Nervenbahnen aktiviert. Diese hohen Aktivitäten werden dann leicht zu viel für die natürlichen Abwehrmechanismen des Befragten. Ein Damm wird losgetreten, und es werden Aussagen freigesetzt, die bis dahin zurückgehalten wurden.«

»Ich verstehe«, sagte Morales voller Bewunderung.

»Haben Sie auch schon eine Idee, womit bei dem Schwarzen ein solcher Schock ausgelöst werden könnte?«

»Wir sollten ihm mit der sofortigen Abschiebung drohen. Er behauptet schließlich ein Flüchtling zu sein, wohl ein politischer, mal sehen, was dann passiert...«

Der Teniente antwortete leicht irritiert: »Ja, ja, die Wahrheit ist wohl doch eine Erfindung von Lügnern!«

Die Psychologin lächelte und meinte: »Ich glaube, in diesem Fall gilt, der Zweck heiligt die Mittel, und die Lüge ist unser Mittel zum Zweck!«

Sie gingen in den Verhörraum zurück. Morales konfrontierte Machoud mit der verabredeten Drohung. Dass den Schwarzen ein gehöriger Schreck durchfuhr, war nicht zu übersehen. Er zitterte am ganzen Leib und stotterte voll Entsetzen: »Ich, ich bin ein politischer Flüchtling, das wäre mein Tod, ja das wäre es! Das können Sie doch nicht...« Mehrere Gedanken auf einmal rasten durch seinen Kopf: Gefängnis auf der Insel ist besser als Abschiebung und Tod! »Zuhause gelte ich als Rebell. Dort wartet auf mich Folter und Exekution.«

Machoud sah sein Gegenüber an und hoffte, zu erkennen, dass die Drohungen nur ein Scherz waren. Doch die versteinerten Mienen seiner Gegenüber sprachen eine andere Sprache. Da brach sein Widerstand zusammen. Gefängnis auf der Insel ist besser als Abschiebung und Tod! Er gestand: »Ja ich habe ihn erschlagen. Er suchte nach mir. Ich musste ihm zuvorkommen. Es war Notwehr.« Machoud erinnerte sich an diese Brücke, die ihm der Teniente noch gestern hatte bauen wollen.

Er atmete tief durch und brach in Tränen aus. Geschah es aus Erleichterung oder unter dem Druck der Umstände?

Morales war das egal. Machoud bemerkte in seinem Zustand nicht einmal, wie dem Beamten bei seinem Geständnis sichtlich ein Stein vom Herzen fiel. Der Teniente schaltete nun sofort um und verschwendete keinen weiteren Gedanken mehr an den Geständigen. Keinerlei Nachsicht, kein Entgegenkommen! Er ließ den Gefangenen sofort abführen. Vor lauter Erleichterung fragte er nicht einmal mehr nach Einzelheiten.

Sein Augenmerk galt nun nur noch Frau Dr. Zafón. Er wandte sich mit einem Lächeln an sie: »Ich weiß nicht, wie ich Ihnen danken soll.« Respekt und Bewunderung schwangen in seiner Stimme mit.

Die Psychologin war ein wenig erstaunt, wie schnell sich der Teniente zufrieden gegeben hatte, lächelte aber sichtlich geschmeichelt. ›Der arme Inspektor muss ganz schön unter Druck gestanden haben‹, dachte sie bei sich und hatte Recht damit. Sie beschloss, seine Freude nicht durch irgendwelche Anmerkungen zu trüben.

Für Morales kam der plötzliche, schnelle Erfolg einem Wunder gleich. Der Fall war doch noch zur rechten Zeit gelöst worden! ›Passt genau‹, dachte er, mit sich und der Welt zufrieden. Der erzielte Erfolg versprach Lob und Anerkennung für ihn. Die *Fiestas Patronales de Santa Úrsula* konnten kommen!

Die Bewohner der Urbanisation Lomo Román nahmen höchst unterschiedlich Anteil an der Ermordung ihres Mitbewohners. In besonderem Maße engagierte sich das Ehepaar Hofmann, welches in direkter Nachbarschaft zu Erwin Stein wohnte und bis zuletzt freundschaftlichen Umgang mit ihm gepflegt hatte.

Die beiden Mittsechziger stammten aus Köln und waren schon sieben Jahre ebenfalls Residenten auf der Insel. Sie hatten noch in guten Zeiten ihr Kölner Geschäft für viel Geld verkauft und sich den Traum des ewigen Frühlings in einem

Haus auf Teneriffa erfüllt. Nun kam die Immobilie endlich zu Ehren. Sie hatten sie nämlich viele Jahre nur in Urlaubszeiten genutzt. Tägliches Schwimmen im Pool, zweimal die Woche Golfspielen, mehrfaches monatliches Wandern durch die reizvollen Regionen der Insel waren ihre Lebensinhalte geworden. Das tägliche Gläschen Rotwein, dieses flüssige Schlückchen Insel, war ihnen wichtig. Das gute Essen mit viel Fisch, Gemüse und Obst taten weiteres zu Wohlbefinden und Fitness hinzu.

Werner Hofmann liebte an der Insel das vertraute Karussell der Traditionen, die immer wieder gleichen Treffpunkte, das Stelldichein der Reichen und Schönen, die leichtlebigen Launen, lieb gewonnene Gewohnheiten und den heiteren und doch meist gottesfürchtigen Rummel. Roswitha Hofmann war eine durchgestylte Blondine mit strahlend blauen Augen und immer noch guter Figur. »Blond, aber klug«, scherzte Werner gern. Dabei war seine Frau gar keine echte Blondine. Vom Wurzelansatz her kamen die Haare immer wieder schnell dunkel nach. Werner war die ganze Leichtigkeit des Rheinländers in die Wiege gelegt worden, der Humor, die singende Sprache und die Frohnatur des fröhlichen Genießers. Braungebrannt, drahtig, mit silbergrauem Bürstenschnitt genoss er das Leben mit seiner Frau, die er liebte, genauso wie mit seinen Freunden.

Die Eheleute saßen auf dem Balkon ihrer Villa. Die Blicke auf den Atlantik, seitlich auf den leicht mit Schnee bedeckten Teide und hinab bis nach Puerto waren mit unvergleichlicher Schönheit genug Grund dafür. Sie unterhielten sich bei all diesen Annehmlichkeiten heute allerdings über etwas Trauriges, über Erwin Steins Ableben.

»Lebe den Tag«, sagte Werner gerade zu Roswitha. Er wippte das halbvolle Weinglas in seinen Fingern hin und her und dachte nach. »Glück, Glas und Knochen, alles ist zerbrechlich! Erwin hatte nach dem Tod seiner Frau vor einem

Jahr mit der jungen Mercedes gerade wieder ein bisschen Glück genascht, und nun ist alles vorbei!«

»Du hast wie meistens Recht, lieber Schatz«, antwortete Roswitha und nippte nachdenklich an ihrem Glas. »Aber ob die Liaison mit Mercedes für Erwin auf Dauer wirklich gut gewesen wäre, wage ich zu bezweifeln!«

»Das ist doch klar, ihr Weiber gönnt uns Männern einfach nichts Junges, nicht einmal fürs Auge«, frozzelte ihr Mann. Dann wurde er wieder ernst. Sie drohte ihm schelmisch mit ihrem schmalen, sorgfältig manikürten Zeigefinger.

»Erwin hat niemanden hier auf der Insel außer uns, wir werden uns als seine einzigen Freunde um seine Angelegenheiten kümmern müssen.«

»Was willst du tun?«, wollte Roswitha wissen.

»Erwin hat meines Wissens nur noch eine ältere Schwester. Sie lebt in einem Altersheim in Hamburg. Die müssen wir als Erstes informieren.«

»Die arme Frau kann uns doch auch nicht helfen«, meinte Roswitha spontan.

»Aber sie muss uns bevollmächtigen, damit wir hier vor Ort alles ordnen können. Auch in Spanien geht so etwas nicht ohne den richtigen juristischen Weg!«, belehrte Werner sie.

»Ich erinnere mich noch genau, dass Erwin irgendwann einmal erzählt hat, seine Schwester sei seine einzige Erbin. Mit dröhnendem Lachen hat er gesagt: ›Da bleibt mir nichts anderes übrig, als die ältere Schwester als Erbin einzusetzen.‹«

Roswitha nickte. »Beerdigt werden wollte er bestimmt oben im Ort, neben seiner Frau«, meinte sie.

»Ja, er hat ja dort bei ihrem Ableben ein Doppelgrab gekauft. Aber wir müssen keinen Kaffeesatz lesen, wir haben ja den Schlüssel von seinem Haus und können gucken, was sich an Regelungen in seinen Unterlagen findet.«

Werner suchte mit den bloßen Füßen seine Schlappen, die irgendwo unter dem Tisch standen, und schlüpfte hinein.

Er stand auf, und Roswitha folgte ihm. »Wir müssen den Schlüssel holen«, sagte sie und bog in die Küche ab, wo ein kleines Holzbrett an der Wand hing mit einigen Schlüsseln daran. Sie brauchte einen Augenblick, bis sie den richtigen gefunden hatte. Es war ein Einzelschlüssel an einem Ring mit Messingschild. Darauf stand »Erwin Stein«.

Das Paar trat aus dem Gartentor auf die schmale asphaltierte Straße. Die glänzte nass, und am Randstreifen plätscherte noch ein schmaler Strom Wasser den Berg hinab. »Die blöden Gartenarbeiter haben wieder im Übermaß gesprengt«, schimpfte Werner und watete durch die Nässe bis zum Nebengrundstück.

Das Haus war genau wie ihres hinter einer hohen, dicht bewachsenen Ummauerung kaum einzusehen. Es war in den Hang gebaut, der den größten Teil der Haushöhe aufnahm und verbarg. Die hohe Dattelpalme in Steins Vorgarten hatte einen langen Bart aus abgestorbenen Blättern.

»Die müsste auch einmal ausgesägt werden. Da hängen bestimmt schon Ratten drin«, meinte Werner.

»Du weißt doch, was das kostet, Schatz. Wer von den Alten hier lässt das noch machen? Die leben doch alle von ihren Renten und müssen inzwischen rechnen.«

»Da siehst du mal, wie gut du es hast«, grinste Werner seine Angetraute an und ging mit suchendem Blick weiter voran.

»Tu nicht so, als gäbe es hier etwas Neues für dich zu sehen. Du weißt doch, das hier ist ein richtiges ›Alteleutehaus‹ und nicht mit unserem zu vergleichen«, zischelte Roswitha ungnädig zurück.

Das Innere des Hauses entsprach wirklich ihrer Beschreibung. Die Wände waren angegilbt, die Türrahmen abgestoßen. Alles schrie nach neuer Farbe. Auf dem Steinboden lagen ausgebleichte Perserteppiche mit schiefen Fransen. Auch die Möbel hatten die beste Zeit hinter sich. Die Sofagarnitur war plüschig, schwer und durchgesessen. Der Nierentisch davor hatte für jüngere Leute schon wieder Kultcharakter.

Nach dem Tod seiner Frau hatte Erwin alles etwas schleifen lassen. Roswitha fand die rosafarbenen Stores an den Fenstern besonders hässlich. Werner hatte hingegen seine hämische Freude an dem mächtigen Ölbild über der Essecke aus massiver Eiche. Das bayrische Bergmassiv mit dem röhrenden Hirsch davor passte nun wirklich nicht hierher - nach Teneriffa.

»Erwins Akten stehen in seinem Arbeitszimmer. Wir müssen uns nicht länger in diesem Gruselkabinett aufhalten.« Zielsicher ging Werner in den Nebenraum.

Dort erwartete ihn allerdings ebenfalls nur dunkle, alte Pracht. Familie Stein hatte die schweren Mahagonimöbel seinerzeit aus Deutschland mitgebracht. Sie hatten in Köln schon viele Jahre Erwins Arbeitszimmer geschmückt.

Im Regal neben dem Schreibtisch fand Werner, was er suchte. Sauber beschriftete Leitz-Ordner verwiesen auf die amtlichen Unterlagen des Toten. »Die nehmen wir mit rüber und sichten sie«, beschloss er. Er nahm zwei Akten unter den Arm und reichte eine dritte an Roswitha weiter. Mit einem »Hier hält mich nichts mehr« auf den Lippen strebte Roswitha mit ihrem Mann im Schlepptau zum Ausgang.

An der Haustüre wartete Steins Kater Moritz auf sie. »Den können wir schlecht verhungern lassen. Er wird nun wohl unser neuer Hausgenosse sein«, stöhnte Werner.

Als habe ihn das Tier verstanden, strich es schnurrend um seine Beine und folgte ihnen zu ihrem Haus. Moritz hatte sichtlich Hunger.

Wieder zu Hause, atmete Werner erleichtert auf. »Nach soviel Grässlichkeiten haben wir uns was Schönes verdient«, sagte er. »Du weißt, heute ist mein Kochtag.«

»Ach ja, du brätst am Herd und ich in der Sonne! Mach dir nicht wieder so viel Mühe, Liebling! Wir müssen beide auf unsere Figur achten! Außerdem kann es doch keine Freude machen, bei diesem Wetter in der Küche zu stehen.«

Werner lachte amüsiert. »Essen und Trinken hält Leib und Seele zusammen«, antwortete er voller Überzeugung. »Ich habe etwas ganz Leichtes zusammengestellt, lass dich überraschen.«

Roswithas Neugierde erwachte und sie hakte nach.

Werner gab sich nach mehreren hartnäckigen Nachfragen geschlagen: »Wir werden mit einer Hühnersuppe beginnen. Hühnersuppe ist ein universelles Gericht. Inder essen kein Rindfleisch, Muslime kein Schwein. Fisch gibt es nicht überall. Huhn aber lieben Christen, Muslime, Juden, einfach alle Menschen: Europäer, Asiaten, Amerikaner, Afrikaner und Australier. Jeder kocht eben gern sein eigenes Süppchen«, sagte er.

»Du kannst wirklich aus der kleinsten Mücke einen Elefanten machen«, hänselte ihn seine Frau.

Er war nun in seinem Element und fuhr gut gelaunt fort, ohne auf ihre Spitze einzugehen: »Als Hauptgericht gibt es Doradenfilet auf Chorizo-Reis mit Steinpilzen. Chorizo ist eine sehr würzige spanische Paprikawurst, sie enthält bis zu doppelt soviel Paprika wie die ebenfalls mit Gemüse gewürzte ungarische Salami.« Eigentlich war *Chorizo* im spanischen Sprachgebrauch die Bezeichnung für einen kleinen Dieb. Diese Wurst konnte einem wirklich das Herz stehlen!

»Ein endemischer Fisch ist Dorade ja nicht gerade. Hoffentlich ist das Huhn für die Suppe wenigstens eins von denen, die hier so reichlich gackern«, witzelte Roswitha.

»Nun haben wir aber genug gequatscht«, entschied Werner mit ernstem Gesicht. »Ich gehe jetzt in die Küche und möchte nicht mehr gestört werden!«

Er trollte sich und schloss die Türe hinter sich. Zunächst kümmerte er sich um die Gerätschaften. Er holte Töpfe und Pfannen aus den Schränken und platzierte sie auf dem Gasherd. Dann legte er Gabeln, Messer und Löffel bereit. Die Gewürze stellte er auf den hinteren Rand der Marmorabdeckung.

Er wollte mit der Zubereitung der Suppe beginnen, also holte er zunächst die Zutaten dafür aus Kühlschrank und Vorratskorb. Für einen Liter Brühe brauchte er ein Kilo Hühnerkarkassen. Die hatte er besorgt und gab sie nun kleingehackt in einen Topf mit Wasser. Dann schnitt er ein Bund Suppengrün in Stücke, zwei Stiele glatte Petersilie, zwei Zwiebeln, eine Hand voll Champignons und gab alles in den Topf. Zwei Teelöffel weiße Pfefferkörner, gut zerdrückt, zwei Gewürznelken, eine Prise Salz und ein Lorbeerblatt schickte er hinterher, zündete das Gas unter dem Topf an und legte den Deckel auf. Bald schnupperte er genüsslich den verlockenden Duft der köchelnden Brühe.

Bedächtig nahm er eine bereitgelegte gehäutete Hühnerbrust und schnitt sie in schmale Streifen. Die wollte er circa 45 Minuten im Sud mitgaren. Nach dieser Zeit würde er alles durch ein Sieb geben, die Fleischstücke bis zum Servieren an die Seite legen und die Suppe noch einmal mit Tomatenstücken, Mais, Koriander und Jalapeños, kleinen Paprikas, verfeinern. »*Viva España!*«

Nun nahm er sich das Hauptgericht vor. Er setzte den Reis in etwas Wasser auf und gab eine Prise Salz hinzu. Dann pürierte er ein großes Stück Chorizo und eine halbe Zwiebel mit dem Stabmixer. Er öffnete eine Flasche Weißwein aus dem Orotava-Tal, die es später zu Tisch geben sollte. ›Ich kann mir ein Leben ohne Wein nicht mehr vorstellen‹, dachte er, nahm einen Schluck des preisgekrönten

Tropfens und war mit dem Geschmackserlebnis sichtlich zufrieden. Den bissfest vorgekochten Reis wollte er in etwas Hühnerbrühe mit einem Schuss Wein, klein geschnittenen Olivenstücken und der pürierten Chorizopaste ganz zum Schluss sämig kochen. Die Doradenfilets präparierte er auf einer Porzellanplatte. Er salzte sie leicht, bestäubte sie ein wenig mit Mehl und pfefferte sie. Nun musste er nur noch die Steinpilze vorbereiten.

Es war Pilzzeit, und er liebte Steinpilze über alles. Er war extra auf den Bauernmarkt gefahren, um sie, frisch im Esperanza-Wald gesammelt, zu erstehen. Er putzte die vier großen Hüte, hackte ein Bund Basilikum und ein halbes Bund Petersilie ganz fein. Mit einem Esslöffel Semmelbröseln in Butter gebacken würden die gekräuterten Pilze eine Köstlichkeit sein. Damit alles noch etwas Farbe bekam, nahm er den neu erworbenen Spiralschneider und schnitt zwei Möhren und eine halbe Gurke in feine Streifen und dünstete sie kurz an.

Die Teller standen bald darauf zum Vorwärmen im Backofen, und der fleißige Koch konnte damit beginnen, den Tisch auf der Terrasse zu decken.

In der Mittagshitze flogen nur einige Tauben über den Himmel. Die stolzen Falken, die ihnen sonst nachstellten, hatten aufgehört über ihnen zu kreisen und sich zur Ruhe zurückgezogen. Von der Terrasse schweifte Werners Blick zum Teide. ›Man kann sich einfach nicht satt daran sehen‹, dachte er. Der Berg lag da wie eine herrliche Frauenbrust. Er musste an Roswithas Lieblingswitz denken: ›Warum können Männer keinen Busen haben? Sie werden mit der Doppelbelastung nicht fertig!‹ Sie war schon ein Prachtweib, seine Roswitha!

Alles kam *al punto* auf den Tisch und schmeckte vorzüglich. Werner wartete sehnsüchtig auf die lobenden Worte seiner Frau. Die waren für ihn lebensnotwendige Streicheleinheiten geworden! Sie ließ ihn auch dieses Mal nicht lange warten. Besonders lobte sie die akkurat geschnittenen Gemüsestreifen.

Verlegen guckte er auf. »Ich habe mir im Internet einen Spiralschneider gekauft. Du weißt doch, wie sehr mich Küchengeräte faszinieren. Die neue Maschine ist aber wirklich ihr Geld wert. Was für eine Qual war es bisher, mit einem normalen Küchenmesser *Pommes Julienne* zu schneiden! Mit dem Ding hast du in Sekundenschnelle absolut gleichmäßig geschnittene Endlosstreifen aus Möhren, Rettich, Gurken und allen anderen festen Gemüsesorten. Diesmal habe ich mich wirklich nicht verkauft, mein Schatz!«

Roswitha schüttelte schmunzelnd den Kopf. »Ja, ja, du und deine Kaufwut!« Aber das Gemüse war tatsächlich wundervoll geschnitten, prächtig fürs Auge, und alles schmeckte vorzüglich. Sie ließ ihn ihr Lob mehrfach deutlich wissen. In solchen Momenten liebte Werner sie wie zu Beginn ihrer Ehe.

Das gute Essen verlockte ihn bald zu tiefsinnigen Gedanken: »Ich wüsste gerne, ob ein Fisch noch so stumm wäre, wenn er vor so vielen ungelösten Problemen stünde wie viele von uns«, sinnierte er melancholisch und pulte mit dem Fischmesser eine kleine Gräte aus dem Doradenfleisch.

Zum Ende des Mahls fand Roswitha noch ein paar Worte des Spotts: »Zu wohlhabenden Leuten dürfen wir uns wohl nicht zählen, mein Liebster!«

»Wieso das nicht?«, fragte er verdattert.

»Nach Truman Capote haben wohlhabende Leute ein Faible, alles *en miniature*, als Baby zu essen, Baby-Artischocken, Lamm, Kalb, Baby-Steinbutt, Wachteleier… Deine Portionen haben dem wahrlich nicht Rechnung getragen! Pass nur auf, dass du auf deine alten Tage nicht noch Fett ansetzt, das mag ich gar nicht!«

»Muss meine liebe Leseratte wieder mit ihrem Wissen protzen?«, stichelte Werner zurück. »Es gibt doch jetzt schon

Kalorienkillerspiele auf DVD, mit denen man vom Sofa aus ohne Mühe abnehmen kann. Nächste Woche gibt es übrigens ein Shitake-Gericht. Dieser Pilz gilt in der asiatischen Küche als Altersbremse«, grinste er sie an.

Voller Anteilnahme ergänzte Roswitha seinen nächsten Menüplan: »Auf jeden Fall musst du zum Dessert dein berühmtes Mangopüree machen, unser Baum hängt durch von den vollreifen Früchten.«

Nach dem Essen stöberte Werner bei einem Glas Rotwein etwas träge in den Akten von Erwin Stein.

Roswitha blieb bei ihm sitzen und begann damit, ein Sudoku zu lösen. Jeden Tag ein Sudoku hält den Geist frisch und das Hirn auf Trapp, davon war sie fest überzeugt.

Hinter einer Lasche, die mit den Worten »Letztwillige Verfügung« beschrieben war, fand Werner den letzten Willen des Verstorbenen. Er nahm die Abschrift des handgeschriebenen Testaments heraus und las es sorgfältig durch. Es war vermerkt, dass das Original beim Notar hinterlegt war.

Werner war richtig informiert gewesen. Erwin hatte seine ältere Schwester als Alleinerbin eingesetzt. Hinter derselben Lasche fand er auch Namen, Anschrift und Telefonnummer der Schwester und des Notars in Orotava. Er sah auf die Uhr: Mit dem Zeitunterschied zu Deutschland war es dort halb vier am Nachmittag. Er konnte Elisabeth Stein also anrufen, ohne Gefahr zu laufen, das Mittagsschläfchen der alten Dame zu stören.

Er wählte die Nummer und nach mehrmaligem Läuten meldete sich eine Frau: »Altenpension Alsterruhe.«

Werner stellte sich vor und bat, Elisabeth Stein sprechen zu dürfen.

Nach einigen Sekunden meldete sie sich: »Stein, Elisabeth Stein.« Die Stimme klang alt und brüchig.

Werner versuchte, der alten Dame die traurige Nachricht so schonend wie möglich beizubringen. »Ich bin ein Freund von Erwin und Sie sind seine einzige Anverwandte und, wie ich weiß, auch alleinige Erbin«, schloss er seine Schilderung.

Für eine längere Zeit herrschte Ruhe in der Leitung, nur ein leises Rauschen zeigte, dass die Verbindung nicht unterbrochen war.

Dann hörte er durch die Muschel: »Also hat Erwin doch Recht behalten. Ich habe ihn überlebt, obwohl ich die Ältere von uns beiden bin. Das hatte er einmal vorhergesagt. Dass es wirklich wahr wurde, ist allerdings furchtbar.«

»Ich fühle mit Ihnen, gnädige Frau und möchte Ihnen gerne helfen«, antwortete Werner sanft.

»Danke, vielen Dank! Ich weiß von Erwin sehr wohl, dass Sie befreundet waren, und nehme Ihre Hilfe gerne an. Ich brauche sie sogar. Ich bin zu schwach, um zu reisen. Ich brauche Ihre Hilfe wirklich!«, klang es nun sehr erregt zu ihm durch.

Werner überlegte, was nun noch zu besprechen war, dann antwortete er: »Zunächst muss Erwin beerdigt werden. Er hat hier in Santa Úrsula für sich einen Platz in einem Doppelgrab neben seiner Frau gekauft. Dann muss sein gesamter Hausstand aufgelöst werden. Sie sagten selbst, dass Sie nicht mehr reisefähig sind. Sie können also nicht hier vor Ort darüber verfügen. Ihn selbst zu nutzen, kommt erst recht nicht infrage. Ich helfe Ihnen also gerne bei der Auflösung. Das bin ich Erwin auch schuldig. Aber das geht nicht ohne Vollmachten von Ihnen als Erbin!«

»Danke, danke«, kam es weinerlich zurück.

»Ich werde mich sofort darum kümmern. Ich rufe meinen Anwalt an. Sie sollen schnell alles erhalten, was nötig ist. Das ist bestimmt auch in Erwins Sinne.«

Nach einigen tröstenden Abschiedsfloskeln legte Werner nachdenklich auf. »Wie schrecklich ist es doch, so alt und hilflos zu sein. Ich hoffe nur, dass wir nie in die gleiche Lage kommen«, sagte er zu Roswitha.

Die hatte das Telefonat aufmerksam verfolgt und bestärkte ihn nun in seiner Hilfsbereitschaft. »Wir wollen jetzt gar nicht über uns nachdenken, Schatz«, versuchte sie ihn von seinen düsteren Gedanken abzubringen. »Wir haben hoffentlich noch viel schöne Zeit vor uns!«

Werner vertiefte sich wieder in die Unterlagen. Hinter der nächsten Lasche fand er Schriftstücke zur »Immobilie Lomo Román«. ›Erwin war ordentlicher, als ich es bin‹, dachte er. Er behielt diese Erkenntnis jedoch für sich. Er war nicht in Stimmung, sich einen neuen, spöttischen Kommentar seiner Frau einzuhandeln.

Zunächst stieß er auf Schriftwechsel zwischen Stein und Roberto Ibarra, dem größten Grundbesitzer und Immobilienhändler von Santa Úrsula. Die Aufzeichnungen wurden nach kurzem Einlesen sehr spannend: Zum Kummer der Steins waren die Eigentumsverhältnisse des Anwesens nach dem Kauf des Grundstücks zunächst nicht eindeutig gewesen. Der Verkauf an sie war allein durch Roberto Ibarra erfolgt, obwohl einige der Anteile anscheinend Verwandten gehört hatten, die zuvor nach Venezuela ausgewandert waren. Einst hatte das Areal Lomo Román dem ganzen Familienclan gemeinsam gehört. Es bedurfte deshalb langer und teurer juristischer Anstrengungen, um für die Steins das neu erworbene Eigentum endgültig zu sichern. Ibarra hatte sich zu allem Ärger auch nur zögerlich bereit erklärt, für diese Kosten einzustehen.

Bis das Problem endlich vom Tisch gewesen war, hatte er sogar viele Monate mit Stein über den Rückkauf des Grundstücks verhandelt. Er hatte nämlich neue Pläne damit. Es sollte zusammen mit der großen Freifläche, die er noch besaß, als Filetstück für ein lukratives, größeres Bauprojekt Verwendung finden.

Erwin Stein hatte Ibarras Absicht schnell erkannt und gezögert, das Grundstück wieder zurück zu verkaufen, und hatte damit das Kaufpreisangebot Ibarras immer höher getrieben. Die Immobilie direkt zu veräußern, lehnte er schließlich endgültig ab. Er fand eine für ihn günstigere Regelung, die ihm für einen sorgenfreien Lebensabend richtig erschien: Er ließ sich von Ibarra eine größere Summe Geldes für die Verpflichtung auszahlen, das Objekt nach seinem Tod auf den Immobilienhändler zu übertragen. Der Kaufpreis war für diesen Zeitpunkt eher bescheiden fixiert. Die für die Option erhaltene Zahlung hatte bereits das meiste vorweggenommen. Erwin Stein hatte sich diesen Betrag von der Bank verrenten lassen.

›Das hat der schlaue Fuchs also gemeint, als er sagte, sein Haus sei neben seiner bescheidenen Rente die beste Altersversorgung‹, dachte Werner anerkennend. ›Ein Topf, der zweien gehört, ist trotzdem weder kalt noch warm. Für mich wäre das nichts gewesen‹, überlegte er weiter. Aber er sah nun schon viel klarer.

Im Hause Stein gab es kein stattliches Erbe für die alte Schwester. Keiner musste vor Neid grün werden. Sollte er die Vollmachten erhalten, so hatte er auch keine Not, den besten Käufer für die Immobilie zu suchen. Der Tote hatte ja selbst schon alles geregelt. Es gab keinen Grund, sich Sorgen zu machen. Die Angelegenheit ließ sich zügig abwickeln. Der Käufer des Grundstücks war mit Roberto Ibarra vorherbestimmt, und der Preis stand fest!

Die Lektüre war nicht nur spannend gewesen, sie hatte sich auch zur Klärung der Gegebenheiten weidlich gelohnt.

Unter einer weiteren Rubrik fand Werner alle Daueraufträge abgeheftet. Auch diese Akkuratesse erleichterte ihm vieles. Im zweiten Ordner durchblätterte er Steuerunterlagen. Wie passend, Erwin hatte dasselbe Steuerberatungsbüro eingeschaltet wie auch er!

Die nächste Unterteilung mutete ihn recht eigenartig an. Die Lasche war unbeschriftet, und hinter ihr fanden sich viele Seiten handschriftlicher Aufzeichnungen. Er warf einen Blick darauf und war sich schnell sicher, dass es sich um so etwas wie ein Tagebuch handelte. Er zögerte, darin zu lesen. Aber dann begann er doch damit. Er wollte nichts auslassen, was ihn für die übernommenen Aufgaben klüger machen konnte.

In den Aufzeichnungen traf er auf einen ihm völlig unbekannten Erwin Stein. »Der Himmel kann für mich kein Paradies sein, wenn ich dort meine Frau nicht wiedersehe«, las er. Wie einsam und unglücklich war ihr Freund wohl gewesen, ohne dass sie es erkannt hatten! Werner machte sich ernsthaft Vorwürfe über ihre Unachtsamkeit.

Selbst wegen seiner kurzen Beziehungen zu Mercedes hatte Erwin Schuldgefühle entwickelt. Er hatte sie in einer Beichte dem Pater von Santa Úrsula offenbart. Er hatte in seiner Zuneigung zu dem blutjungen Mädchen eine große Sünde gesehen. »Gott hat eine andere Buchführung als wir Menschenkinder!«, hatte ihn Pater José beruhigt. Der Pater stand schon seit Jahren der Gemeinde von Santa Úrsula vor und war auch bei den Residenten sehr beliebt und geachtet. Auch Werner mochte den Pater, und dieser Satz machte ihn ihm noch sympathischer.

Er erkannte aber schnell, dass dieser Teil der Akte wohl nur höchst Privates enthielt. Er blätterte ihn deshalb nur noch flüchtig bis zum Ende durch und legte die Unterlage auf die Seite.

Roswitha hatte seinen leisen Anmerkungen mit halbem Ohr gelauscht, aber daneben noch im WOCHENBLATT gelesen. Das Sudoku war ihr, mit vollem Bauch, zu schwierig geworden. Nun störte sie seine Gedanken mit einem gerade gelesenen Witz: »Amerikanische Forscher bemühen sich, den Mann zur Perfektion weiterzuentwickeln. Weißt du, was dabei herauskommen soll?« Sie nahm seine Antwort lachend vorweg: »Eine EC-Karte, die sogar den Müll herunter trägt!«

»Ich war zwar gerade auch mit Banktransaktionen beschäftigt, aber so blöde waren die nicht«, maulte Werner. Ein lautes »Kikeriki« setzte einen passenden Schlussstrich hinter seinen Satz.

»Jetzt krähen die Mistviecher schon am helllichten Nachmittag«, stöhnte Roswitha.

»Wenn ein Hahn kräht, ist er bereit zu heiraten«, antwortete Werner verschmitzt, fasste sie von hinten um die Taille und drückte sie fordernd an sich.

War ihr knieumspielendes Kleid aus petrolfarbenem Seidenjersey mit fließender Kellerfalte der Grund für seine Erregung? Da kam wohl mehreres zusammen, jedenfalls gab Petrol einen spannenden Kontrast zu ihrer Hautfarbe. Roswitha zierte sich nur kurz. Sie schüttelte die silbergrauen Satinpumps von den Füßen und folgte ihm barfuß. Dann waren die beiden schon auf dem Weg in das kühle Schlafzimmer...

Danach fühlte sich Werner ganz obenauf: »Ich bin schön, stark und schlau und habe das alles gerade selbst entdeckt«, schmunzelte er.

Seine Frau gab ihm einen liebevollen Dämpfer: »Ja, ja, im Theater tritt man ab, wenn man seine Rolle gespielt hat, aber du darfst bleiben. Je älter du wirst, desto eher verwechselst du höheren Blutdruck mit Leidenschaft!«

Werner setzte beleidigt einen weiteren kessen Spruch oben drauf: »So etwas wie mich gibt es nicht zu kaufen.«

»Wenn ich ein Glas Milch will, brauche ich doch keine Kuh zu kaufen!« Roswitha blieb schließlich doch Sieger bei diesem kleinen Rededuell.

Werner versuchte ihren Sieg ins Lächerliche zu ziehen: »Ich könnte schon wieder.«

»Du bist wie ein Bonobo«, erwiderte Roswitha.

»Was ist denn das schon wieder?«

»Eine Schimpansenart, die jeden Streit mit Sex beenden will.«

»Das ist doch nicht das Schlechteste«, lachte er und gab ihr einen liebevollen Klaps auf den Po.

Noch am selben Abend zeigte sich auch bei einem anderen Nachbarn eine erste Reaktion auf den Mord.

Bei Roberto Ibarra klingelte das Telefon. Sein Schwager Fernando Delgado rief an und fragte, wann es denn nun mit dem Bauen losgehen könne. Schließlich sei der verflixte Deutsche endlich tot. Sein Grundstück könnte also mit dem anderen Teil des Areals zusammengelegt werden, und das so lange geplante Bauvorhaben könnte beginnen.

Delgado war der Bauunternehmer im Ibarra-Clan. Ihm stand infolge der Finanzkrise und des Baurückgangs finanziell das Wasser bis zum Hals. Er hatte es eilig, seine Leute wieder zu beschäftigen. Zurzeit ging sein Auftragsbestand gegen null. Nur einige seiner Leute hatten noch Ausbesserungsarbeiten für die Gemeinde durchzuführen, wie die Sanierung unten im Wendehammer.

Ibarra reagierte äußerst wütend auf den Anruf. »Bei soviel Eile könnte man glauben, du hättest die Finger in dieser blutigen Angelegenheit«, grummelte er ungnädig. »Denk daran, wer wir sind und welchen Namen wir zu verlieren haben«, wetterte er in den Hörer. Er verlangte von Fernando mehr Respekt vor dem Tod und dem Toten.

»Das musst du gerade sagen! Du hast mit deiner Beteiligung an meinem Unternehmen immer auf Superrenditen gepocht. Nun hast du die verdammte Pflicht, alles zu tun, um unseren Untergang zu vermeiden, gerade wegen unseres Namens! Oder hast du vielleicht schon etwas unternommen?«, lenkte Fernando etwas versöhnlicher ein.

Roberto Ibarra hatte Mühe, nicht auszurasten. Aber er hielt sich im Zaum. Er hatte sich natürlich selbst schon überlegt, wie sie nun vorgehen sollten. Er hatte in Erfahrung gebracht, dass Erwin Stein am kommenden Samstag bestattet wurde. Diesen Zeitpunkt wollte er schon aus Pietätsgründen abwarten. Er wollte jegliche Kritik der Leute an seinem Verhalten vermeiden.

Er erklärte das seinem Schwager widerwillig, aber mit ruhigen Worten, und schlug vor, dass man sich am Sonntag danach mit den Familien in der Lieblings-Guachinche oberhalb von La Orotava zum Mittagessen treffen könne, um alles Weitere zu besprechen.

Trotz seiner Enttäuschung über den neuerlichen Aufschub stimmte Delgado zu. Er merkte, dass mit seinem Schwager nichts anderes zu machen war.

Gedankenverloren legte er den Hörer auf, warf voller Zorn die Zimmertür ins Schloss und lehnte sich mit geschlossenen Augen von innen dagegen. Erst nach ein paar tiefen Atemzügen nahm seine Erregung ab, und er konnte wieder etwas klarer denken.

Er ging zum Fenster und blickte nach draußen auf den Hof. Seine schlanke Gestalt wirkte gebeugt. Sein schwarzes Haar hatte in den letzten Monaten viele graue Strähnen bekommen. Nun strich er sich sorgenvoll über sein gebräuntes Gesicht.

Draußen standen fast alle seine Lieferwagen. ›Sie haben nichts zu tun, es ist eine Tragödie‹, dachte er. Die Aufschrift auf den Seitenfronten zeigte, wie vielseitig sie eigentlich einsetzbar waren: »*Servicios Integrales, Fontanería, Albañilería, Pintura, Desatascos, Electricidad, Inspeccion por Camara, Localización de Fugas*«. Alle Dienste, Klempnerei, Mauerhandwerk, Anstreichen, Notdienst, Elektriker, Inspektion von Alarmanlagen, Abdichtungen. Es musste bald etwas geschehen, sonst ging seine Firma den Bach runter. Delgado säuberte sich mit einer aufgebogenen Büroklammer bedächtig seine Fingernägel.

Sein letzter Versuch, sich am eigenen Schopf aus dem Sumpf zu ziehen, war gescheitert. Er hatte sich schweren Herzens dem deutschen Bauunternehmen Müller S.A. angedient, das in großem Stil Villen in der Nachbarurbanisation La Mancha errichten wollte. Er hatte sich als günstigen Subunternehmer angeboten und war in der Kalkulation bis an die Schmerzgrenze gegangen.

Roberto Ibarra hatte ihm dazu geraten: »Apropos La Mancha, um mit Sancho Pansa zu sprechen: Jedes Ding muss einen Anfang haben! Du brauchst einen neuen Anfang. Tu endlich was, biete dich dort an!«

»Du hast Müll gequatscht«, konnte Delgado ihm kurz darauf nur sagen. »La Mancha ist kein Anfang, die Urbanisation steht bereits vor dem Ende. Dort kann man nur noch Geld versenken, und ich habe keines dafür über!«

Noch vor dem Abschluss seiner Verhandlungen war Müller pleite gegangen. Die Immobilienflaute hatte auch ihn eingeholt. Einfach Bauen ohne feststehende Käufer ging heutzutage nicht mehr!

Draußen vor der Tür krähte ein Hahn. ›Der Geldhahn kräht den letzten Schrei. Die vielen Nullen unter uns ergeben eine gefährliche Zahl‹, dachte Delgado voller Sarkasmus.

Mehrere der anderen Anrainer gingen neugierig an dem Grundstück Stein vorbei, um ja nichts zu verpassen. Einige von ihnen führten dabei ihre Hunde an der Leine, um ihre Neugierde ein wenig zu kaschieren. Sie bangten nach dem Mord um die Sicherheit der Urbanisation und waren froh, dass es nicht sie getroffen hatte. Es war wirklich schlimm, dass man nun selbst auf der Blumeninsel nicht mehr sicher war!

Als sich herumsprach, dass Werner Hofmann Erwin Steins Angelegenheit regeln würde, fanden sich natürlich auch dazu böse Stimmen: »Keiner tut was umsonst! Er wird schon wissen, warum er hilft!«

»Da hast du Recht. Auch Menschenfresser helfen Menschen nicht grundlos aus dem Rachen von Haien!«, wusste die dänische Nachbarin auf ihre typisch giftige Art beizusteuern.

Auch außerhalb der Urbanisation wurde Anteil genommen an Erwin Steins Tod.

Die junge Mercedes Alonso war verzweifelt. Sie machte sich Vorwürfe, dass sie Erwin nicht aufgeweckt hatte, als sie das letzte Mal zusammen geschlafen hatten und sie von ihm fort zur Arbeit musste. Aber eine Geschichte, die Erwin ihr noch vor dem Einschlafen von einer Reise nach Birma erzählt hatte, hatte nachgewirkt:

»In jedem Menschen lebt ein Geist, der einem Nachtfalter gleicht. Er wohnt in seinem Körper, ohne ihn kann er nicht leben. Wenn der Mensch schläft, fliegt der Falter aus seinem Mund hinaus, hierhin und dorthin, und was er auf seinem Flug sieht, sind unsere Träume. Am Morgen muss der Falter dann zu dem Menschen zurückkehren und wieder in ihn hineinfliegen. Die Birmanen wecken einen Schlafenden nur ungern auf. Es könnte ja sein, dass der Schmetterling noch weit weg ist und nicht schnell genug zurückkommen kann. Wenn er sich verirrt hat, unterwegs von einem bösen Geist gefangen und aufgefressen wurde oder einfach nur zu spät, also erst nach dem Aufwachen zurückkommt, dann schläft der Mensch alsbald auf ewig seinen letzten Schlaf.«

Wegen dieser Geschichte hatte Mercedes also Erwin nicht aufzuwecken versucht. Aber das Furchtbare war trotzdem geschehen. Erwin war trotz ihrer Fürsorge tot, und sie war allein. Der Schutzwall, den Erwin so liebevoll um sie gelegt hatte, war eingerissen.

Gegen ihre Familie und deren grässliche Art war seine Hilfe so wichtig gewesen. Bei Erwin hatte sie zum ersten Mal in ihrem Leben etwas wie Wärme und Geborgenheit verspürt. ›Kann man denn nicht einmal ein bisschen Glück im Leben haben?‹, haderte sie verzweifelt mit ihrem Los.

Der jähzornige Vater, die schwache, kranke Mutter, die nur den Sohn vergötterte, der Bruder, primitiv und brutal, nur Ringen im Kopf, nur die waren ihr geblieben, ängstigten und frustrierten sie.

Noch etwas anderes machte ihr angst. Drei Wochen waren ihre Tage schon ausgeblieben. Erwin hatte darüber Bescheid gewusst. »Ich werde dich nicht allein lassen, wenn du wirklich ein Kind bekommst«, hatte er ihr versprochen. Er hatte ihr sogar Mut gemacht und gesagt, es lohne sich immer, an gemeinsame Träume zu glauben. Sie hatte sich mit ihm zusammen zum ersten Mal wie im siebten Himmel gefühlt. Und ohne den schrecklichen Mord hätte er bestimmt Wort gehalten…

Mercedes beschloss, ihr Schicksal in stiller Einsamkeit nochmals zu überdenken. Sie machte sich auf den Weg hinab in die Urbanisation La Mancha. Dort wohnte fast noch niemand. Der Bau der Siedlung war wegen Konkurs des Bauträgers ins Stocken geraten. Die meisten Häuser waren nur begonnen und nicht fertig gestellt. Man konnte zwischen diesen Bauruinen, ganz alleine mit seinen Gedanken, einen schönen Panoramaweg entlang zu den Steilklippen gehen. Hier war sie schon oft ihren Tagträumen nachgegangen und hatte, wie sie nun erkennen musste, Luftschlösser gebaut.

Als sie am Supermarkt Mercadona vorbeikam, wurde sie in ihrer stillen Zwiesprache von dem dort herrschenden Trubel jäh unterbrochen. Autos kamen und fuhren mit Getöse davon. Wagen waren an allen passenden und unpassenden

Stellen geparkt. Sie wurden beladen, und ihre Fahrer und Fahrerinnen hielten lautstark ein Schwätzchen. Niemand bemerkte ihren Kummer, ihre Einsamkeit.

Noch eine zweite Lärmquelle musste sie passieren, bevor sie die Autobahn unterqueren konnte. Rechter Hand befand sich eine Rennstrecke für Modellrennwagen. Dort knatterte und dröhnte es noch einmal heftig. Erst als sie den Tunnel durchlaufen hatte, wurde es ruhig. Sie registrierte das dankbar. Die meisten Villen, an denen sie nun vorbeiging, waren unfertig und unbezogen. Sie waren ohne feste Käufer gebaut worden und lagen nun in der Krise brach. Erste Zeichen von Verfall schienen auf.

Mercedes begann über sich nachzudenken. Ihre ernüchternde Selbstbetrachtung offenbarte, dass sie bisher zu viele Chancen ungenutzt gelassen, ihr Leben falsch gelebt hatte und dass nun nichts mehr ging. ›Ein solches Haus werde ich mir nie leisten können‹, dachte sie wehmütig. ›Mit einem Kind ohne Mann wird sogar noch alles viel schwieriger werden‹, sagte sie sich, als sie am Beginn des Panoramawegs ankam.

Sie konnte den Atlantik unten in der Tiefe rauschen hören. Die Bucht vermittelte ihr sonst immer ein Gefühl der Ruhe und Geborgenheit. Doch heute in ihrem Kummer blieb das aus. Sie verspürte nur ganz wenig die Faszination der tosenden Atlantikwogen, die an die schroffen Uferfelsen schlugen. Es war ihr, als zöge sie heute eine Todessehnsucht in die Tiefe hinab.

Doch das gleichmäßige Schlagen der Wellen war dagegen Warnung und Beruhigung zugleich. Mercedes sah sich um. In der Ferne verschmolz die Silhouette der Steilküste mit dem Nebelschimmer über dem Meer. Letzte Sonnenstrahlen glänzten wie pures Silber auf dem Wasser. Entlang den Klippengraden auf den spärlichen Grasnarben und zwischen den grünen Büschen sprangen trittsicher einige Ziegen. Ihr

Meckern wurde vom Wind zu ihr herübergetragen. Einige kleine Fischerboote tanzten hinter ihnen weiß leuchtend auf den Wellen. Die meisten Boote waren schon zwischen die Steinrippen des Strandes gezogen worden. Der Fischer da draußen war so einsam wie sie.

›Ich muss Gewissheit haben, ob ich wirklich schwanger bin, bevor ich eine Entscheidung treffe‹, überlegte sie sich. Sie beschloss, am nächsten Tag mit dem Bus nach Puerto zu fahren, um einen Arzt aufzusuchen.

In Santa Úrsula wollte sie sich für keinen Preis der Welt untersuchen lassen. Der Check-up musste anonym bleiben, sonst konnte sie ihren vermuteten Zustand auch direkt an die große Glocke hängen!

Elisabeth Stein reagierte trotz ihres hohen Alters schnell. Schon am nächsten Vormittag kamen die Vollmachten für Werner Hofmann mit den Anweisungen ihres Anwalts per Telefax vorab und waren im Original mit Eilpost an ihn auf dem Weg.

Die Insel des Ewigen Frühlings strafte ihren Namen wieder einmal Lügen. Ein böiger Westwind trieb tiefe, graue Wolken gegen das Ufer und prasselte die nasse Fracht auf das durstige Land. Einzelne dicke Tropfen zersprangen auf dem harten Boden oder kullerten glitzernd über das Blattwerk. Die Luft kühlte merklich ab. Alle Gutwettergefühle wurden im Keim erstickt. Die fortwährenden Regenschauer bildeten einen undurchsichtigen Vorhang, hinter dem alles in weichen Konturen verschwamm.

Blitz und Donner setzten ein und nahmen die letzte Hoffnung auf baldige Rückkehr der Sonnenstrahlen. Das Wasser fiel so mächtig auf den harten Erdboden, dass der es gar nicht mehr aufnehmen konnte. Es strömte in kleinen Rinnsalen bergab, die sich schnell zu Sturzbächen sammelten, Erde und Zweige mit sich rissen und braun schäumend durch die zerklüfteten Barrancos hinab in die Täler sprangen.

Auf der Rückscheibe eines kleinen Renaults pappte ein Schild mit einem strahlenden Kind darauf. *Bebé a bordo*, Baby an Bord, stand darunter. ›Wird das das Ergebnis meiner heutigen Untersuchung sein?‹, dachte Mercedes ängstlich.

Sie war in einer Arztpraxis in Puerto angemeldet, wo niemand sie persönlich kannte. Sie hatte sich für die Untersuchung einen halben Tag frei genommen. Völlig durchnässt vom Regen kam sie in der Praxis an. Dort ging alles ganz schnell: eine freundliche Schwester, ein eiliger Arzt, Ultraschall, Schnelltest, Gewissheit, sie war schwanger!

Die Rückfahrt verlief tief in Sorgen. Den immer noch niederprasselnden Regen beachtete sie gar nicht. Als sie in Santa Úrsula aus dem Bus stieg, traf sie zu allem Übel auch noch auf Marco Fuentes. Zunächst verfolgte der sie nur mit Blicken. Dann versuchte er, mit ihr anzubandeln. Sie ließ ihn mit arroganter Miene abblitzen. Ihre rüde Zurückweisung traf den jungen Mann schmerzlich. Er ließ enttäuscht von Mercedes ab und ging still fort. Mercedes reagierte mit Erleichterung. Bald hatte sie Marco vergessen. Sie hatte wahrlich Wichtigeres zu bedenken.

Sollte sie das Kind behalten? Abtreibung war ungesetzlich. Sie konnte nur heimlich erfolgen. Vor einem stümperhaften Eingriff hatte sie große Angst. Vor ihr geistiges Auge traten auch die harten Strafen, die sie dafür einst vor dem Jüngsten Gericht erwarten würden. Mercedes war gläubig…

Zu den frommen Schwestern in ein Kloster zu gehen, kam für sie aber auch nicht infrage. Dort würde sie Erwins

Kind nicht behalten dürfen. Die Enge des Klosters ein Leben lang zu ertragen, würde ihr ebenfalls nicht gefallen.

Sie fasste endgültig den Entschluss, das Kind zu behalten, schon als Erinnerung an Erwin! Dafür musste sie den Kampf mit ihrer Familie bestehen!

›Ich lasse mich nicht auf dem Familienaltar opfern‹, machte sie sich Mut. ›Pluto parkt in Ihrem Sternzeichen und räumt Hindernisse aus dem Weg‹, hatte sie noch heute Morgen im Horoskop gelesen. ›Die Sterne lügen nicht‹, dachte sie mit leichter Hoffnung. ›Ich werde die Gunst der Stunde nutzen!‹

Sie wusste allerdings nur allzu gut, was sie nun zu Hause erwartete. ›Was nützt mir die schöne, weite Welt, wenn mein Zuhause so eng und schmerzhaft ist wie ein zu kleiner Schuh‹, dachte sie verzweifelt. Es würde schrecklich werden, aber sie musste zu allem stehen, was sie sich gerade vorgenommen hatte.

Der Vater erwartete sie am Tisch in der Küche wie ein Zerberus. Er hatte beim Einkaufen in Erfahrung gebracht, dass sich Mercedes einen halben Tag frei genommen hatte.

»Warum schwänzst du deine Arbeit? Haben wir zu viel Geld?«, knurrte er sie böse an.

Ihre Mutter saß wie unbeteiligt neben ihm und war Mercedes wie immer keine Hilfe.

Ihr Bruder verfolgte erwartungsvoll vom Sofa aus mit hässlichem Grinsen, was nun geschehen würde.

Ihr Vater hatte ihr mit seinen Worten eine Steilvorlage gegeben, und die wollte die verzweifelte junge Frau nutzen: »Ich war beim Doktor, und er hat festgestellt, dass ich schwanger bin«, gab sie patzig zurück.

Für einen längeren Moment wurde es sehr ruhig im Zimmer. In diese Ruhe hinein setzte Mercedes ihre Beichte mit monotoner Stimme fort: »Das Kind ist von Erwin Stein, dem toten Deutschen. Wir haben uns geliebt, und ich will das Kind behalten!«

Sie hatte bei den letzten Worten ihre Stimme bewusst angehoben, sie wollte keinen Zweifel an ihrer Absicht entstehen lassen. »Ich werde das Kind austragen«, wiederholte sie, wie zur Bekräftigung, und fühlte sich ungleich wohler über so viel Mut.

Nun wurde es laut im Zimmer. Ihr Vater wütete und war ganz außer sich. »Wenn das Balg erst da ist, wird die ganze Verantwortung dafür auf dir liegen. Weißt du, wie viel Zeit den Frauen von Kindern gestohlen wird? Da bleibt keine mehr über, um den Unterhalt zu verdienen! Das Kind muss weg!«

Mercedes stiegen Tränen in die Augen. Sie schüttelte nur stumm den Kopf und sah Hilfe heischend zu ihrer Mutter hin. Die wandte ihren Blick jedoch einfach weg.

In den Zügen ihres Vaters trat unerwartet eine Veränderung ein. Auf einmal hatte ihn ein ganz neuer Gedanke befallen, und Gier war in seine Augen getreten: »Dann musst du dich eben untersuchen lassen. Das Kind muss eindeutig als von Señor Stein bestätigt werden. Dann wollen wir wenigstens erben! Die Schande bleibt natürlich trotzdem auf unserer Familie sitzen«, seufzte er.

Mercedes Augen weiteten sich vor Entsetzen. Sie wollte das Gehörte nicht glauben. Doch irgendwie erleichterte sie der Gedankengang des Vaters auch. Sie würde auf diese Weise Zeit gewinnen. Der Embryo würde weiter wachsen, bis man ihn nicht mehr entfernen konnte…

Ihr Bruder Alberto glaubte nun auch etwas beisteuern zu müssen. Er griff den letzten Gedanken des Vaters auf und faselte von verlorener Familienehre, wenn sie unverheiratet Mutter würde. Er kam sich bei seinem Gerede sehr wichtig vor und hatte auch eine Patentlösung parat:

»Wir müssen dich auf jeden Fall verheiraten. Ich werde mich um einen Mann für dich kümmern. Noch sieht man dir deine Schwangerschaft nicht an! Das müssen wir nutzen. Deine Hochzeit muss spätestens im nächsten Monat über die Bühne gehen.«

Der Vater lobte Alberto für diese Idee, und der fühlte sich glücklich und endlich wieder einmal anerkannt. Er hatte auch schon einen Ehemann für seine Schwester im Auge!

Das Wetter wendete sich wieder zum Guten. Der Tag des Festes der Heiligen Ursula kam herbei. Es wurde bereits langsam dunkel. Werner Hofmann hatte im Wohnzimmer eine Kerze angezündet und wollte sich auf die Prozession vorbereiten. Er hatte sich die Glanzbroschüre hervorgeholt, die der Bürgermeister allen Haushalten in die Briefkästen hatte werfen lassen. Hofmann blätterte darin und dachte: ›Genauso protzig wie im vorigen Jahr! Kein Anzeichen für die Krise!‹

Die Broschüre zum Fest war von erlesenem Buntdruck, enthielt über zwanzig ganzseitige Farbfotos, und auch die Papierqualität war hochwertig. Ein Grußwort reihte sich an das nächste. Alle »Oberen der Stadt« kamen zu Wort und lächelten dem Leser huldvoll zu. Dann folgten mit geschönten Bildern die gekürten Ehrendamen. In allen Altersklassen strahlten die Auserwählten in ihren Festtagsroben. Mercedes Alonso gehörte dazu. Natürlich waren auch der Heiligen Ursula und ihrem grausamen Martyrium mehrere Seiten gewidmet.

Werner als Kölner fühlte sich davon besonders bewegt. Schließlich war die Heilige in der Domstadt ermordet worden. Für sie und alle elftausend Jungfrauen ihrer Begleitung zierten elf züngelnde Flämmlein das Kölner Stadtwappen.

Die Flamme auf dem Wohnzimmertisch flackerte, als

Roswitha eintrat und die Idylle störte. Sie schnüffelte prüfend und beäugte die Kerze. Dann ging sie zu ihr hin und blies sie aus.

»Warum tust du das?«, fragte Werner mit deutlichem Missfallen im Ton.

»Du hast wieder am falschen Ende gespart, mein Schatz, das ist kein Bienenwachs, sondern Paraffin! Paraffinkerzen hinterlassen gesundheitsschädigende Stoffe in der Raumluft, Alkane, Alkene, Benzol und Toluol, das in hohem Maße krebserregend ist. Darum habe ich die Kerze ausgeblasen: aus Sorge um deine Gesundheit«, fügte sie hinzu. »Nimm lieber Duftkerzen: Safran, Zimt, Kardamom und Nelken wirken nicht nur in Speisen harmonisierend. Opferbringung durch Rauch, *per fum*, war schon bei den Göttern der Antike beliebt. Außerdem müssen wir bald hoch zu Familie Bogen. Wir wollen doch mit ihnen gemeinsam die Sankt-Ursula-Prozession anschauen.«

»Na gut, Frau Doktor Allwissend«, spöttelte Werner und quälte sich mit einem tiefen Seufzer aus seinem gemütlichen Sessel.

»Frag mich nur immer, Schatz, ich weiß alles besser«, lachte sie neckisch.

Werner wollte für den Weg nach oben in den Ort eigentlich seine neuen Slipper anziehen, doch dann entschied er: »Ich bekomme von neuen Schuhen immer Blasen«, und schlüpfte trotz Roswithas lauten Protesten wieder in seine alten Treter.

Der Wind war umgeschlagen, und der Passatwind brachte angenehme Kühle. Es herrschten beste Voraussetzungen für den höchsten Tag des Jahres von Santa Úrsula.

Werner schnaufte neben seiner leichtfüßigen Roswitha wie ein Walross die steile Avenida hinauf. Trotz der Kühle des Abends klebte sein Hemd schnell am Körper. Sein Atem ging schwer. Bei aller Anstrengung musste er seinem Ärger Luft lassen: »Es ist schon eine Schande, dass wir hier in unserem so genannten Nobelviertel nicht einmal eine Straßenbeleuchtung haben.« Nach diesen Worten schnaufte er noch heftiger und ließ seine Taschenlampe anklagend über den Asphalt streichen.

»Die wirst du gleich oben vor dem Rathaus sehen«, antwortete seine Frau spöttisch. Es war ein nicht verstummendes Gerücht unter den Residenten, dass der Bürgermeister die für ihre Urbanisation bestimmte Beleuchtung zweckentfremdet habe und dass die schönen Lampen nun vor dem protzigen Rathaus von Santa Úrsula stünden.

Ziemlich atemlos erreichten die Eheleute das Haus ihrer Freunde. »Casa Arco« hatten die es auf Spanisch nach ihrem Schweizer Familiennamen »Bogen« genannt.

»Denk dran, drei Küsse«, ermahnte Roswitha ihren Werner, der immer wieder vergaß, dass Schweizer sich beim Begrüßen dreimal küssten.

Werner stöhnte gequält, war aber im Grunde seines Herzens für die Erinnerung dankbar. Endlich würde seine Begrüßung einmal richtig »eidgenössisch« ausfallen!

Ihre Freunde hatten schon auf sie gewartet. Sie machten sich nach einer kurzen Begrüßungszeremonie zu viert auf den Weg.

»Auf steilem Hang voll Glauben im Herzen der Heiligen entgegen«, rezitierte Werner mit knappem Atem.

Ursula Bogen sah Roswitha erstaunt an. Die brachte ein gequältes Lachen zustande: »Ein Haiku, ein japanisches Gedicht! Werner bemüht sich, ein Dichter zu werden.«

»Ich dachte immer, Männer hätten wenig Sinn für Poesie«, antwortete Ursula mit einem Seitenblick zu Werner hin.

»Quatsch, die meisten Gedichte sind doch von Männern«, knurrte der zurück.

»Was ist denn überhaupt ein Haiku?«, versuchte Ursula einzulenken.

»Man muss das Gedicht nach japanischem Vorbild streng auf 17 Silben beschränken«, antwortete Werner eifrig.

»Und das nervt«, meinte Roswitha.

»Das ist, als dürfe man nur ein Stückchen Kuchen essen oder nur 17 Gramm Steak oder in nur 17 Sekunden Liebe machen.«

»Nun ja, das passiert Männern ja wohl öfter«, grinste Ursula frivol und hatte Roswitha als Lacherin auf ihrer Seite.

»Häufige Prügel halten das eheliche Bett warm«, knurrte Werner, und Sepp Bogen nickte zustimmend.

Beide Frauen stießen eine weitere Lachsalve aus.

»Bin ich nicht der Hüter unseres Hauses?«, fragte Werner und gab sich nun wirklich entrüstet.

»Eine Frau ohne Mann ist wie ein Goldfisch ohne Fahrrad«, versuchte Ursula ihn weiter zu provozieren, und es gelang ihr.

Roswitha kicherte: »Du warst vielleicht der Hüter, bevor wir uns Lichtmelder und eine Alarmanlage angeschafft haben«, meinte sie keck.

»Gib endlich Ruhe, du kannst doch gar nicht ohne mich leben, gibt das wenigstens zu«, versuchte sich nun wieder Werner.

Doch Roswitha war heute auf Krawall gestimmt und goss erneut Öl ins Feuer: »Nun ja, ich habe mich an dich gewöhnt, eben wie an meinen Tinnitus im Ohr.«

»Männer sind wie der Mai, wenn sie heiraten, und in der Ehe wie der Dezember, so viel zum Leben miteinander!«, hatte Ursula als Beitrag parat.

Der ließ die beiden Männer endgültig verstummen.

Entlang der Carretera General rankten sich zur Feier des Tages schon die hell erleuchteten Weihnachtsgirlanden.

»In den Supermärkten schon Weihnachts-CDs und in den Straßen jetzt auch das noch!« Sepp Bogen schüttelte missbilligend den Kopf.

Die vier reihten sich in die Menschenmenge ein, die dem Zentrum entgegen strebte.

Es sah aus wie auf einem lokalen Laufsteg: Die Männer zeigten sich in ihrem »Sonntagsschick«. Ihre Jogginghosen beulten und schlotterten um ihre Beine. Die Frauen trugen hingegen ihre Kleidung hauteng, wie mit dem Schuhlöffel angezogen. Jede Speckrolle und jede Hautfalte war deutlich abgebildet und leuchtete unter den grellen Farben der Stretch-Stoffe, obwohl es schon zu dunkeln begann.

Die Straße war für den Durchgangsverkehr gesperrt, aber durch die vielen Fußgänger genauso verstopft wie durch die Blechlawine der Autos während der Rushhour.

Einladend klang ihnen die Kirchenglocke entgegen. Vereinzelte Töne von Blechbläsern zeigten, dass die schon eifrig für den Umzug übten.

Die vier Freunde waren inzwischen an einer Biegung der Straße angekommen und hatten freien Blick auf die kleine, angestrahlte Kirche und den in beschaulichem Licht liegenden winzigen Park davor. Menschen flanierten als Schattenrisse darin hin und her.

Neben der rechten Straßenseite leuchtete unter grellem Scheinwerferlicht das bombastische Rathaus wie im Sonnenschein. Hinter seinen hohen Fenstern brannten wie zur Unterstützung die großen Deckenleuchter. Die Fahnen Spaniens, Teneriffas und Santa Úrsulas wehten an der Vorderfront des Gebäudes im Wind.

»Was für ein Glück, dass sie den Mörder von Erwin Stein schon gefasst haben. Es wäre mir ganz schön mulmig, wenn er hier noch herumliefe«, sagte Ursula.

»Der wäre doch längst auf und davon«, entgegnete ihr Mann.

»Wieso? In der Menge wäre er doch am besten verborgen!«, widersprach ihm seine Frau

»Ach du sprichst wohl von der berühmten Nadel im Heuhaufen?«, sprang ihr Roswitha zur Seite. Ursula nickte dankbar.

Vor dem Kirchlein erkannten die vier schnell, dass sie im Inneren des Gotteshauses keinen Platz mehr ergattern würden. Die Gläubigen standen bereits eng zusammengedrängt bis weit aus der geöffneten Kirchentür heraus.

»Wie Schafe«, meinte Werner.

»Schade, nun werde ich dieses Jahr gar nicht das Bild unseres Doms sehen.« Darüber war er wirklich traurig.

An der linken Seitenwand der Kirche hing nämlich ein Gemälde des Kölner Doms und erinnerte an die gemeinsame Stadtpatronin beider Orte, die Heilige Ursula.

Oben von der Umrandung des kleinen Parks aus hatten die Freunde dann doch noch einen guten Blick auf die Vorderfront des Kirchenraumes mit dem golden schimmernden Altar.

Vor der Kirche tat sich schon einiges. Zu beiden Seiten des Portals formierten sich zwei Reihen würdiger Señoras. Mit schimmernden Kerzengläsern auf langen Holzstielen in den Händen säumten sie den Weg bis zum Anfang der Straße. Hinter ihnen standen die gekürten Königinnen des Abends. Mercedes Alonso fehlte dabei.

Werner Hofmanns Blick schweifte, wie das bei reiferen Männern öfter geschieht, zu einer der jüngeren Schönen hin. Auf ihrer rosafarbenen Seidenschärpe stand in schwarzen Lettern »Marina Barroso, Miss Elegancia«. Die junge Frau trug ein figurbetontes weinrotes Wollkleid, sündhaft tief ausgeschnitten. Figur hatte sie, oben wie unten! Einen ausgeprägten Hintern hatten ja die meisten Insulanerinnen. Aber bei Marina war auch oben alles wohlproportioniert. Ihr langes blauschwarzes Haar glänzte im Licht der Kerzengläser genau wie das Diadem, das sie darauf trug. Ihr Mund war aufreizend geschminkt. Ihre dunklen Augen glitzerten vor Festtagsstimmung. Ein Prachtweib stand da auf schwarzen Lackschuhen mit hohen Bleistiftabsätzen, stellte Werner mit verstohlenen Blicken bewundernd fest.

Die Kirchenglocke kündete vom Ende der Andacht, und nun wurde es richtig geschäftig. Messdiener in weißen Gewändern mit roten Schärpen formierten sich mit silbernen Kruzifixen und Laternen mit elektrifizierten Kerzen auf langen, ziselierten Silberstangen. Der Älteste von ihnen trug ein wunderschön besticktes Banner. Ganz fein aufgestickt war eine golden leuchtende Monstranz vor blauem Himmel inmitten von Blumen- und Blätterranken.

Auch die Musikgruppe hatte sich im Halbdunkel aufgestellt, und eine getragene Melodie verkündete den Beginn des Umzugs. Die Musiker hatten selbst nach harten Arbeitstagen auf diesen Abend hin geprobt. Pepe, der tagsüber Mobilfunkantennen aufbaute, spielte Oboe. Der Posaunist arbeitete als Bäcker, die kleine Schwarzhaarige mit der Klarinette war Wäscherin und der Trompeter Fahrer eines Kleinbusses. Der Musiklehrer der Schule führte die Gruppe an. Mit dem Motto »Musik ist das einzige was zählt«, hatte er seine Leute auf Bestleistung getrimmt.

»Ich leide«, meinte Sepp Bogen zu dem Trubel.

»Als Christen wissen wir, dass wir durch die Annahme des Leidens zu uns selbst finden können«, antwortete ihm Werner schlagfertig.

Bald setzte sich der Zug in Bewegung. Die Straße war nur grob asphaltiert, und so rumpelte es dann auch heftig, als es losging. Die Alten mit den Lichtgläsern setzten sich an die Spitze des Zuges. Das Banner mit der Monstranz und einige Messdiener folgten. Nun schlossen sich aus der Kirche kommend die Honoratioren der Stadt mit gemessenen

Schritten an. Pablo Arvelo, Bürgermeister von Santa Úrsula, Roberto Ibarra, Iván López, der Bankdirektor, Fernando Delgado, der trotz finanzieller Nöte wieder den Aufbau der Festbühne gestiftet hatte – man musste ja den Schein wahren –, waren genauso darunter wie Javier Torres, der Polizeichef von Puerto, der hier oben wohnte.

»Wo alle einstimmig singen, ist der Text ohne Bedeutung«, kommentierte Sepp Bogen den Aufzug provokativ. Er war eingefleischter Atheist.

»Ich hörte lieber einen Gott sagen, ›glaube mir‹, als ›glaube an mich‹«, war einer seiner Lieblingssätze, um gläubige Mitmenschen zu brüskieren.

Die Prozession bewegte sich langsam in den Ort hinein. Ein Priester ging vor dem Standbild der Heiligenmuttergottes im Strahlenkranz mit dem Jesuskind auf dem Arm. Die Madonnenfigur wurde auf einer mit roten Orchideen besteckten Bühne getragen. Die Träger gingen versteckt und gebückt unter einem dunkelroten Samtüberwurf. Sie wurden an den Ecken der Tragebühne von vier Würdenträgern mit leichten Berührungen in die richtige Richtung gelenkt, denn sie konnten unter der Bühne selbst nichts sehen. Die Figur auf ihrem mit Blumen geschmückten Podium schien zu lächeln, sie schaukelte sanft über den unebenen Straßenbelag dahin. Sie wirkte dabei wie ein Fischer, der Planken und leichtes Geschaukel lieber unter seinen Füßen verspürt als festen Boden.

Nach einem weiteren Musikzug und einer mitlaufenden Schar von Gläubigen und Messdienern kam als Höhepunkt die Figur der Heiligen. Pater José ging voran und schlug emsig nach links und rechts über die Zuschauer segnend das Kreuz. In hellem Gewand mit rot-goldenem Umhang stand die Heilige Ursula wie eine Königin auf einem glänzenden Podest mit den Insignien ihrer Würde in den Händen. Auch die todgeweihte Märtyrerin versank förmlich im herrlichen Blumenschmuck, der betörenden Duft ausströmte.

Überall wo die Heilige vorbeikam, ging ein bewunderndes Raunen durch die Menge. Manche der Gläubigen deuteten einen Kniefall an, andere bekreuzigten sich oder beteten still um ihre Hilfe.

»Ich lese gerne die Lebensläufe der Heiligen von hinten«, stichelte Sepp Bogen wieder aufs Neue. »Da bleibt die Hoffnung, sie könnten wieder Mensch werden.« Er hörte nicht auf, die erhabene Stimmung ins Lächerliche zu ziehen.

»Kein Kommentar«, antwortete ihm Werner kurz angebunden. Er war nicht bereit, sich den schönen Augenblick durch solch respektlose Sprüche vermiesen zu lassen.

Doch Sepp ließ nicht locker: »Weißt du, wer ein fortschrittlicher religiöser Mensch ist?«

»Ich natürlich«, antwortete Werner prompt.

»Dann musst du zugeben, dass der Mensch vom Affen abstammt, aber für dich gilt dann wohl: von dem aus der Arche Noah«, lachte Sepp dröhnend. »Ich bin und bleibe bekennender Atheist. Mir reicht schon, dass sich euer Papst damit brüstet, er verstünde Gottes Willen, und dafür Bezahlung und Gehorsam fordert!«

»Wieso Bezahlung?«, fragte Werner irritiert.

»Die Kirchensteuern natürlich, die ›wahren Gläubigen‹ sind schließlich blöde genug, die zu entrichten.«

»Ja, für soziale Aufgaben, Hilfe an die Dritte Welt und Ähnliches«, entgegnete Werner.

»Und für Protz und Prunk!« Sepp blieb bei seiner Lesart und auf Konfrontationskurs. »Religion ist einfach nur Opium fürs Volk!«

»Aha, jetzt wird Marx auch noch zum Schweizer gemacht! Du wirst in der Hölle schmoren mit deinem Unglauben!«

»Dann werde ich tapfer in sie hineingehen, denn dann ist sie bestimmt nur halb so heiß.«

Sepp behielt nicht nur das letzte Wort, sondern spritzte auch weiterhin Gift. Werner hatte jetzt genug. ›Ich schweige, wenigstens bis zum nächsten unzumutbaren Nadelstich‹, dachte er erbost.

Der Prozessionszug war am Anfang der Straße nach rechts abgebogen und dann unterhalb der Kirche Richtung Stadtmitte weiter gewandert. Er würde kurz vor dem Ende des Ortskerns wieder bergan marschieren und auf der Hauptstraße zurückkommen. Viele unter den Zuschauern, die an dem Fest nicht zum ersten Mal teilnahmen, wussten, dass sie nun eine knappe Stunde zu warten hatten. Als der Festzug in der Dunkelheit verschwunden war und selbst die Klänge der Bläser nur noch leise herüberschwebten, suchten die Menschen nach neuer Unterhaltung.

Bald war der kleine Park von ihnen bevölkert. Die Alten hatten die Steinbänke erobert. Die Jüngeren standen in Gruppen zusammen und unterhielten sich. Die Kinder tollten in ihrer Festtagskleidung zwischen Sträuchern und Bäumen, und die Eltern ließen sie liebevoll gewähren. Es sollte wirklich ein Festtag für alle sein. An den Buden am Straßenrand drängten sich Kaufwillige. Es roch nach gerösteten Zuckermandeln und warmem Nougat. Auch heiße Maronen wurden angeboten. Die Durstigen labten sich an kühlen Getränken.

Die Gewiefteren warteten nicht, bis sich der Festzug in der Ferne durch Geräusche und Lichtschimmer wieder ankündigte, sondern suchten sich schon vorher gute Plätze für das abschließende Spektakel mit dem großen Feuerwerk.

Sepp entschloss sich, die Zeit des Wartens für ein weiteres Wortscharmützel mit Werner zu nutzen. »Religion ist ein Fertighaus für arme Seelen«, war sein nächstes Angebot.

Der Zug kam mit Pauken und Trompeten immer näher. Die Kerzen glitzerten in den geschliffenen Gläsern wie kleine Kristalle. Der Zug selbst glich in der Dunkelheit einem riesigen Glühwurm.

Erst vor der Seitenwand der Kirche löste er sich langsam auf. Die Honoratioren schritten stolz über die Straße auf das beleuchtete Rathaus zu und verschwanden in dem einladend geöffneten Portal. Die anderen Prozessionsteilnehmer waren stattdessen bemüht, sich bestmöglich zwischen die am Straßenrand Wartenden zu drängen. Die Madonna mit dem Kind und die Heilige Ursula erhielten auf ihren Podesten die besten Plätze in ihrer Mitte mit freier Sicht auf das Rathaus.

»Das ist gut, dass die dort stehen. In unserer christlichen Welt haben die schlechtesten Menschen sonst die besten Plätze. Das kann dieses Mal wenigstens nicht geschehen. Den Figuren gönne ich sie jedenfalls eher«, sagte Sepp. »Und doch muss ich auch hier wieder einen Wermutstropfen finden: die Schlechten stehen ja alle schon oben an den Rathausfenstern! Da stehen sie und glauben fest, sie wären die Besten«, meinte er.

An dem hektischen Geschnatter der Zuschauer konnte man erkennen, dass nun bald etwas Besonderes bevorstand. Die Menge war nervös und unruhig geworden.

Endlich öffnete sich die Tür zur Empore des Rathauses. Pablo Arvelo, der Bürgermeister der Stadt, grüßte seine Wähler mit schwülstigen Worten und winkte huldvoll in die Menge hinab. Wer zusammen mit ihm auf den Rathausbalkon treten durfte, war im Ort wirklich von Bedeutung und wurde von den anderen neidisch beäugt. Eine solche Stellung wurde mit Klauen und Zähnen verteidigt! Sie zu verlieren kam dem Verlust der Ehre gleich. Fernando Delgado dachte mit Angst daran, als er dort stand. Auch Roberto Ibarra und einige andere bewegten ähnliche Gedanken.

Señor Arvelo kündete durch sein Mikrofon das Feuerwerk zu Ehren der Stadtheiligen an und gab gebieterisch das Zeichen für seinen Beginn.

Die Stadt hatte wieder an nichts gespart. Von oben rieselte der Funkenflug auf die kleinen Leute herab, die das Spektakel jubelnd genossen. Bunte Kugeln und glitzernde Sterne explodierten mit Getöse, stiegen in luftige Höhen und fielen wieder zur Erde herab. Sie wurden mit Klatschen und Hurra-Geschrei empfangen. Wie jedes Jahr schloss das Schauspiel mit einem nicht enden wollenden Geknatter dicker Kracher.

Das war jedoch noch längst nicht das Ende. Nun war Fiesta bis tief in die Nacht angesagt! Alle Lokale waren geöffnet, und schnell wurden die Stühle innen wie außen besetzt. Auf der von Delgados Arbeitern aufgebauten Festbühne wechselten sich nun in zermürbender Lautstärke Musikgruppen ab. Auf der Straße davor wurde getanzt. Auch die Verkaufsbuden hatten noch Hochbetrieb.

Sepp hatte Werner mit seinen dauernden unfrommen Sprüchen ein wenig die Stimmung verhagelt.

Zur Besänftigung halfen nur einige kalte Biere, die im Übrigen auch gut für die nötige Bettschwere waren. Bald saßen die vier in einer Bar.

»Feiern können die Spanier«, äußerte sich Sepp Bogen zum ersten Mal anerkennend und nahm genüsslich einen Schluck aus seinem tiefgekühlten Bierglas.

Als sich die Reihen endlich lichteten, blieb Santa Úrsula mit viel Schmutz und Müll auf den Straßen zurück. Morgen würde ein Tag der Straßenfeger werden!

Auch die vier von Lomo Román machten sich auf den Weg zurück zu ihren Häusern. Sepp Bogen war reichlich betankt. Er war inzwischen bei seinem zweiten Lieblingsthema angelangt, der Veränderung des Klimas auf der Insel und in der ganzen Welt: »Die Lobbyisten sorgen dafür, dass wirtschaftliches Wachstum immer noch Vorfahrt behält. Dabei ist es doch fünf vor zwölf! Aber sie erfinden lieber immer neue Spinnereien, hinter denen sie sich verstecken können. ›*Geo-Engineering*‹ nennen sie die neuen Heilsbringer. Mit gezielten Eingriffen in die Atmosphäre soll der CO_2-Gehalt reduziert werden! Die Ozeane werden mit Eisen gedüngt.

Sulfatpartikel werden in die Stratosphäre geblasen, sie sollen die Sonnenstrahlen zurück ins All leiten! Spätestens unsere Kinder werden erleben, dass das alles nichts nützt.«

»Du hast doch gar keine Kinder«, mischte sich Ursula ein und packte ihn am Arm, denn er torkelte gefährlich hin und her.

Sepp wandte sich nun Streit suchend an Werner: »Ich wundere mich, dass du gar nichts zu sagen hast. Gerade ihr Deutschen reklamiert doch in Umweltfragen immer die Vorreiterschaft!«

Werner wehrte sich gegen einen weiteren Disput: »Meine Beine sind nur noch müde und auch mein Kopf.«

»Ein englischer Wetterdienst will die Klimadaten der letzten 160 Jahre nochmals untersuchen und die menschengemachte Erwärmung endgültig beweisen«, warf Roswitha für ihn ein.

Nun war auch Sepps Redelust alkoholbenebelt verflogen, und er trottete ohne ein weiteres Wort, fest auf Ursulas Arm gestützt, bis zur Casa Arco hinab. Sie verabschiedeten sich, dann stapften die Hofmanns eingehakt weiter bergab in die Dunkelheit. Die schmalen Lichtstreifen ihrer Taschenlampen zeigten ihnen unzureichend den Weg.

»Pass auf, dass du in keinen Hundehaufen trittst«, warnte Werner Roswitha.

»Mancherorts setzen sie schon kleine Fähnchen neben die Haufen, um gegen das Ausmaß der Sauerei zu protestieren.« Sie wusste wieder einmal mehr als ihr Mann.

Sonst waren die beiden froh, weiter unten zu wohnen. Da hörte man nichts von dem Dauerrauschen der Autobahn und hatte oft noch Sonnenschein unterhalb der Wolkenbildung. Heute aber verfluchten sie diesen Umstand, der sie davon abhielt, wie die Bogens schon längst im Bett zu liegen.

Der nächste Morgen in Santa Úrsula begann verhalten. Die meisten Bürger ließen es langsamer angehen als sonst, denn sie hatten schließlich bis in den Morgen gefeiert.

Nur die besonders fleißigen waren schon unterwegs. Dazu gehörten die Männer der Müllabfuhr. Die Straßen mussten gesäubert sein, wenn sich das Gros der Bürger auf den Weg zur Arbeit machte. Auch in der Polizeistation wurde noch »Schmalspurdienst« geschoben. Der Beamte, der alleine die Nachtwache gehalten hatte, machte sich gerade auf einen Rundgang, um zu sehen, wie der Häftling seine Nachtruhe verbracht hatte. Das war für ihn eine seltene Arbeit. Die Zelle des Reviers war selten belegt, erst recht nicht so spektakulär!

Der Beamte knipste das Licht an und schlurfte leicht müde über den langen Flur. Vor der Zellentür blieb er stehen, schob die Abdeckung des Gucklochs beiseite und sah hinein. Der Häftling lag nicht auf seiner Pritsche und war auch sonst nicht zu sehen. Etwas nervös fingerte der Beamte seinen Schlüsselbund vom Hosengürtel, wählte den Zellenschlüssel aus und steckte ihn eilig in das Türschloss. Er schloss auf und öffnete die Tür. Was er sah, erfüllte ihn mit Entsetzen. Der Farbige hatte sich in der Zelle erhängt!

Jedes Gefängnis hat Fenster, und die erregten zumeist die Fluchtgedanken der Insassen. Dieses Mal war es jedoch das Gitter davor, das Beihilfe zur »letzten Flucht« des Inhaftierten geleistet hatte. Das zerschnittene und zusammengeknotete Betttuch der Pritsche hing an den Fensterstäben, und daran hing Ali Machoud!

Fremdverschulden schien ausgeschlossen, aber eine andere Verschuldensfrage stellte sich neu: Der Gefangene hatte vor seinem Freitod mit eigenem Blut mehrfach das Wort »unschuldig« an die Wand gekritzelt!

Lief der Mörder Steins wirklich noch frei herum? Die Ermittlungen mussten wohl oder übel wieder aufgenommen werden.

Als Inspektor Morales nach etwa einer halben Stunde auf dem Revier eintraf, wurde er sofort informiert.

»Was könnte ein besseres Schuldanerkenntnis sein«, meinte Morales zunächst und machte sich auf den Weg zu der Zelle. Dort trat schnell Ernüchterung bei ihm ein. Er sah schnell ein, dass er nun ein Problem hatte: »Unschuldig« hatte Ali Machoud mit eigenem Blut an die Wand geschrieben. Wenn das Bestätigung fand, würde man über ihn herfallen. Lob und Anerkennung für die schnelle Aufklärung des Falles wären genauso schnell vergessen wie gerade ausgesprochen!

Morales sah sich den Ort der Tat gründlich an. Der Schwarze hatte seine Bettdecke zerrissen und ein Seil daraus geknüpft. Mit diesem zusammengestückelten Seil hatte er eine feststehende Schlinge gebunden. Die hing nun mit viel Spiel um seinen Hals, war leicht verzerrt und hatte auf seinem Nacken einen Abdruck in Form eines auf dem Kopf stehenden V hinterlassen. Mit ihrem einseitigen Zug hatte sie zu einer schrecklichen Verdrehung des Kopfes geführt. Der Striemen des Seilabdrucks verlief deshalb auch nicht gleichmäßig um den Hals.

Machouds Haut schimmerte wächsern. Sein Mund stand schief und die wulstigen Lippen waren graublau verfärbt. Sein Unterkiefer drückte sich in den Hals, es sah aus, als habe er ein Doppelkinn.

»Als der Schwarze vom Stuhl herabgesprungen ist, ist sein Genick durch den Zug des Seils nicht sofort gebrochen«, erklärte ihm der Beamte des Nachtdienstes. »Machoud ist deshalb nicht sofort gestorben, sondern langsam und jämmerlich erstickt«, fuhr er fort.

»Das ist Unsinn, was du da sagst«, fiel ihm Morales ins Wort, »auch ein Genickbruch muss nicht sofort tödlich sein. Bernd Trautmann, der Torhüter von Manchester City, hat 1956 nach einem Zusammenprall mit gebrochenem Genick noch 20 Minuten glanzvoll das Tor gehütet!«

Der Beamte sah ihn ungläubig an und war entsetzt über diesen ungewöhnlichen Vergleich. Völlig irritiert gab er keinen weiteren Kommentar.

Teniente Morales sah sich weiter um. Er fand eindeutige Erstickungszeichen am Körper des Toten. Die nachlassende Sauerstoffzufuhr des Blutes hatte Zunge und Lippen bläulich verfärbt. Machouds Zunge hing geschwollen zwischen den Lippen hervor. Die Pupillen waren geweitet.

Weder aus der Untersuchung des Tatortes noch der des Leichnams ergaben sich Ungereimtheiten, die einen Selbstmord infrage stellten: keine Blutergüsse am Hals, die für Fremdeinwirkung sprachen, keine Anzeichen dafür, dass Seil und Stuhl nicht vom Toten selbst hergerichtet worden waren!

Ali Machoud hatte sich eindeutig selbst gerichtet und klagte nun mit dem Blut aus einer sich selbst zugefügten Wunde an der rechten Hand seine Häscher an!

›Da wird bald ein Medien-Tsunami einsetzen‹, dachte Morales zerknirscht. Skrupellose Reporter werden dahinter Rassendiskriminierung vermuten und sie wortreich verurteilen. Zynische Headlines wie: »Was ist besser? Der Tod auf dem Atlantik oder der Freitod in einer Zelle auf Teneriffa?« traten dem Kommissar vor sein inneres Auge.

Die Vorwürfe gegen die schlechte, vermeintlich rassistische Behandlung des Schwarzen kamen auch wirklich schnell auf. El Dia schwang sich zum Vorreiter auf: »Teneriffa ist für Schwarze keine Ferieninsel!« Die Schlagzeile kam Morales‘ Befürchtung schon sehr nahe.

»Ich hätte mir von Ihnen etwas mehr Toleranz gewünscht«, wurde Morales, wie befürchtet, auch von seinem Vorgesetzten getadelt. »Wir brauchen Harmonie zwischen Schwarz und Weiß. Wir leben schließlich nahe an Afrika.«

»Was heißt hier Farbenharmonie, ich bin doch kein Zebra! Es ist unbestreitbar, dass uns gerade die Schwarzen mit ihrer Kriminalität überrollen: Prostitution, Drogen, Diebstahl...«, maulte der Getadelte zurück. »Es gibt immer wieder welche, die leben blöd und sterben dumm. Dafür muss man nicht schwarz sein!«, setzte er verbittert hinzu. »Nur weil der Kerl schwarz ist, soll der Polizeihund nun bei ihm freundlich mit dem Schwanz wedeln«, knöterte er weiter.

»Wie Sie sich verhalten haben, war falsch und wenig zielgerichtet«, insistierte sein Vorgesetzter und traf gleichzeitig eine Personalentscheidung, die einer Bestrafung gleichkam.

Das geschah allerdings nicht ohne Druck des Polizeipräsidenten von Puerto. Der sah sich plötzlich für den Fall zuständig, denn schließlich kam Machoud aus seiner Stadt. Javier Torres war außer sich. Solche Eklats konnte eine Touristenstadt wie Puerto nicht gebrauchen. Mit typisch leidvollen Blicken, die er bei solchen Anlässen hinter seinen starken Brillengläsern hervorwarf, musterte er die angetretenen Untergebenen und gab seine Anordnungen.

Er hatte eigentlich allen Grund, zurzeit zufrieden zu sein. Das Hochzeitsfest seiner Tochter Imna war noch nicht lange vorüber, es war ein Traum gewesen und noch immer in aller Munde. Nun musste ihm ein solcher Skandal beruflich die Suppe versalzen!

Kommissar Ramón Martín, für die Ausdauer und den Biss einer Bulldogge bekannt, wurde von ihm nun auf den Fall angesetzt. Martíns Personalakte charakterisierte ihn mit beeindruckenden Worten als den Richtigen: Eigenschaften wie *Valentía*, Mut, *Perseverancia*, Beharrlichkeit, *Sensibilidad*, Sensibilität, *Incorruptibilidad*, Unbestechlichkeit, *Experiencia*, Erfahrung, fanden sich neben vielem anderen Positiven in seiner Personenbeschreibung.

Teniente Martín nahm noch am selben Tag die Ermittlungen auf. Er fand dabei für seine neuen Kollegen nicht sofort die richtigen Worte. Seine flapsigen Sprüche kamen zunächst schal an: »Der erste Pfannkuchen geht immer daneben! – Es ist nie zu spät, sagte der Dieb und klaute die Uhr.«

Eigentlich wollte er sich damit auch nur selbst Mut machen, denn er wusste, dass er vor einer undankbaren Aufgabe stand. Schließlich war schon einmal alles schief gelaufen, und das lag sicher nicht nur an mangelndem Fingerspitzengefühl seines Vorgängers.

Bald befand er sich in einem ernsthaften Gespräch mit Morales: »Ich fühle mich unschuldig abgestraft«, sagte der mehrmals mit beleidigtem Ton.

»Das kann ich gut verstehen, und daran trägt ein ganz anderer die Schuld. Den müssen wir dingfest machen«, erklärte ihm Martín voller Überzeugung. »Einen Aspiranten weniger haben wir nun schon dafür.«

Martín musste mit einem Mal an das Lied von den zehn kleinen Negerlein denken, das er als Kind so gerne gehört hatte: »...dann waren es nur noch neun«, ergänzte er deshalb sarkastisch seinen Satz. »Wir müssen dem wahren Schurken ein Gesicht geben, und du kannst mir bestimmt dabei helfen.« Er suchte Morales‘ Nähe.

Morales nahm diesem drahtigen, resoluten Mann sein Versprechen ab. Seine markante Nase, die Kerbe im kantigen Kinn und der militärische Kurzhaarschnitt seiner schon leicht ergrauten Haare sprachen eine deutliche Sprache. Er, der kleine Teniente Morales, mit seinen schmalen, hängenden Schultern fühlte sich irgendwie erleichtert, sogar aufgebaut durch den anderen und war bereit, ihm zu helfen, wo immer er konnte.

Eine verwahrloste Frau wurde am selben Tag auf Grund eines Hinweises aus der Szene in Puerto aufgegriffen. Sie behauptete, die Ehefrau des Toten zu sein.

Die Beamten führten die Frau Inspektor Martín vor.

Sie sah heruntergekommen aus, hatte aber einen stolzen Gang und herrische Züge. Auf ihre breiten Wangenpartien waren breite Narbenstreifen eingeschnitten. Stammeszeichen, mutmaßte der Teniente. Morales hatte Martíns Blick gesehen und mischte sich ein: »Ich glaube, das sind die gleichen wie bei Ali Machoud.«

»Sprechen Sie spanisch?«, fragte der Teniente.

Sie nickte. »Ein wenig.«

»Können Sie sich ausweisen?«, fragte er weiter.

»Ich bin Turia Machoud, die Frau von Ali Machoud.«

»Ihr Mann hatte einen sudanesischen Pass, zeigen Sie mir bitte den Ihren.«

»Wir sind keine Sudanesen. Ali hat sich in Marokko den Pass eines anderen Mannes besorgt. Der Mann auf dem Passbild sah ihm nur ähnlich. Gucken Sie es sich noch mal genau an. Die Weißen erkennen oft die Unterscheidungsmerkmale zwischen uns nicht«, antwortete sie leise. »Wir heißen eigentlich Agmour und kommen aus Mauretanien. Wir sind politische Flüchtlinge. Wir mussten nach dem Militärputsch im August 2008 fliehen.«

»Wie sieht die Nationalflagge aus?«, fragte Martín schnell, um sie zu überraschen.

»Grün mit einem Sichelmond und einem Stern drüber«, antwortete sie ohne Zögern.

Martín wusste nicht, ob die Frau die Wahrheit sagte. Er kannte die Flagge nicht, aber er nahm ihre Antwort zunächst einmal hin. Er wollte sie später überprüfen.

Zur Vorsicht fragte er auch noch nach dem Namen des Präsidenten und notierte sich auch diesen.

»Wie können Sie mir beweisen, dass Sie zu Ali Machoud oder Agmour gehören?«, fuhr er fort.

»Ich kenne seinen Leib«, sagte sie im Brustton tiefster Überzeugung.

»Was soll das bedeuten?«

»Er hat im Gesicht die gleichen Stammeszeichen wie ich. Am Bauch hat er eine große Narbe von einem Messerstich, und sein rechtes Ohrläppchen ist geschlitzt.«

Morales blickte triumphierend zu Martín hinüber. Seine Erinnerung hatte ihn also nicht getäuscht.

Martín versicherte sich, dass diese Angaben korrekt waren. Er hatte den Bericht über den Toten mit allen Bildern auf dem Schreibtisch liegen und blätterte nun darin.

»Wie sind Sie nach Marokko gekommen?«, wollte er wissen.

»Über zwei Wochen sind wir zu Fuß durch die West-Sahara gelaufen. Ein kurzes Stück Weges hatten wir Glück, als Anhalter mitgenommen zu werden. Über die Grenze ging es weiter bis Mirleft im Süden Marokkos.«

»Was wollten Sie da?«

»Dort hat Ali Kontakt zu den Männern aufgenommen, die uns mit dem Boot nach Europa bringen sollten. Die Adresse kannte er aus dem Internet.«

»Was waren das für Männer, die Sie da trafen?«

»Ich war nicht dabei. Ich blieb in unserem Versteck und habe unser Geld und unsere wenigen Habseligkeiten bewacht. Ali hatte dort alles gut verborgen.«

»Wie lange waren Sie dort?«

»Vielleicht zehn Tage«, antwortete sie. »Eines Abends fuhr ein Bus vor und nahm uns mit bis zum Stadtrand. Der Bus war vollgestopft mit anderen. Es waren Flüchtlinge wie wir. Noch im Dunkel ging es auf der Ladefläche eines Land-Rovers weiter bis zum Strand außerhalb der Stadt. Dort wartete bereits ein anderer Wagen auf uns. Der hatte ein Boot auf dem Anhänger.«

»Wie groß war das Boot?«

Die Schwarze überlegte, dann antwortete sie: »Ich denke, es war um die zehn Meter lang. Auf jeden Fall war es rot.

Wir mussten es von dem Anhänger herunterhieven und bis zur Brandung schleppen. Dann mussten wir schnell einsteigen. Es war ganz schön eng. 32 Menschen waren wir. Ich weiß das genau, denn wir mussten laut durchzählen. Weil Ali so stark war, haben wir Plätze ganz vorne ergattert. Die waren besser als die anderen, dort konnte man sich wenigstens ein bisschen bewegen, und es war etwas bequemer. Aber wir mussten immer wieder um diese Plätze kämpfen. Manchmal ging es so toll zu, dass das Boot fast kenterte.«

Sie hatte ohne Punkt und Komma geredet. Ihre heisere Stimme war dabei immer lauter geworden. Man merkte ihr an, wie die schrecklichen Erinnerungen sie einholten. Ihre Gesichtszüge zeigten Grauen, und ihr Körper bebte vor Aufregung.

»Wie konnte ein so kleines Boot die Fahrt über das offene Meer bestehen?«, fragte der Kommissar skeptisch.

»Wir hatten Glück. Das Wetter war ruhig, die Wellen blieben klein. Zwei Tage waren wir unterwegs ohne Essen und nur mit dem bisschen Wasser, das wir selbst in einer Plastikflasche mitgebracht hatten. Dann tauchten nachmittags am Horizont ein paar Inseln auf. Der Steuermann rief: ›Das ist Europa!‹ Ali hatte den Rat erhalten, sofort nach der Landung fortzulaufen, um ja nicht in der großen Gruppe der Polizei in die Hände zu fallen. Das haben wir dann auch gemacht. Wir hatten in einer Tüte trockene, saubere Kleider, keine afrikanischen. Es waren T-Shirts und Jeans, Ali hatte sie für 25 Euro in Marokko auf dem Markt gekauft. Wir liefen eine knappe Stunde, dann kamen wir an einen Ort. Auf der Hauptstraße hatten wir wiederum Glück. Wir trafen auf einen schwarzen Bruder, der es schon zu etwas gebracht hatte. Er verkaufte falsche Ray-Ban-Brillen. Für unsere gesamte Ersparnis ließ er uns eine Woche bei sich wohnen. Wir erfuhren von ihm, dass wir auf Lanzarote, in Puerto del Rosario waren. Mit Hilfsarbeiten für ihn konnten wir uns etwas dazuverdienen. Muhammed, so hieß der Bruder, riet uns, weiter nach Teneriffa zu fahren. ›Dort ist es für euch günstiger‹, sagte er. Er gab uns sogar den Namen eines Freundes in Puerto. ›Dort findet ihr Arbeit‹, versprach er uns. Wir sind mit der Fähre übergesetzt und haben uns bis Puerto de la Cruz durchgeschlagen. Dort haben wir wirklich die versprochene Arbeit und einen Unterschlupf in der Unterstadt gefunden.«

»Was habt ihr gearbeitet?«, wollte Martín wissen.

»Ich habe an der Strandpromenade Zöpfchen geflochten. Ali war oft für unsern Chef weg.«

»Was heißt das?«, herrschte sie der Kommissar an.

»Er wollte mir nicht sagen, was er tat. ›Ich arbeite, und du hast Geld‹, war das einzige, was ich aus ihm herausbekam, und das stimmte ja. Wir wollten hier auch nicht lange bleiben. Hier gab es viel zu viel Fremdenpolizei. Immer musste man auf der Hut sein. Wir wollten weiter aufs Festland. Aber dafür brauchten wir viel mehr Geld. Wir hatten doch fast nichts. Nun ist Ali tot, und ich kriege das Geld nie zusammen, das ist schlimm. Ich bin noch zu Hause heimlich Christin geworden.«

»Wieso heimlich?«

»Ein Muslim, der zu einer anderen Religion übertritt, wird bei uns wegen Glaubensabfall mit dem Tode bestraft. Ich hatte auch so eine Vorahnung, dass es schlimm für uns kommen würde. Die Bibel zeigt: Wir Schwarzen haben immer Unglück, selbst im eigenen Land mussten wir die Sklaverei fürchten!« Nach diesem Redefluss fing sie jämmerlich an zu weinen.

Sie bekräftigte schließlich unter Tränen, dass sie zum Zeitpunkt von Erwin Steins Ermordung mit ihrem Mann zusammengewesen sei.

In Martíns Bewusstsein sickerte langsam aber sicher die Erkenntnis durch, dass Ali Agmour, alias Massoud nicht

Steins Mörder gewesen sein konnte. Alle Anzeichen sprachen dafür, dass der wahre Mörder noch frei herumlief. Der Teniente musste die Spur wieder aufnehmen. ›Wie ein Bluthund‹, dachte er und witterte heraufziehendes Unheil.

Morales beauftragte er, die Angaben zur Nationalität der Eheleute Agmour zu überprüfen. Er wollte sich später keinerlei Versäumnis vorwerfen lassen. Teniente Morales war froh, ihm behilflich zu sein.

Inspektor Martíns nächste Amtshandlung war die Teilnahme an Erwin Steins Beerdigung. Er wollte sich nicht entgehen lassen, wer am Begräbnis zugegen war.

Steins Bestattung fand am Samstagvormittag statt. Die wenigen Trauernden trafen sich zum kurzen Gottesdienst in der kleinen Kirche von Santa Úrsula. Das Kirchlein aus dem 17. Jahrhundert war noch vom großen Dorffest festlich geschmückt. Die schönen sakralen Figuren aus Elfenbein, Holz und Marmor standen im übriggebliebenen, leicht angewelkten Blumenmeer des Santa-Ursula-Festes. ›Wenn mir so süßlich fauler Geruch in die Nase steigt, halte ich immer sofort nach einem Sarg Ausschau‹, dachte Martín leicht angeekelt.

Roswitha und Werner Hofmann waren als Freunde des Toten natürlich anwesend. Sie trugen dunkle Trauerkleidung. Dieses Mal konnte Werner das leicht dahingeworfene Ölbild, auf dem der Kölner Dom abgebildet war, wieder sehen, aber heute war ihm nicht danach. Er wollte kein Heimweh nach der Domstadt verspüren, er fühlte nur Trauer. Jedes Mal, wenn er sonst das Gemälde sah, plagte ihn nämlich Heimweh, und in ihm klang wie automatisch das von allen Kölnern geliebte Heimatlied: »Ich mööd ze Fuus noch Kölle jonn!« Er hatte dieses Ölbild schon mehrfach vor seinen Freunden interpretiert: »Es ist genauso leicht gemalt, wie sich die Kölner das Leben machen!« Heute jedoch war nichts leicht in ihm.

Neben Familie Hofmann war eine junge Spanierin anwesend. Die kannte der Kommissar nicht. Es war Mercedes Alonso. Herr und Frau Ibarra und sein Schwager Delgado mit Frau waren Martín bekannt und gehörten ebenfalls zu den wenigen Trauergästen. Der Teniente merkte sich die Besucher genau und beschloss, bald mit allen von ihnen zu sprechen. Mercedes stand während des gesamten Gottesdienstes aufrecht und starr mit versteinertem Gesicht in ihrer Bank. In ihrem Kopf kreisten Gedanken wie ein Karussell. Als sie vorne vor dem Altar Erwin Steins Sarg wahrnahm, wurde ihr erst bewusst, dass sie dem Toten nun zum letzten Mal so nahe sein würde. Erwin würde bald unter der kalten Erde verschwinden und sie endgültig alleine lassen. Ein Zittern lief durch ihren Körper und entlud sich in hemmungslosem Schluchzen. Mehrere der Anwesenden blickten zu ihr hin, aber keiner machte Anstalten, sie zu trösten. Sie war jetzt wirklich allein.

Der Inspektor machte sich über ihr Verhalten seine Gedanken. Hier hatte er es wohl mit echter Liebe zu tun, die sich auch posthum nicht versteckte. Eine Mörderin sah so jedenfalls nicht aus. Auch wenn man nie wusste, was in einem anderen Menschen vorging, war sich Martín seiner Bewertung ziemlich sicher.

Pater José meisterte die traurige Pflicht zu predigen mit souveräner Würde. Er zitierte aus der Heiligen Schrift die Worte 1. Moses 3,19: »Im Schweiße deines Angesichtes sollst du dein Brot essen, bis dass du wieder zu Erde werdest, davon du genommen bist. Denn du bist Erde und sollst zu Erde werden.« Mercedes stieß einen lauten Schluchzer aus. Zum Abschluss seiner Worte gab der Pater den Trauernden mit auf den Weg: »Das Leben hat ein Ende, der Kummer nicht.«

Von der Kirche ging es die Calle Calvo Sotelo hinab zu dem kleinen Friedhof der Stadt. Der Trauerzug tat sich auf dem steilen Abstieg mit dem holperigen Pflaster schwer, gemessenen Schritt zu halten. der Sarg war mit bunten Kränzen zugehangen. Der Zug erreichte den Friedhof in wenigen Minuten. Den Eingang des Gottesackers schmückte ein Steinkreuz, das auf einer Halbrosette aus weißem Mauerwerk thronte. Die ovale Toröffnung war mit ockerfarbigem Sandstein eingefasst, die schmiedeeiserne, zweiflügelige Tür stand in Erwartung der Trauernden offen.

Im *Velatorio Municipal*, der kleinen Trauerhalle, standen die wenigen Menschen bald dicht beisammen. Alle Anwesenden außer Mercedes trugen Trauerkleidung. Für die stolzen Granden des Ortes war das eine Selbstverständlichkeit. Familie Hofmann besaß sie noch aus der Kölner Zeit. Bei den gemäßigten Temperaturen der Insel hatten die einfacheren Bewohner nur wenig warme, gedeckte Kleidung. Das galt auch für Mercedes, die junge Spanierin, deren Trauer aber am echtesten schien. Der Inspektor in seiner Uniform passte sich wie der Pater angemessen ins Trauerbild ein.

Zwei Gusslaternen links und rechts vom Eingang leuchteten mit ihren Lampen sanft auf den Sarg herab. Der Hauptweg des Friedhofs ging kerzengerade mitten durch die Ruhestätten. Auf beiden Seiten waren hinter halbhohen geweißelten Mauern mit kleinen Metallgittern oben drauf Einzelgräber zwischen Eiben und anderen immergrünen Pflanzen angelegt. Das Grab der Familie Stein war eines davon. Die offene Grube für Steins letzte Ruhestätte war mit Kunstgrasmatten ausgelegt.

Im Rund in den weiß getünchten Wänden des Hofes befand sich die Mehrzahl der Grabstätten in kleinen, tiefen Fächern. Der Boden Teneriffas war durchweg steinig, und man musste auch bei den Toten sparsam mit dem Platz umgehen! Aus allen Fächern guckten blühende Sträuße hervor.

Die Träger ließen den Sarg an Winden hinab in die Gruft. Pater José schwenkte mit Andacht sein Weihrauchkreuz darüber hin und her.

Als Inspektor Martín sah, wie leicht der Sarg in der Grube verschwand, dachte er nachdenklich für sich: ›Der Welt fehlt nichts, wenn wir da sind, aber auch nichts, wenn wir gehen.‹

Er erschrak über so viel Philosophie und wandte sich schnell wieder profaneren Dingen zu: Sein Blick fiel missbilligend auf ein kleines Schild an der Wand, das wie ein Verkehrsschild aufgemacht war. Rund, rot umrandet und mit einem roten Balken durchgestrichen zeigte sich das Abbild eines Hundes. »*Prohibido perros*«, Hunde verboten, forderte das Schild wenig pietätvoll an diesem besonderen Ort.

Vor dem Tor hakte Werner seine Roswitha unter und schlug ihr vor: »Komm, wir gehen zum Chinesen und essen Frühlingsrollen.«

»Wieso das?«, fragte sie irritiert.

»Sie werden von den Chinesen am Qingming-Fest gegessen, an dem die Asiaten ihrer Verstorbenen gedenken. Das erschiene mir auch für heute ein würdiger Abschluss.«

»Also gut. Es ist immer wieder ein Wunder, was du alles mit Essen ausdrücken kannst«, antwortete sie nur. Ihr war nicht danach, gegen seinen Vorschlag zu opponieren.

Zur gleichen Zeit wurde der unglückliche Ali Agmour ganz ohne Anteilnahme auf dem Armenfriedhof von Puerto verscharrt. Seine Frau befand sich schon in einem Sammellager. Seine Beerdigung stand im Gegensatz zu den auf Teneriffa sonst üblichen: Die Blütenpracht der heimischen Flora war gänzlich ausgespart!

Inspektor Martín beschloss, am Nachmittag mit seinem Dienstwagen hinunter in die Urbanisation Lomo Román zu fahren. Er hatte sich aus dem Revier den Schlüssel zum Anwesen Stein geholt und wollte sich dort ein wenig umschauen.

Als er vor dem Haus parken wollte, stutzte er. Das Gartentor zur Villa stand offen. ›Der Tote hat Besuch, wer mag das wohl sein?‹, fragte er sich. Er stieg aus dem Wagen und schloss leise die Wagentür. Dann ging er geräuschlos durch das Gartentor in den Garten.

Schon im Flur des Hauses traf er auf einen Mann, den er vom Friedhof her kannte. Es war Werner Hofmann. Der erschreckte sich, aber beruhigte sich wieder, als er Martíns Polizeimarke erkannte. ›Der kann nichts Böses vorhaben, wenn ihn der Anblick eines Polizisten beruhigt‹, dachte Martín.

Werner Hofmann stellte sich dem Kommissar vor und erklärte ihm freundlich, warum er hier war. Er hatte die Unterlagen von Erwin gerade wieder zurückgebracht. »Wir waren mit Erwin befreundet, und ich habe es für Erwins ältere Schwester in Hamburg übernommen, mich um den Nachlass und alles weitere zu kümmern. Dafür hatte ich einige Unterlagen mit zu uns hinüber genommen, um sie zu studieren«, ergänzte er.

»Haben Sie etwas herausgefunden, was für mich von Interesse sein könnte?«, wollte der Teniente wissen.

Die beiden Männer hatten sich inzwischen bis ins Wohnzimmer fortbewegt.

»Bitte, setzen Sie sich«, meinte Hofmann und zeigte mit seiner Rechten auf die Sitzgarnitur. Der Teniente nickte kurz, und jeder von ihnen wählte einen Sessel, dann fuhr Hofmann fort: »Erwin Stein hinterließ seine Unterlagen sehr gut geordnet. Ich fand alle wesentlichen Dinge in beschrifteten Ordnern im Regal.«

»Das ist gut zu wissen. Diese Ordner muss ich wohl ebenfalls mitnehmen und durchschauen«, meinte Martín.

»Der wesentliche Besitz von Herrn Stein bestand in seiner Wohnimmobilie. Dabei bin ich in den Aufzeichnungen allerdings auf eine interessante Regelung gestoßen: Unser Freund Erwin hat Señor Roberto Ibarra vor einiger Zeit gegen gutes Entgelt das Recht eingeräumt, diese Immobilie nach Steins Ableben für einen Festpreis zu übernehmen. Diese Regelung kommt mir nun sehr zupass, denn ich bin von Erwins Schwester bevollmächtigt, den Nachlass zu veräußern, und muss mich nun nicht mit diversen Kaufinteressenten herumschlagen.«

»Dann hat Ihr Freund wohl schon zu Lebzeiten sein Haus dazu benutzt, seinen Lebensunterhalt zu bestreiten?«

Werner Hofmann nickte. »So ist es, und das war dringend notwendig. Außer einer kleinen Rente war für die Steins zum Leben nichts vorhanden. Auch nach der endgültigen Abwicklung des Nachlasses wird nicht viel übrig bleiben: Ein Bankkonto mit einem kleinen Betrag drauf, die alten, gebrauchten Möbel, die sie hier sehen, das ist es wohl. Es gibt wenig, über das sich Erwins Schwester als Alleinerbin freuen kann. Lediglich Señor Ibarra wird seine Freude haben. Er hat laut Aktenlage schon lange danach gegiert, das Grundstück in seine Hände zu bekommen. Es fehlte ihm zur Komplettierung eines größeren Areals, auf dem er bauen will. Er scheint darauf zu drängen, obwohl die Zeit zum Bauen ja eigentlich nicht die beste ist.«

»Hat Señor Stein wirklich keine andere familiäre Bindung, als die zu seiner älteren Schwester?«, wollte Martín wissen.

»Nein, keine familiäre. Erwin war Witwer. Er erlebte allerdings in letzter Zeit so etwas wie einen zweiten Frühling! Zarte Bande zu einer jungen Spanierin haben ihm ein wenig über seine Trauer und Einsamkeit hinweg geholfen. Alter schützt vor Liebe nicht, aber Liebe wohl vorm Altern!«

»Kennen Sie den Namen der jungen Dame?«

»Sie heißt Mercedes Alonso und wohnt oben in der Stadt. Sie war auch auf Erwins Bestattung.«

Der Teniente zählte eins und eins zusammen. Es konnte sich nur um die junge Spanierin handeln, die so untröstlich geweint hatte.

»Der Bruder von Mercedes, Alberto Alonso«, fuhr Hofmann fort, »gehört zu den drei jungen Männern, die Erwins Leiche gefunden haben. Alberto zählte dabei sicher nicht zu Erwins Freunden. Die Familie Alonso sah nämlich nicht gern, dass sich Mercedes mit dem alternden Deutschen abgab.«

Martín überlegte, ob er noch etwas wissen musste. »Sie haben alle Dinge, die Sie angesehen haben, wieder in die Ordner getan und zurückgebracht?«, fragte er noch.

Werner Hofmann dachte kurz nach. »Ja, das habe ich«, antwortete er. »Da ist einer, der uns förmlich zugelaufen ist: Erwins Kater Moritz«, ergänzte er mit einem Lächeln, »aber der dürfte nicht von Belang sein.«

»Da irren Sie sich«, korrigierte ihn der Teniente. »Wir haben Katzenhaare und Hundehaare auf der Kleidung des Toten gefunden. Es würde uns einige Klarheit verschaffen, sie zu identifizieren.«

»Mit Katzenhaaren kann ich Ihnen also dienen. Da werden wir welche in Moritz' Körbchen finden. Einen Hund hatten weder Erwin noch wir. Hier in der Siedlung allerdings gibt es Kläffer zuhauf.«

Hofmann ging mit dem Teniente zum Gang zwischen Wohnzimmer und Küche, wo noch das Körbchen von Moritz stand. Sie fanden auf dessen Polsterung auch wirklich einige Katzenhaare. Martín packte sie sorgsam in eine kleine Plastiktüte und nahm sie für die Untersuchung mit.

»Nehmen Sie den Katzenkorb bitte nicht eher weg, bis unsere Spurensicherung hier gewesen ist«, bat er Hofmann.

»Sie haben mir sehr geholfen.« Der Teniente wollte das Gespräch beenden. »Ich nehme derweilen schon einmal die Ordner mit«, wandte er sich nochmals an den Deutschen. Die beiden Männer verließen gemeinsam das Haus, und Martíns »Auf Wiedersehen« war ernst gemeint. Es würden sich sicher noch Rückfragen ergeben.

Im Wagen telefonierte er sofort mit dem Revier und verlangte mit grimmiger Stimme Teniente Morales an den Apparat. Er hatte in dem Gespräch mit Señor Hofmann seinen Ärger darüber gut verborgen, dass das Haus des Mordopfers nicht versiegelt gewesen war. Nun nahm er kein Blatt mehr vor den Mund. Nach Morales' *»dígame«* fuhr er ihn böse an:

»Wie kann es sein, dass ich das Haus von Erwin Stein unversiegelt angetroffen habe? Das veranlasst doch jeder Anfänger am Haus eines Mordopfers!«

Auf der anderen Seite der Leitung herrschte tiefes Schweigen. Nur das Atmen des Ausgescholtenen war zu hören. Dann hatte sich Morales endlich die richtigen Worte zurechtgelegt: »Wir hatten doch den Mörder gefasst, Martín. So wie wir unter Druck gestanden hatten, lösten sich mit dem Geständnis des Schwarzen alle weiteren Vorkehrungen in Wohlgefallen auf. Der Fall war für uns abgehakt!«

»Abgehakt, na schöne Scheiße, ihr hättet besser nachgehakt, abgewartet und noch gründlicher ermittelt. Aber ihr musstet ja das Ergebnis so schleunig vor die Öffentlichkeit bringen, dass es uns nun zu Deppen stempelt!«

Martín schimpfte noch eine Weile weiter, dann forderte er die Spurensicherung an: »Ich möchte, dass das gesamte Haus untersucht wird. Sämtliche technischen Geräte, Handys, Computer und Drucker sollen auf jeden Fall für einen Spezialcheck mitgenommen werden«, befahl er und legte grußlos und immer noch wütend auf.

»Nun flippt er aber wirklich aus. Hinterher weiß man es immer besser«, knurrte Morales wütend in die tote Leitung. »Ich würde gerne wissen, ob Martín unser Versäumnis nun wenigstens selbst vermieden hat«, murmelte er vor sich hin. Das hatte der Teniente in seiner Rage nicht getan!

Auf der Rückfahrt rekapitulierte der noch mal das Gespräch mit Werner Hofmann: Roberto Ibarra konnte nun über das Grundstück Stein verfügen, und er hatte schon lange darauf gewartet! Die Familie Alonso war durch den Mord den unerwünschten Liebhaber ihrer Tochter und Schwester los. Dass es sich bei den Katzenhaaren an dem Toten um die von Moritz handelte, sollte bald bestätigt werden. Nun galt es noch den Hund ausfindig zu machen, von dem die Haare auf der Leiche stammten. Das herauszubekommen, schien Martín viel interessanter. Der Hund musste einer unbekannten Person gehören, wie er gerade gehört hatte. Martín wollte allen Hinweisen gründlich nachgehen, sie beinhalteten durchaus Zündstoff!

Am Sonntag kam es in der Lieblings-Guachinche zu dem verabredeten Familientreffen der Ibarras und Delgados. Die Guachinche lag am Rande eines kleinen Bergdorfs oberhalb von La Orotava. Die urige Gartenwirtschaft schloss an eine der strohbedeckten Natursteinhütten an, die *Pajares* genannt wurden. Man restaurierte sie zurzeit überall in einer überschwänglichen Nostalgiewelle äußerst liebevoll.

Unter einem Dach aus Weinlaub, an langen, aus groben Holzlatten gezimmerten Tischen saß man auf harten, hölzernen Sitzbänken, die erst nach mehreren Gläsern *Tinto* richtig gemütlich wurden. Die beiden Familien waren an diesem Tag die ersten Gäste und wurden bereits erwartet.

Er, der Weinbauer, stand am Tor neben dem Schild »*Se vende vino*«, braun gebrannt, wie jemand, der viel draußen arbeitete, groß und hager, mit einer Nase, die den täglichen Weingenuss nicht verleugnete, abgearbeiteten Händen mit Schwielen und eingerissenen Fingernägeln. Sie, klein und rund, Runzeln im Gesicht und flinke, glänzende Augen sowie kleine, knotige Hände, die arbeiten und zupacken konnten. Körperliche Arbeit, handfestes Tun hatte die beiden Winzer zusammengehalten und zufrieden älter werden lassen.

»Wer sich über Kleinigkeiten im Leben freuen kann, dankbar ist für scheinbar Selbstverständliches, wird glücklicher als jener, der sein Leben lang dem schnöden Mammon nachjagt«, musste Ibarra denken, als er sie so betrachtete. Die Familien waren gut bekannt, und so erfolgte die Begrüßung mit lautem Hallo, Umarmungen und Küssen.

Als die Wirtsfrau Roberto Ibarra ansprach, ließ sie ohne Scham ihre schlechten Zähne sehen: »Hola Patrón, ich habe heute einen wunderbar zarten Pulpo für Sie!«

Ibarra wiegte zweifelnd seinen bulligen Kopf mit dem eisgrauen Kraushaar hin und her. Mit seiner gedrungenen Figur stand er bewusst in Positur und genoss, als Erster angesprochen zu werden.

»Danke, aber ich glaube, heute habe ich so richtig Lust auf einen deftigen Eintopf.« Seine Antwort kam mit einer Stimme, die keinen Widerspruch duldete. Deshalb unterließ es die Alte, den Tintenfisch nochmals als Vorspeise anzupreisen.

Fernando Delgado besah sich, ganz Bauunternehmer, derweilen die wunderbare Konstruktion der Pajares. Die Wände aus rohem Naturstein hatten keine Fenster, nur einen Eingang; so blieb es im Sommer innen angenehm kühl, und es ließ sich im Winter von der Feuerstelle aus, die auch als Kochstelle diente, gut heizen.

Für die Guachinche diente diese Hütte zur Vorratshaltung. Auf dem Holzgerüst für das Dach lagen ausschließlich kunstvoll in Handarbeit geknüpfte Strohmatten. Immer weniger Dachdecker waren in der Lage, solche herrlichen Stücke überhaupt noch zu fertigen.

Zunächst versorgten die beiden Patriarchen respektvoll ihre alten Mütter. Dann wurden weit weniger freundlich die Ehefrauen und Töchter angewiesen, sich um die Enkel zu kümmern. Söhne und Schwiegersöhne bewegten sich zwischen den Gruppen, darum bemüht, wichtiger zu erscheinen als der jeweilig andere.

Die Frauen hatten sich im typisch kanarischen Stil »aufgebrezelt«. Viele kleine Speckringe drückten sich durch die hautengen Tops, was die ausladenden Figuren noch betonte. Nur die hagere Carmen Ibarra fiel aus dem Rahmen. Seit sie begonnen hatte, Antidepressiva einzunehmen, hatte sie zusehends abgenommen. Anfangs war sie über diese Nebenwirkung des Medikaments nicht einmal traurig gewesen.

Die anderen Frauen zeigten sich bäuerlich rund und hatten kein Problem damit. Während in den meisten Teilen der Welt Jahrzehnte lang genehmigter Essensgenuss durch weite Kleidung kaschiert wurde, boten diese Frauen stolz alles unter enger Bekleidung dar, was sie sich voll Freude angefuttert hatten. Ihre Männer hatten es gerne so üppig!

Nachdem die beiden Familienvorstände die Kinder einmal kurz geherzt hatten, zogen sie sich für ihr Gespräch an einen Tisch in der äußersten Ecke der Terrasse zurück.

Ibarra hatte schnell Platz genommen und forderte Delgado auf, es ihm gleich zu tun. Seine Eile war zwanghaft, denn er hasste es, zu seinem größeren Schwager aufsehen zu müssen.

»Lass uns leise sprechen«, warnte er Delgado zu Beginn ihrer Unterredung. »Selbst was man flüstert, wird oft noch meilenweit gehört!«

Delgado nickte, und die beiden bestellten bei der herbeieilenden Wirtin ihr Mahl. Sie wurden auch als Erste bedient.

Nachdenklich aß Ibarra sein *Sancocho*, einen Eintopf aus Rind- und Schweinefleisch, Süßkartoffeln, Maiskolben, Kichererbsen, Äpfeln und Birnen.

Delgado hatte nur einige Tapas bestellt und saß lustlos davor, sprach aber dauernd dem Rotwein zu, der in einer Literkaraffe vor ihnen stand. ›Dumme fressen, Kluge trinken‹, dachte er verärgert darüber, dass sein Schwager in dieser prekären Situation überhaupt so viel Appetit zeigte. Ibarra sah die Sache genau anders herum. Fernando trank ihm entschieden zu viel!

»Wir müssen nun endlich in die Gänge kommen. Iván López hat mir zum wiederholten Mal damit gedroht, die Kreditlinie zu kürzen«, ging Delgado *in medias res*.

»*Tranquilo,* ruhig! Du wolltest doch leise sprechen. Deine Stimme klingt so schrill, als hätte man deine Stimmbänder ebenfalls gekürzt.« Ibarra reizte ihn mit diesem albernen Wortspiel. »Du musst weniger Skrupel haben, wenn du wirklich Iváns Stillhalten erkaufen willst. Die Finanzkrise hat bereits zahlreiche Banker von ihrem hohen Ross geworfen. Das solltest du mit etwas Energie auch bei López schaffen.«

Delgado ging darauf gar nicht erst ein. »Mein letzter Großauftrag war die Renovierung des Stadions von Orotava«, stöhnte er stattdessen, wenn auch dieses Mal mit leiserer Stimme. »Du kannst nicht ermessen, in welchem Stadion ich mich schon befinde!«

»Der Auftragsmangel ist nicht der eigentliche Grund für deine Schieflage«, erwiderte er trocken, ohne das falsche Wort zu verbessern. Seine Unart, falsche Fremdwörter zu benutzen, war für Ibarra zum Totlachen. Für ihn war ein Stadion eben ein Stadium! »Du wolltest expandieren, hast immer mehr dazugekauft. Und wer die Augen nicht weit aufmacht, wenn er kauft, muss seine Geldbörse weit öffnen, wenn es ans Bezahlen geht«, fügte er voll Häme hinzu.

»Du mit deinen Sprüchen! Als es noch gut lief, hattest du nichts dagegen, ebenfalls mit größer zu werden«, giftete Delgado verbittert zurück.

»Größer, größer!«, äffte Ibarra dagegen. »Wenn Zwerge größer werden wollen, brauchen sie fremde Knochen. Besorge dir fremdes Geld! Und sag mir nicht, dass andere seit Jahren erfolgreich expandieren. Wenn zwei das gleiche tun, dann ist es lange noch nicht dasselbe. Außerdem kann man auch etwas seit Jahren falsch machen, bevor es sich rächt! Reg endlich deinen persönlichen Energiekreislauf an, komm von deinem müden Arsch hoch und besorge dir neues Geld!«

Fernando Delgado nahm die Schimpfkanonade hin, ohne mit der Wimper zu zucken. Er wurde zusehends wütend und beschloss, bedrohlicher zu argumentieren: »Wer eine Bank für die Gewährung eines Kredites unvollständig oder gar unrichtig informiert, geschönte Bilanzen, Gewinn- und Verlustrechnungen oder falsche Gutachten vorlegt, muss mit einer längeren Freiheitsstrafe rechnen! Wer hat mir für unsere Pläne denn das geschönte Gutachten beschafft?«

»Ich traue meinen Ohren wohl nicht! Kannst du beweisen, was du da sagst?«, zischte Ibarra wütend.

»Der Anstifter wird wie der Täter bestraft!« Delgado blieb trotzig bei der gleichen Leier. »Aber komm, lass es gut sein«, fügte er doch noch versöhnlich hinzu. »Wir sitzen doch beide im selben Boot.«

Ibarra war keinesfalls bereit, dies zu akzeptieren: »Das Boot, das dem Ruder nicht gehorcht, wird den Klippen gehorchen müssen. Ich fühle mich jedenfalls nicht als Ruderer dieses Bootes, höchstens als Zuschauer«, sagte er schnippisch.

»Ich wünschte mir eine neue Zeitrechnung, um nur nicht mehr in diesem Jahrhundert leben zu müssen. Die Energie des 20. Jahrhunderts ist verbraucht«, stöhnte Delgado theatralisch und suchte nun auf diese Weise die Milde seines Schwagers.

Der aber hatte endgültig genug vom Austausch so unerfreulicher Höflichkeiten. »Hör auf mit dem Blödsinn und lass uns nach Lösungen suchen«, knurrte er. Er wusste schließlich ganz genau, wie dringend er die selbst benötigte! »Wenn man dich so hört, bist du einer der Allerletzten von gestern. Streng dich endlich an, einer der Ersten von morgen zu sein!«

Delgado ließ sich anmerken, wie angeschlagen er war.

Ibarra freute sich, dass es ihm wieder einmal gelungen war, den Schwager weich zu kochen. ›Der Idiot hat wirklich keine Ahnung, wie sehr es mir selbst unter den Fingernägeln brennt‹, dachte er. Spielschulden waren nicht nur Ehrenschulden, sie konnten zu einer handfesten Bedrohung werden: rein finanziell, aber auch für die Familienehre!

Nachdem er wieder Oberwasser über den Schwager gewonnen hatte, wurde er endlich sachlich: »Ich habe in Erfahrung gebracht, dass der Deutsche Werner Hofmann mit dem Grundstücksverkauf bevollmächtigt ist. Ich werde bei ihm vorsprechen, um die Sache zu beschleunigen. Dann wird aber auch der vereinbarte Restkaufpreis fällig, und der bleibt ja wohl an mir hängen, auf dich kann ich doch kaum zählen?«

Delgado senkte beschämt den Kopf.

Ibarra hatte diese Frage nur gestellt, um ihn weiter zu demütigen. Er behielt für sich, dass er gar nicht daran dachte, mit eigenem Geld in Vorleistung zu treten. Der Generalabnehmer musste vorher eine erste Rate zahlen. Die würde mehr als ausreichen, den Restkaufpreis hinzulegen.

Er behielt diese Absicht für sich, denn er wusste genau, dass sein Schwager auf diese Rate des Investors reflektierte. Fernando brauchte das Geld genauso sehr wie er. Dessen

Finanznot war inzwischen allerdings weithin bekannt, seine nicht! Insoweit hatte Ibarra noch Glück.

»Was schätzt du, wie lange es dauert, das ganze Areal im Grundbuch zusammenfassen zu lassen«, wollte Delgado nun wissen.

»Das kann bei einem einzigen Notartermin geschehen. Wann die Zusammenfassung dann letztlich eingetragen wird, spielt für den Baubeginn keine Rolle.«

»Die Baugenehmigung ist unumstößlich?«

Ibarra nickte genervt.

»Kann der Investor an der Bauausführung noch mal herummäkeln?«

»Ja, er hat das Recht, die Ausgestaltung der Häuser zu verändern. Dafür gibt es eine Klausel im Vertrag.«

»Hast du deshalb bei ihm schon mal nachgefragt?«

»Ja, da wird etwas auf uns zukommen. Sie wollen dem Zeitgeist Rechnung tragen. ›Bio-Design‹ schwebt ihnen vor. Sie haben von Nachhaltigkeit und Energieeffizienz gefaselt, von naturbelassenen Materialien und weitgehender Wartungsfreiheit!«

»Wie soll das denn hier in der aggressiven Seeluft funktionieren?«

»Die müssen die Anforderungen definieren, und Gott sei Dank gibt es im Vertrag dafür auch eine Preisanpassungsklausel!«

»Na dann lohnt es sich ja sogar, selbst Vorschläge zu unterbreiten!«

»Du sagst es: Dreifachverglasung als Wärmeschutz, klimaschonende Hausheizung mit Solaranlage und Wärmepumpe...«

Delgado nickte zufrieden.

»Was ist eigentlich, wenn ein Leerstand in den Neubauten eintritt?«, sorgte er sich nun in eine ganz andere Richtung.

»Auch der geht zu Lasten des Investors«, wusste Ibarra.

»Dann bete mal für dessen Bonität! Ist er für ein solches Riesenobjekt nach der Krise überhaupt noch wirtschaftlich stark genug?«

Ibarra sah seinen Schwager entgeistert an. Das Was-wäre-wenn wollte er gar nicht denken. »Immerhin gehört der Abnehmer zu den Top Ten der deutschen Tourismusbranche«, antwortete er stattdessen im Brustton der Überzeugung.

Delgado lobte die geschilderte Vertragskonstruktion: »Heute bekämest du einen solchen Vertrag jedenfalls nicht mehr unter Dach und Fach. «

»Richtiges Timing zeichnet eben den guten Unternehmer aus«, warf sich Ibarra in die Brust.

»Bei dieser einzigartigen Lage des Areals ist auf Dauer sowieso die positive Wertentwicklung der Immobilie vorprogrammiert. Hier überlagern langfristige Komponenten eindeutig die aktuelle, hoffentlich kurzfristige Krise. Im Übrigen werden die niedrigen Zinsen am Kapitalmarkt bald wieder Interessenten in Sachwerte treiben. Solche Leute brauchen auch keine Kreditlinie! Womit wir wieder beim Thema wären«, grinste er seinen Schwager hämisch an. Doch schnell lenkte er ein. Er wollte den Bogen des lieben Friedens wegen nicht überspannen: »Wer ein Omelett machen will, muss Eier zerschlagen! Hör endlich auf mit deinem Gejammer. Wenn wir den kalkulierten Gewinn einspielen, bist du aus dem Schneider. Merke dir: Wer nicht mit der Zeit geht, geht mit der Zeit!«

Er registrierte mit Genugtuung, dass sein Schwager sich nach diesem tollen Satz endgültig zufrieden gab. Er war wieder mal erster Sieger auf dem Platz geblieben!

Am Montagnachmittag suchte der Kommissar Señor Ibarra zu Hause auf. Er besah sich interessiert die Außenanlage der Villa. Eine hohe Mauer, ein schweres Tor und der Kasten einer Alarmanlage zeigten ein ziemliches Schutzbedürfnis der Eigentümer. Am Gartentor dieser Festung brachte ihn ein kleines Blechschild zum Schmunzeln: Von Blumen umrankt war der Kopf eines kleinen weißen Yorkshire-Terriers abgebildet; darunter stand großsprecherisch: »*Cuidado con el perro*«.

›Außer widerlichem Kläffen wird da kaum viel geschehen‹, dachte Martín belustigt. Er hasste diese winzigen Kläffer, die zu jeder Unzeit die Ruhe störten und nur als Spielzeug für ihre Herrchen zu gebrauchen waren.

Er drückte den Klingelknopf. Beim Schnarren des Türöffners lehnte er sich gegen die Haustür und drückte sie auf. Das Tor ließ sich leicht öffnen. Er stieg die hellen Marmorstufen zum Hauseingang hinauf.

Mit einem Mal kam ihm ein interessanter Gedanke: Der Analysebericht des Tatortes hatte von weißen Hundehaaren auf der Bekleidung des Ermordeten gesprochen. Martín hatte also mit dem Yorkshire-Terrier schon einen ersten Anhaltspunkt, bevor die Befragung von Señor Ibarra richtig losgegangen war!

Der Teniente hatte Glück, der Herr des Hauses war anwesend. Ein Hausmädchen ließ ihn eintreten. Martín musste lediglich einen Moment in der Diele warten. Er schaute sich um. ›Gediegen spanisch, ganz anders als bei den Deutschen‹, dachte er. Die Fenster waren kleiner und abgedunkelt. Seine Landsleute schlossen nicht nur in der Mittagshitze die Fensterläden! Ibarra kam ihm mit einem für seinen Geschmack zu jovialen Lächeln entgegen.

»Nanu, habe ich falsch geparkt?«, flachste er.

Martín musterte den Mann genau. ›Er trägt erhöhte Absätze unter den Schuhen. Der Gute will sich größer machen, als er ist‹, registrierte Martín verächtlich. »Es geht um den ermordeten Deutschen«, erklärte er nach kurzem Gruß. »Sie hatten mit ihm geschäftlichen Umgang, wie ich hörte.«

»Wer sagt denn so etwas? Der Mann war doch Rentner«, erwiderte Ibarra. Er nahm mit der Linken vom Sideboard eine Kaffeetasse, trank einen Schluck, ohne dem Inspektor ebenfalls etwas anzubieten.

»Es ging meines Wissens um seine Immobilie«, antwortete Martín und ärgerte sich über die unfreundliche Geste seines Gegenübers.

»Ach so, Señor Hofmann hat wohl geplaudert! Es stimmt, Señor Steins Anwesen wird bald mir gehören. Doch das ist bei Gott kein neues Geschäft. Es geht vielmehr auf eine schon recht alte Abmachung zurück.«

»...deren Einlösung Ihnen schon lange unter den Nägeln brennt.« Martín ergänzte den Satz bewusst provokativ.

»Nun mal langsam mit den alten Pferden. Was wollen Sie mir vorwerfen? Verdächtigen Sie mich etwa in irgendeiner Weise?«, fragte Ibarra gereizt.

»Mir geht es nicht um Verdächtigungen, aber ich muss in alle Richtungen ermitteln, solange wir noch keinen Täter haben. Sie haben mit dem Mordopfer zu tun gehabt. Sein Tod wird den von Ihnen betriebenen Grundstücksübergang beschleunigen, das ist für mich Grund genug, Sie zu fragen, was Sie zur Mordzeit getan haben.« Um einer Frage zuvorzukommen, nannte er Ibarra mit ruhiger Stimme Datum und Uhrzeit der Tat.

»Ich bin kein Mörder!«, brauste der Immobilienhändler erregt auf, sodass die Adern an seinen Schläfen hervortraten.

»Das habe ich doch gar nicht behauptet. Bleiben Sie bitte sachlich und beantworten nur einfach meine Frage«, konterte Martín kühl.

Ibarra war ihm vom ersten Augenblick zutiefst unsympathisch gewesen.

Der Immobilienhändler überlegte einen Moment, dabei klang seine Erregung langsam ab. Schließlich antwortete er: »Ich erinnere mich, dass ich am Mordtag früh aufgestanden bin. Ich bin wie immer mit dem Hund rausgegangen. Wo ich mich draußen genau aufgehalten habe, weiß ich nicht mehr, aber ich bin auch außerhalb meines Grundstücks gewesen.«

»Kann jemand Ihre Aussage bestätigen?«, wollte Martín wissen.

»Ich wüsste nicht wer. Ich schlafe getrennt von meiner Frau. Ich tue das, weil sie bei meinem Schnarchen nicht schlafen kann«, erklärte er. »Monatelang hat sie es mit Ohrstöpseln versucht, aber vergeblich. Sie hat den Druck auf den Ohren nicht ausgehalten.«

Martín war verwundert über so viele persönliche Details. Dieser Umstand musste Ibarras Männlichkeit anscheinend so schwer kränken, dass er ihn derart beklagte.

Martín wollte einen weiteren Eklat vermeiden und wechselte das Thema: »Ihr Hund ist ein weißer Yorkshire-Terrier, wie der draußen auf dem Schild?«

»Ja, um Himmels Willen, was soll denn nun diese Frage? Wird jetzt auch noch mein Hund verdächtigt?«

»Wir haben weiße Hundehaare an der Kleidung des Toten gefunden. Ich möchte eine Probe der Haare Ihres Hundes für eine Analyse mitnehmen.«

Ohne Ibarras Zustimmung abzuwarten ging der Teniente zu dem Hundekörbchen in der Ecke, bückte sich, klaubte einige weiße Haare aus dem Polster und verstaute sie in einem kleinen Plastiktütchen, das er immer in seiner Jackentasche mit sich trug.

»Ich kann es nicht glauben. Wollen Sie die Tat wirklich meinem kleinen Bonito in die Schuhe schieben?«, regte sich Ibarra nun doch auf. »Er läuft frei herum. Seine Haare können also überall sein«, fügte er giftig hinzu.

»Ich kann Ihre Erregung nicht verstehen. Ich ziehe doch noch gar keine Schlussfolgerungen, aber ich muss schließlich gründlich meine Arbeit machen. Ich halte es für wenig wahrscheinlich, dass ein Katzenbesitzer wie Señor Stein mit einem Hund spielt. Es erscheint mir wahrscheinlicher, dass Ihr Bonito erst an ihm herumgeschnüffelt hat, als er bereits tot war.« Für sich dachte er verärgert: ›Nun bleibt noch die Frage, ob er alleine bei dem Toten war oder mit seinem Herrchen.‹

Ibarra blieb ihm auf diese Erklärung eine Antwort schuldig. Er war allerdings vom Verhalten des Kommissars sichtlich genervt und wiederholte vergrätzt seinen ersten Einwurf. »Ich lasse mir von Ihnen doch keinen Mord in die Schuhe schieben. Sehen Sie lieber zu, dass Sie wenigstens im zweiten Anlauf den wahren Schuldigen finden. Meine einzige Verbindung zu Señor Stein ist der vereinbarte Grundstückskauf. Einen Zusammenhang zwischen dem Mord und dem Kauf gibt es nicht. Ich musste weder kaufen noch schnell bauen. Es war ein stinknormales Geschäft«, beteuerte er.

Ibarra blieb damit nicht bei der Wahrheit. In Wirklichkeit quälten ihn immense Spielschulden, und ihm war jedes schnelle Geschäft wichtig, um davon runterzukommen. Doch das verschwieg er dem Kommissar.

»Mit Sicherheit braucht aber Ihr Schwager eine Finanzspritze. Die Situation in der Baubranche ist allseits bekannt, und Sie sind meines Wissens an seiner Firma beteiligt«, antwortete ihm der Kommissar bissig.

Er konnte die arrogante, aufbrausende Art seines Gegenübers nicht mehr mit der gebotenen Gelassenheit ertragen und setzte sich deshalb mit seinem unverbindlichen Verhalten selbst ein wenig ins Unrecht.

»Diese Frechheit wirst du noch bereuen!« Ibarra verfiel völlig aufgewühlt ins unbotmäßige Du. »Deine Motive sind doch höchstens Mordgründe in Hollywood-Drehbüchern«, fauchte er den Kommissar an.

Mit diesen Worten komplimentierte er ihn aus dem Haus. »Ein alter Mann, der sich mit einer 20-Jährigen durch die

Laken wühlt, hat sicherlich andere Feinde als einen seriösen Kaufmann wie mich«, schrie er Martín noch hinterher.

›Schau an, schau an, ihn verbindet nichts als der Grundstücksverkauf mit dem Toten, aber dessen Liebelei mit der jungen Mercedes ist ihm bekannt.‹ Der Teniente freute sich über die Erkenntnis aus Ibarras neuerlicher Entgleisung. Er hatte inzwischen eine richtige Aversion gegen den Immobilienhändler aufgebaut. ›Der ist mit allen Abwassern gewaschen! Wenn es eben geht, werde ich ihm etwas am Zeug flicken‹, dachte er grimmig.

Ibarra war nicht ohne Grund so laut geworden. Ihm ging es schwer an die Nieren, dass er es nun bei der Ermittlung um den Mord an Erwin Stein mit der Polizei zu tun bekommen hatte. Da war einiges in seinem Leben, was im Verborgenen bleiben musste.

Er hatte reichlich Sorgen. Er war Spieler und seine Spielleidenschaft trieb ihn langsam aber sicher in den Ruin. Bisher hatte er diese krankhafte Neigung, wenn auch nicht immer mit lauteren Mitteln, kaschieren können. Nichts würde ihm mehr schaden, als wenn es nun öffentlich würde. Seine Spielleidenschaft bekam er jedenfalls nicht in den Griff. Als Automatenspieler hatte er angefangen und dabei viel Geld verloren. Inzwischen hatte ihn die Gier nach jeder Art Glücksspiel erfasst. Dazu gehörten auch Roulette, Poker, Black Jack. Im Casino drohte ihm mittlerweile schon Hausverbot. Er durfte für keinen Preis der Welt nochmals auffallen, und die Welt von Teneriffa war klein, sehr klein!

In der letzten Zeit war er zu Online-Spielen im Internet übergegangen. Dabei blieb man anonym und unerkannt. Außerdem konnte man diese Spiele zu jeder Zeit spielen, Tag und Nacht, und das musste er immer öfter haben! Er schlief inzwischen nur noch in kleinen Einheiten. Tagsüber hier und da ein Stündchen. Auch nachts war es nicht anders. Er stand auf, weil er Durst verspürte. Dann musste er zur Toilette, oder er schaute einfach auf die Uhr. Sich schlafen legen, ohne zu schlafen, bis zum nächsten Spiel, war für ihn zur Gewohnheit geworden.

Er wusste, dass sein Glücksspielverhalten schon pathologisch war. Doch er konnte nichts dagegen tun. Vor seiner Frau hatte er es bisher verbergen können, sie konnte ihm auch keine Hilfe sein. Aber er wurde das Gefühl nicht los, dass sie langsam, aber sicher misstrauisch wurde.

›Es geht sie einen feuchten Kehricht an, was ich mit meinem Geld mache‹, dachte er grimmig, kam dann aber auf sein wahres Problem zurück.

Er hatte bisher vergeblich über Hilfsmöglichkeiten für sich nachgedacht. Eine lokale Selbsthilfegruppe kam nach gründlichem Überdenken nicht infrage. Seine Zugehörigkeit dazu würde sich wie ein Lauffeuer herumsprechen und seinen Ruf ruinieren!

Derweilen türmten sich bei ihm die Schuldscheine. Die Schuldenblase wurde immer größer und drohte zu platzen. Es war nicht abzusehen, wie lange seine Gläubiger noch still hielten. Die waren auf jeden Fall nicht zimperlich und bedienten sich beim Schuldeneintreiben keiner Ehrenmänner! Da ging es mit harten Bandagen zu. Das wusste er bis jetzt, Gott sei Dank, nur vom Hörensagen.

Täglich quälten ihn Unruhe und Nervosität. Aggressionen und Verstimmungen waren die Folge. Aus diesem Teufelskreis kam er nicht mehr heraus. Schon bei solchen Überlegungen kreisten seine Gedanken wieder ums Glücksspiel. Das Träumen von Gewinnen verschaffte ihm kurzfristig Ruhe. Die brauchte er, aber sie war trügerisch. Seine momentanen Gedanken lösten schon wieder euphorische Schwingungen in ihm aus. Er musste wieder spielen! Das Glücksgefühl währte nur so lange, wie er spielte!

Wie das alles einmal enden würde, hatte er sich angelesen. Der Teufelskreis schloss sich in Überschuldung, Zerrüttung der Ehe, Verarmung. Er saß ganz schön in der Klemme und fand kein geeignetes Gegenmittel. Was immer er tat, war Stückwerk. Es ging schon lange nicht mehr darum, Reichtümer anzuhäufen. Er musste vielmehr Sorge tragen, dass er nicht durch einen finanziellen Kollaps die Achtbarkeit seiner Person und seiner gesamten Familie schädigte. Dafür wollte er bis zum Letzten kämpfen.

Aber wieder entschloss er sich, das Problem nur an der Oberfläche zu kurieren und zwar durch eine Geldspritze aus dem Deal mit dem toten Erwin Stein. Um sein Laster wirklich an der Wurzel zu packen, fühlte er sich zu schwach. In dieser Situation half es ihm aber, wenigstens auf einen anderen draufzuschlagen. ›Draufschlagen ist immer gut‹, dachte er.

Er beschwerte sich abends telefonisch beim Bürgermeister über Teniente Martíns Verhalten.

»Du hattest Ärger mit ihm?«, fragte ihn Pablo Arvelo.

»Ja«, antwortete Ibarra.

»Da stehst du in einer langen Schlange«, kam es genauso kurz angebunden zurück.

»Aber nicht jeder kennt einen, der an der Baugenehmigung für ein bestimmtes Areal recht gut verdient hat«, erwiderte Ibarra mit leiser Drohung in der Stimme.

Eine kurze Pause trat ein, dann hörte er vom anderen Ende her mit rauem Schnaufen: »Ich verstehe nicht, wovon du sprichst. Ich war anders als du am Tag des Mordes in Madrid.« Dann wurde abrupt aufgelegt.

Nachdenklich legte Ibarra ebenfalls den Hörer aus der Hand, atmete tief durch und überdachte seine Situation.

Er besah sich im Spiegel, der hinter dem Telefon hing, und fragte sich: ›Ich weiß nicht, wieso ich in meiner prekären Lage immer noch andere Leute so vehement an ihre Schulden erinnern kann. Wenn ich gefordert werde, bin ich eben doch noch zu gebrauchen. Oder habe ich gerade nur einen Pyrrhussieg errungen?‹ Er wurde schon wieder unsicher.

Er war sich auf einmal völlig im Klaren, dass die Sache mit dem Grundstück Lomo Román wirklich ins Rollen kommen musste. Nur aus der Verwertung des Gesamtareals ließ sich für ihn genug Geld erzielen, um finanziell wieder ins Reine zu kommen. Familie Hofmann kümmerte sich um Erwin Steins Erbe, deshalb beschloss er, sie aufzusuchen, um die Angelegenheit zu beschleunigen. Gott sei Dank wusste weder sein Schwager Fernando noch sonst irgendjemand, wie dringend er das Grundstück benötigte. Ibarra stand das Wasser bis zum Hals, und er war bereit, alles zu tun, um nicht darin zu ersaufen.

Er musste etwas trinken, um die unguten Gefühle in seinem Magen zu betäuben. Alles ging nur noch mit Betäubung! Er ging an den Schrank und nahm sich einen Brandy…

Teniente Martín beschloss, noch Fernando Delgado zu vernehmen, der im Nebengebäude wohnte. Er schaute auf seine Uhr. Der Schwager des Grundstücksbarons musste sich eigentlich noch in seiner Firma befinden, die in einem Anbau seines Privathauses lag.

Martín ging an dem Privathaus vorbei und trat durch das offene Gittertor auf den Hof der Firma. Viele Kastenwagen und Baumaschinen standen herum. ›Das sieht nicht gerade nach Vollbeschäftigung aus.‹ Der Teniente sah seine Einschätzung bestätigt. ›Dem guten Mann täte ein größerer Auftrag gut, so wie der auf dem Areal, zu dem das Grundstück von Erwin Stein gehört!‹, sinnierte Martín weiter.

Ganz hinten auf dem Hof entdeckte er einen Schießstand. Er staunte nicht schlecht. ›Aha, die Herren nehmen das Gesetz selbst in die Hand‹, dachte er. ›Hier im Wohngebiet bekommt man für so etwas doch nie eine Genehmigung! Schalten und Walten nach Gutsherrenart! In ihren Augen gehört ihnen die Urbanisation immer noch.‹

Eine junge Angestellte empfing Martín freundlich, klingelte zu ihrem Chef durch und führte den Teniente ohne größere Wartezeit direkt zu ihm hin.

Fernando Delgado saß hinter einem zu großen Schreibtisch und sah Martín missmutig an. Seine grauen Augen blickten kalt und berechnend.

»Was kann ich für Sie tun, Teniente?«, fragte er ohne Freundlichkeit.

»Es geht um die Mordsache Erwin Stein«, erklärte Martín mit leiser Stimme.

»Es ist wirklich verwegen, Teniente, den Mörder unter den oberen Zehntausend unserer Stadt zu suchen«, lachte Delgado lauthals und spöttisch.

Martín war irritiert über diese plumpe Äußerung. »Hier geht es nicht um Verdächtigungen, noch nicht«, setzte er betont hinzu. »Ich mache mich lediglich mit Señor Steins Bekanntenkreis vertraut und versuche Ansatzpunkte für meine Ermittlungen zu finden«, stellte er richtig.

»Ich habe nicht die Ehre, zu Señor Steins Bekannten zu gehören.« Delgado blieb bei seinem abweisenden Ton.

»Vielleicht haben wir ja eine unterschiedliche Vorstellung von Bekanntschaft«, erwiderte der Teniente kühl.

Ihm war die Arroganz dieser Mischpoke langsam zuwider. Die trugen ihre Nasen so hoch, dass man von oben drin bohren musste. Und das würde er tun!

»Immerhin waren Sie auf Señor Steins Beerdigung und beabsichtigen meines Wissens auf seinem Grundstück zusammen mit Ihrem Schwager ein Immobilienprojekt zu realisieren. Aber wenn Sie es so wollen, stelle ich Ihnen auch gerne nur die Frage, wo Sie zur Tatzeit waren.«

Delgado lachte erneut, ohne eine Miene zu verziehen. »Darauf bin ich vorbereitet. Man weiß ja schließlich, wie unsere Polizei arbeitet. Ich war nicht einmal in Lomo Román und habe also nichts zu befürchten. Meine Frau kann Ihnen bestätigen, dass ich nicht zu Hause war.«

Rosa Delgado kam auf sein Rufen hin herbei. Sie wirkte irgendwie verhuscht, doch als sie den Grund der Fragen erkannte, wurde ihr Gesicht hart: »Wollen Sie etwa unterstellen, mein Mann habe einen Menschen umgebracht? Das ist doch absurd. Fernando kann keiner Fliege etwas zuleide tun«, fuhr sie den Teniente an und sah Lob heischend zu ihrem Gatten hin, wie Martín mit Interesse bemerkte.

»Mein Mann kam am Tag der Tat erst gegen zehn Uhr morgens wieder nach Hause. Er hatte eine geschäftliche Besprechung im Süden und blieb dort über Nacht«, fügte sie hinzu.

Delgado stand auf, griff in sein Jackett und holte eine Brieftasche heraus. Nach kurzem Suchen zog er zwei Belege hervor und legte sie vor Martín auf den Tisch. »Ich kann Ihnen auch noch mehr bieten: Ich kam an jenem Morgen aus dem Süden zurück, habe kurz hinter Santa Cruz getankt und in einem Laden in Tacoronte etwas fürs Frühstück gekauft. Datum und Uhrzeitstempel auf den Belegen müssten Ihnen genügen.«

Diese unverfrorene Direktheit machte den Teniente sprachlos. Er besah sich stumm die Belege und fand Delgados Angaben bestätigt. »Die Belege möchte ich bitte als Beweismittel behalten«, sagte er sodann.

»Zumindest den Tankbeleg brauche ich zurück«, grinste Delgado frech. »Der gehört als Kostenbeleg in meine Buchhaltung. Ordnung muss sein, das dürfte unserer Polizei ja nicht fremd sein.«

Martín hatte genug von diesem herablassenden Getue. Bevor er sich zu deutlich erregte, verabschiedete er sich kalt von den Eheleuten. Er beschloss bereits im Gehen, die Belege des Bauunternehmers nochmals vor Ort nachzuprüfen, und verabschiedete sich mit einem deutlich zweideutigen »auf Wiedersehen«.

Rosa Delgado hatte sich bei der Befragung äußerst kämpferisch vor ihren Mann gestellt, obwohl sich das Paar eigentlich gar nicht so grün war, wie Martín gehört hatte. ›In der Not frisst der Teufel auch Fliegen‹, murmelte er draußen vor sich hin. ›Delgado ist in Not, in Finanznot! Davon erwarte ich mir für ihn ein nützliches Purgatorium! Wenn es irgendwie geht, will ich diesen unangenehmen Kerl gerne kleinlauter sehen, klein mit Hut‹, bekräftigte er seine Absicht. ›Dem werde ich seinen arroganten Dünkel schon austreiben.‹

Als Nächstes wollte er sich Mercedes Alonso vorknöpfen. Doch ein Blick auf die Uhr sagte ihm, dass es für einen Besuch bei ihr heute schon zu spät war. ›Dann werde ich noch einmal kurz aufs Revier gehen‹, beschloss er.

Roberto Ibarra wollte noch diesen Abend nutzen, um bei Familie Hofmann vorstellig zu werden. Ein kurzer Anruf bestätigte ihm, dass er gelegen kam. Er konnte aber nicht wissen, welches Erstaunen sein Anruf im Hause Hofmann hervorrief.

»Wie ungewöhnlich, dass sich die hohen Herrschaften mal auf uns besinnen. Sonst bleiben sie doch am liebsten unter sich, und wir sind als Umgang nicht gut genug«, sagte Werner Hofmann, nachdem er den Hörer aufgelegt hatte, zu seiner Frau.

»Vielleicht brennt ihm das Grundstücksgeschäft irgendwie unter den Nägeln«, meinte Roswitha, und Werner nickte zustimmend.

»Dann wollen wir gründlich aufpassen, dass wir ja nichts falsch machen.

»Stell dich einfach mal ganz dumm. Das kannst du ja gut«, riet ihm seine Frau mit einem frechen Grinsen. »Vielleicht bringst du ja auf diese Weise noch etwas Wichtiges in Erfahrung.«

Werner tat entrüstet, beschloss aber, ihrem Rat zu folgen.

Ibarra kam bald. Als Werner Hofmann ihm die Haustüre öffnete, strich Moritz neugierig um seine Beine. Kaum hatte er den Spanier erkannt, machte er einen Buckel, fauchte leise und verzog sich.

Ibarra lehnte jedwede Erfrischung ab. Man merkte ihm an, dass er sich bei diesem Besuch unwohl fühlte. Das Gespräch zwischen den Männern war dann auch nur kurz. Werner Hofmann bestätigte Ibarra, dass er bevollmächtigt war, das Erbe Stein abzuwickeln. Er versprach, mit anwaltlichem Rat als Unterstützung schnell zur Sache zu kommen, und bat Roberto Ibarra, ihm alle Unterlagen hereinzureichen, die den Grundstückstransfer betrafen. ›So erfahren wir vielleicht etwas Neues‹, dachte er dabei.

Ibarra sagte dies bereits für den nächsten Tag zu und war erleichtert, sich bald darauf verabschieden zu können.

»Hast du gesehen, wie Moritz auf Señor Ibarra reagierte?«, fragte Werner seine Roswitha. »Mein Großvater sagte schon: Hab acht, wie dein Kater auf deine Gäste anspricht!«

Irgendetwas gefiel Werner Hofmann an der Angelegenheit ganz und gar nicht.

Teniente Martín war über den schleppenden Fortgang des Mordfalls verärgert, doch seine Stimmung sollte sich auf der Fahrt zum Revier etwas aufhellen.

Er erhielt von seiner Sekretärin einen inhaltsreichen Anruf auf dem Funktelefon. Die Spurensicherung hatte in Steins

Bett Spermaflecken gefunden und weibliche Schamhaare. Auf der Festplatte des Ermordeten hatten sich Pornobilder von Kindern befunden, speziell von blutjungen Mädchen. Die Pädophilen-Internetseiten waren als Hip-Hop-Portal ausgegeben worden, aber über Links und einen geheimen Code hatten die Beamten nach langem Experimentieren den Zugang zu den Kinderpornos gefunden.

Diese Informationen passten so gar nicht in das Bild, das sich Martín bisher von dem toten Erwin Stein gemacht hatte. Das bedurfte nun einer gründlichen Überprüfung. Er musste sich die neuen Funde aus dem Haus des Deutschen zunächst sorgfältig ansehen. Seine ausstehenden Verhöre mussten vorerst warten.

Ana, seine Sekretärin hatte glänzend mitgedacht. Sie hatte für den nächsten Morgen bereits eine Verabredung für ihn mit der Gerichtsmedizinerin getroffen. Dann sollte er Fachkundiges über das Sperma und die Schamhaare erfahren. Die Kinderpornos hatte sie auf eine Disk gebrannt. Sie erklärte ihm, dass daneben noch verschlüsselter Schriftverkehr, wohl mit anderen Pädophilen, auf der Festplatte gefunden worden war. Mit der Dechiffrierung beschäftigten sich schon ihre Spezialisten. Der Kommissar knurrte anerkennend über so viel Eifer.

Martín nahm die Dateien mit nach Hause. Bis zum Treffen mit Frau Doktor Zafón am nächsten Tag wollte er sie wenigstens durchgesehen haben. Er musste sie anschauen, obwohl ihm sehr davor graute. Dafür freute er sich auf das Zusammentreffen mit Frau Zafón umso mehr. Er war ein hartnäckiger Verehrer der Ärztin und hoffte insgeheim, ihr irgendwann etwas näher zu kommen.

Der Teniente wohnte in Orotava in einem der alten Balkonhäuser der Altstadt. Seine Wohnung bestand aus hohen

Räumen mit typisch kanarischen Holzdecken, die wie umgekehrte Schiffsrümpfe aussahen. Das Haus besaß einen lichtdurchfluteten Innenhof. Geräumig, ruhig und anspruchsvoll, so hatte er das gediegene Anwesen schon oft beschrieben und dabei nicht übertrieben. Als Einzelkind hatte er es von seinen verstorbenen Eltern geerbt. Er hielt sich gern in seinem Zuhause auf und ließ, wenn es irgendwie ging, alles Hässliche vor der Tür. »*My home is my castle*«, hier fühlte er sich von einem Schutzwall umgeben. Darum zögerte er ein wenig, diese furchtbaren Fotos mit hinter seine schützenden Mauern zu nehmen.

Voller Abscheu machte er sich schließlich doch an die Arbeit. Er benutzte den Computer nur ungern, denn er vertrat die Ansicht: Der Preis für Maschinen, die denken, sind Menschen, die es nicht mehr tun. Aber wenn Computer Beweismittel produzierten, konnte man eben nicht auf sie verzichten. Er schaltete ihn ein und legte die Diskette in das Ladefach. Das Programm öffnete sich von selbst. Auf dem Display erschienen die Symbole für unzählige Fotos. Er klickte sie als Fotoshow an.

Was er zu sehen bekam, war schrecklich! Wie viel Angst, Entsetzen, Schmerz und Leid stand in den kleinen Gesichtern, die dort vor ihm erschienen? Wie oft waren diese kleinen, mageren Körper wohl misshandelt worden? Von ihren Peinigern waren äußerstenfalls nur die gierigen Hände, die angeschwollenen Schwänze und die behaarten Körper zu sehen. Waren Köpfe überhaupt mit fotografiert, so hatten diese Schweine aus Angst vorm Erkennen ihre Gesichtszüge unkenntlich gemacht.

›Das ist eine Aufgabe für unsere Spezialisten, die erkennbar zu machen‹, dachte Martín voller Abscheu. Diese Unholde mussten dingfest gemacht werden! Ohnmächtige Wut stieg in ihm auf und hämmerte bedrohlich hinter seinen Schläfen.

Martín musste sich immer wieder zwingen, die Bilder nicht einfach weiterlaufen zu lassen, sondern alle im Detail zu betrachten. Ihm durfte nichts entgehen. Die meisten Mädchen hatten Gesichtszüge, die asiatische Herkunft vermuten ließen. Doch einige glaubte er eindeutig den Kanaren zuordnen zu können.

Die typische Flora der Inseln, die auf diesen Bildern verschwommen zu sehen war, bot ihm Bestätigung genug. Vereinzelt sah er Opuntien, auch als Feigenkakteen bekannt. Der Inspektor wusste um ihre große wirtschaftliche Bedeutung in früherer Zeit. Auf ihnen machten sich Cochenille-Läuse breit. Lange Zeit gewann man aus diesen Insekten den roten Farbstoff für vielerlei Anwendungen in der Kosmetik, der Nahrungsmittelindustrie und Bekleidungstechnik. Heute werden die Farben synthetisch hergestellt. Die Pflanzen wurden nicht mehr gebraucht, die alten Plantagen waren verwaist. Auch Strelitzien in ihrem leuchtenden Orange konnte er auf einigen Fotos erahnen.

Auf einem Bild erkannte Martín im Hintergrund auf einer Kommode im Holzrahmen sogar das Emblem vom Loro Parque: zwei Papageien und die Schwanzflosse eines Delphins. Je länger die Fotoshow dauerte, desto schwerer fiel es ihm, durchzuhalten. *Vidas desesperadas*, verzweifelte Leben, aber er zwang sich fortzufahren.

»Wie kann man so etwas nur tun?«, fragte er sich immer wieder. Auch passten diese Scheußlichkeiten so gar nicht zu Steins sonstiger Vita. Als Martíns Konzentration endgültig nachließ, kam er gerade zum Schluss. Er merkte, wie still und dunkel es draußen geworden war. Erschöpft massierte er sich mit den Kuppen seiner Daumen die Schläfen.

Wie immer, wenn ihn Stressgefühle plagten, quälte ihn ein schlimmes Ohrensausen. Es tönte grässlich in ihm, wie Geräusche vom Küchenherd, als würde unentwegt Fisch gebraten, gebraten, gebraten.... Nur mit anderem Lärm als

Gegenmittel konnte er diese Geräusche bekämpfen. Er setzte seine Kopfhörer auf und dröhnte seine Ohren mit Beethoven voll.

Auch sein Magen begann zu rumoren. Er beschloss, ihm etwas vermeintlich Gutes zu tun. Er ging an den Wohnzimmerschrank und holte seinen besten Brandy hervor. Brandy de Jeréz, Cardenal Mendoza! Schon beim Einschenken in den Schwenker tat ihm der volle Geruch wohl. Martín drehte die goldbraune Flüssigkeit einige Male in seiner Hand und schnupperte mit neu erwachenden Lebensgeistern den herrlichen Duft. Warm floss sie sodann durch seine Speiseröhre, füllte den Magen mit angenehmer Hitze und sorgte für etwas Entspannung.

Bald sah sich der Kommissar sogar wieder in der Lage, sich nochmals mit dem Fall Stein zu beschäftigen. Er stellte alle bisher denkbaren Verdächtigen im Geiste zusammen:

Roberto Ibarra, der Grundstücksbaron; zumindest sein Hund war wohl bei dem Toten gewesen. Fernando Delgado mit dem fadenscheinigen Alibi bedurfte ebenfalls weiterer Überprüfungen. Mercedes Alonso hatte er noch gar nicht gesprochen, genauso wenig wie den Bankdirektor Iván López. Er spielte anscheinend eine wichtige Rolle in dem Grundstücksgeschäft, und das hatte vielleicht etwas mit dem Mord zu tun. Konnte das Ehepaar Hofmann irgendwelchen Nutzen aus Erwin Steins Tod ziehen oder war es sogar in den Mord verwickelt? Der Kinderschänder aus dem Internet kam natürlich auch infrage. War der Mörder einer der jungen Männer, die Erwin Stein gefunden hatten? Hatte einer von ihnen ein Motiv? Auch den Großen Unbekannten durfte er nicht vergessen!

Teniente Martín beschloss, so schnell wie möglich durch logische Schlussfolgerungen möglichst viele der Verdächtigen von der Liste zu streichen. »Multi-Tasking«, das gleichzeitige Rühren in mehreren Töpfen, konnte auf Dauer nicht gut gehen. Weniger war auf lange Sicht mehr! ›Da waren es nur noch neun.‹ Er musste wieder an das bekannte Kinderlied denken.

»Es scheint ein schier unlösbares Problem«, seufzte er, »doch ein unlösbares Problem ist keins«, munterte er sich selbst sofort wieder auf. Vielleicht ergaben ja die noch zu entschlüsselnden Daten der Kinderschänder einen zusätzlichen Hinweis, schöpfte er Hoffnung.

Er schob den Ärmel seines Hemdes ein wenig hoch und schaute auf die alte, mechanische Armbanduhr, die er von seinem Vater geerbt hatte. Es war schon spät.

Ihm rauschte der Kopf, und er beschloss, schlafen zu gehen. Wie jeden Abend las er noch einige Seiten in einem Buch. Zurzeit hatte er sich *»Lo que esconde tu nombre«*, Was dein Name verbirgt, von Clara Sánchez vorgenommen. Es handelte von einem Überlebenden des Konzentrationslagers Mauthausen, in dem viele Spanier interniert gewesen waren. Der Zufall, dass er gerade wegen eines »hässlichen« Deutschen ermittelte und zugleich über »hässliche« Deutsche las, berührte ihn merkwürdig.

Seine beruflichen Probleme ließen ihn heute Abend nicht los. Sein Beruf war ihm durchaus wichtig. Meist erfüllte er ihn sogar mit Freude. Es gab selten Grund, auf die Uhr zu schauen, ob die Arbeitszeit vorbei war. Heute aber fühlte er nur tiefen Frust. Seine Arbeit kotzte ihn regelrecht an. Er war überhaupt nicht im Einklang mit sich selbst. Er hasste, was er tun musste. Vor dem Einschlafen waberten ohne Unterlass die hässlichen Bilder der armen Kinder über seine Zimmerdecke.

Am nächsten Morgen stieg der Kommissar im wahrsten Sinne des Wortes mit dem linken Fuß aus dem Bett. Sein Rheuma plagte ihn und kündete erneuten Wetterumschwung an. Mit typischem Rheumagang kroch Martín ins Badezimmer. Er musste sich frei husten. Er war erst seit kurzem Nichtraucher. Die Nachwehen vieler Jahre Rauchens machten ihm immer noch zu schaffen. Seine Bronchien rasselten auch diesen Morgen wieder gefährlich, und sein Kopf brummte.

Er versuchte, sich mit Selbstmassage zu helfen. Leicht kraulende Bewegungen auf der Kopfhaut, sensibles Kreiseln um Augen und Ohren und dann festes Pressen der Druckpunkte auf der Stirn brachten ihm wirklich etwas Linderung. Auf die Nackenmassage verzichtete er. Der Griff nach hinten führte bei ihm leicht zu noch stärkeren Verspannungen. Diese ›Streicheleinheiten‹ waren seiner Physiotherapeutin vorbehalten. Sie machten ihm mit ihren Handgriffen immer so wunderbar den Kopf frei. Er dachte sehnsüchtig an den nächsten Donnerstagabend und an ihre »heilenden Hände«, die bald wieder zum Einsatz kamen. Mit gezielten Griffen, mit Druck und Dehnung schaffte sie es stets, seinen Körper in Balance zu bringen. »Wohlfühlschmerz« nannte er scherzhaft, was sie ihm dabei antat.

Zum Frühstück war die Zeitung noch nicht da, ein weiteres Unglück! Die Nachrichten gehörten zu seinem Morgenritual dazu, wie der schwarze Kaffee. Da er nach dem Tod seiner Frau allein lebte, war die Tageszeitung der erste morgendliche Kontakt mit der Umwelt.

Er fühlte sich nach der aufgewühlten Nacht wie gerädert. Die morgendlichen Störungen taten das Ihrige hinzu. Als er vor dem Weggehen seine Schuhe zuschnüren wollte, riss ein Schuhband. »Aller ›schlechten‹ Dinge sind eben drei!«, fluchte er leise. Er hasste Schnürschuhe sowieso, streifte sie wieder von den Füßen, warf sie in die Ecke und schlüpfte in seine liebsten braunen Slipper. Grimmig machte er sich auf den Weg ins Revier.

Dort besserte sich seine Stimmung sofort. Dr. Teresa Zafón war schon da! Sie war eine verdammt gut aussehende Frau. Ihre weibliche Aura füllte den ganzen Raum. Sie war gewohnt, dass ihr alle Männeraugen folgten und dass ihr deren Herzen entgegenschlugen. So war es auch heute wieder, wie Martín beim Eintreten eifersüchtig feststellte.

Seine Mitarbeiter hatten sich schon zu einer Fangemeinde versammelt. Auch er hatte schon lange eine Schwäche für diese bemerkenswerte Ärztin und beanspruchte, bisher unerwidert, ihre Aufmerksamkeit für sich allein. ›Die dämlichen Kollegen sind heute Morgen ein weiterer Wermutstropfen‹, dachte er.

Er bat Frau Zafón in sein Zimmer. Das war die beste Möglichkeit, sie der Aufmerksamkeit der anderen zu entziehen. Als sie eintrat, starrte er zunächst stumm auf den Boden. Der »starke« Martín zeigte Nerven! Er fand nicht die richtigen Worte. Sein Hirn streikte vor Aufregung. Stattdessen blinzelte er heimlich zu ihren wohlgeformten Beinen hin.

Sie hatte sich selbstsicher und ohne auf eine Einladung zu warten auf einen Stuhl gesetzt und diese lange Pracht über Kreuz geschlagen. Völlig entspannt ergriff sie mit ihrer tiefen Stimme das Wort: »Es ist schön, Sie wieder einmal zu sehen, Teniente, wenn auch die Umstände äußerst unschön sind.«

Martín erwachte aus seiner Starre und besann sich auf die Erfordernisse allgemeiner Höflichkeit: »Ganz meinerseits, Frau Doktor«, antwortete er und bot ihr Kaffee an.

Mit dem ersten gesprochenen Satz fühlte er so etwas wie Leichtigkeit zurückkommen. Er warnte die Ärztin sogar wegen der Qualität der »schwarzen Plörre«, die er ihr gerade offeriert hatte.

Die Ärztin lachte guttural und erwiderte: »Die Kaffeeautomaten der Polizei sind überall gleich schlecht! Es steht Kaffee drauf, aber es kommt keiner raus. Dann verzichte ich lieber auf das Gebräu und begnüge mich mit einem stillen Wasser«, entschied sie sich.

Der Teniente erfüllte ihren Wunsch durch einen Anruf bei Ana und bestellte für sich gleichfalls ein Wasser, allerdings mit Kohlensäure. Er brauchte diese kleinen kribbelnden Perlen, wenn er überhaupt schon so etwas Gesundes trank.

»Sie haben etwas Wichtiges für mich entdeckt?«, griff er den Gesprächsfaden wieder auf. Bewusst nahm er Einzelheiten wie Spermaflecken des Toten und Schamhaare einer Frau nicht in den Mund.

Señora Zafón war hingegen direkt. »Ja, der Ermordete hatte wohl kurz vor seinem Tod noch einmal Geschlechtsverkehr gehabt und das mit einer viel jüngeren Frau.«

»Was bringt sie zu diesen Folgerungen?«

»Neben Flecken seines Spermaergusses fanden sich im Bett schwarze Frauenhaare. Langes Haar, es floss bestimmt wie Tinte über die Kissen. Mit Sicherheit ist es von einer Einheimischen. Dies konnten wir durch eine spezielle Analyse erhärten, ich meine durch eine Isotopenanalyse, die auf der Erkenntnis basiert, dass sich Stoffe aus der Umwelt im Körper des Menschen ablagern. Substanzen in den Haaren zum Beispiel ermöglichen Rückschlüsse auf den Lebensraum des Untersuchungssubjektes. Die Frau war im Übrigen schwanger und damit verhältnismäßig jung, wie ich schon sagte.«

Martín musste sofort an Mercedes Alonso denken. Ein Schuldgefühl stieg in ihm auf, weil er sich noch nicht um sie gekümmert hatte.

Seine Antwort blieb recht vage: »Sie können gar nicht einschätzen, wie wichtig diese Feststellung für mich ist. Sie lässt mich an eine Person denken, derer ich mich jetzt besonders annehmen werde. Aber lassen Sie mich noch etwas anderes ansprechen. Ich verspreche mir dazu ebenfalls Hilfestellungen von Ihnen. Ich frage Sie als Psychologin: Auch wenn es gar nicht in das Persönlichkeitsbild von Erwin Stein passen will, wir haben eindeutige Hinweise darauf, dass er pädophil gewesen ist. Vielleicht kommt der Täter sogar aus diesem grässlichen Umfeld. Was halten Sie davon?«

Die Ärztin sah ihn mit ihren großen grauen Augen voll Interesse an, dann holte sie etwas weiter aus: »Ich bin keine Freudianerin und nähere mich einem Personenprofil oder einem Problem selten psychoanalytisch. Aber hier scheint mir Freuds Weg durchaus gangbar. Der Tote selbst kann ja nicht mehr als Person analysiert werden, höchstens indirekt über die Meinung Dritter.« Sie schaute den Teniente mit ihren wachen Augen länger an. »Pädophilie ist mehr als abnorm. Nach Freud wird eine Handlung erst dadurch pervers, dass das soziale Umfeld des Täters ihm das sagt. Lassen Eltern beispielsweise ein Kind ohne jegliche Verhaltensregeln groß werden, so wird es sich ohne Scheu mit allen Mitteln befriedigen. Darüber gibt es auch empirisch angelegte, methodische Studien.«

Ihre Stimme war, während sie sprach, gleich bleibend tief und weich. Frau Zafón streckte ihre schönen langen Beine, wie zur Abwendung von aufkommenden Zweifeln, von sich. Sie wirkte auf Martín bei aller Ernsthaftigkeit des Vortrags äußerst erotisch.

Seine nächste Frage an sie zeigte, dass er seine anfängliche Scheu verloren hatte: »Sie meinen das wirklich auch im körperlichen Sinne? Sex mit einem Tier, einem Möbelstück, einer Pflanze ist danach denkbar?«

»Ja, so sah es der große Psychoanalytiker, auch mit Kindern! Freud nannte den zivilisierten Menschen deshalb einen unterdrückten Perversen.«

In Martín blieben Zweifel. »Ich kann nicht glauben, dass Señor Stein unter solchen Umständen aufgewachsen ist. Aber man kann in einen anderen Menschen nicht hineinsehen, und letztlich kannte ich Stein persönlich nicht.« Er überlegte einen Moment, bevor er fortfuhr: »Nun, dann werde ich doch noch einige Befragungen durchführen müssen. Darf ich mich mit Ihnen danach noch einmal austauschen? Es kann auch gern bei einem kleinen Abendessen sein«, fügte er zögernd hinzu.

Das leichte Erröten seines Gegenübers ließ ihn nicht unberührt. Ihr bestimmtes »gern«, machte ihn glücklich. Ihm war, als wäre sein Bauch voller Schmetterlinge...

Später erhielt er noch die Bestätigung, dass die analysierten Tierhaare zu Kater Moritz und dem Terrier Bonito gehörten. Ibarra blieb also als Verdächtiger im Rennen!

Am nächsten Tag versuchte der Teniente, Mercedes Alonso zu erreichen. Er hoffte, durch sie sein Bild von dem Charakter des Ermordeten abzurunden. Das war nach Teresa Zafón schließlich die einzige Möglichkeit, über den Toten noch zusätzliche Erkenntnisse zu gewinnen.

Martín erinnerte sich gern an die überzeugenden Worte der Psychologin. Er wollte aber bei der Befragung auch herausfinden, ob Mercedes selbst ein Motiv gehabt haben könnte, Stein zu ermorden. Sie war die einzige junge Spanierin bei Steins Beerdigung gewesen. Hatte sie ihren Liebhaber vielleicht mit der Schwangerschaft konfrontiert, und der wollte sie loswerden? War deshalb sein Tod ihr Racheakt? Er musste wirklich dringend mit ihr sprechen.

Unter der angegebenen Adresse erfuhr Martín von der Mutter, die alleine zu Hause war, dass Mercedes tagsüber im Supermarkt Mercadona von Santa Úrsula arbeitete. Er bedankte sich für die Auskunft und ließ eine ratlose, ängstliche Frau zurück.

Was wollte die Polizei von ihrer Tochter? Hoffentlich gab es keinen Ärger. Frau Alonso fürchtete sich sofort vor einem Wutausbruch ihres Mannes.

Im Supermarkt traf der Teniente die junge Verkäuferin an und verabredete sich mit ihr für die Mittagspause. Mercedes wirkte bei diesem kurzen Gespräch fahrig und ängstlich.

Er war äußerst gespannt, was er in der Pause von ihr zu hören bekäme. Für die Zwischenzeit hatte er sich bereits etwas vorgenommen. Er wollte die Verkäuferin aufsuchen, die, wenn Fernando Delgado die Wahrheit sagte, sein Alibi bestätigen konnte.

Bis Tacoronte hin und zurück musste Martín es in der freien Zeitspanne problemlos schaffen. Er nahm die Auffahrt auf die Autobahn und reihte sich geduldig in die große Zahl der Autofahrer ein, die auf dem Weg zu ihrem Arbeitsplatz waren. ›Hoffentlich fahre ich nicht in einen Stau‹, dachte er.

Den Laden, von dem der Beleg stammte, glaubte er zu kennen. Er war einer der Tante-Emma-Läden, die bis jetzt noch die vielen aus dem Boden schießenden Supermercados überlebt hatten. Als er in Tacoronte ankam, schaute er auf die Uhr. Er hatte nur eine Viertelstunde gebraucht und lag voll im Zeitplan. Er überzeugte sich anhand des Kassenbons, dass es wirklich der Laden war, an den er gedacht hatte.

Als er eintrat, sah er nur eine Verkäuferin, die gleichzeitig Kassiererin war. Wahrscheinlich war sie die Frau, die er suchte. Maria Ramos war keine hässliche Frau, für Martín allerdings ein bisschen zu grell geschminkt.

›Wenn das keine Signalfarben sind!‹ Delgado hatte die Signale sicherlich bemerkt! Schließlich war er als Weiberheld bekannt. »Er ist wie ein Trüffelschwein, ständig auf der Suche nach Genuss und Liebe«, sagte man. Der Kommissar musste bei diesem Gedanken grinsen. Für ihn war der Bauunternehmer allerdings eher nur ein Schwein!

Maria Ramos sah Martín abschätzend aber nicht unfreundlich an. Der Teniente zückte seinen Ausweis und hielt ihn ihr mit einem freundlichen »*Hola*« hin.

Maria Ramos straffte sich merklich, ihre Züge wurden ernst. »Oh, *Policía*, was kann ich für Sie tun?«, fragte sie nun sehr geschäftsmäßig. Ihre Freundlichkeit war Vorsicht gewichen.

»Können Sie mir sagen, wer hier bedient und an der Kasse sitzt?«, fragte sie der Teniente.

»Da muss ich nicht lange überlegen, Inspektor, nur ich. Mein Name ist Maria Ramos.«

»Dann bin ich richtig. Vor einigen Tagen hat in den Morgenstunden ein Mann bei Ihnen einige Dinge für sein Frühstück gekauft. Er war auf der Durchfahrt, also nicht von hier. Bitte sehen Sie, ich habe seinen Kassenbon mit Datum, Uhrzeit und Angabe zu den Artikeln. Erinnern Sie sich an ihn?«

Die Frau griff nach dem Beleg, prüfte ihn umständlich, und dann sah sie den Inspektor an: »Ja, ich erinnere mich. Wir haben hier fast nur Stammkundschaft. Ein Fremder im Laden ist schon eine Ausnahme, an die man sich erinnert. Der Kassenbon hat mir den letzten Zweifel genommen. Der Mann hat nämlich laktosefreie Milch gekauft, und die geht selten über die Ladentheke.«

»Wunderbar, können Sie mir den Mann auch noch beschreiben, oder war er Ihnen sogar bekannt?«

Sie blieb einen Moment stumm, es sah aus, als würde sie nachdenken, dann blitzten ihre Augen wie nach einer Entscheidung kurz auf, und sie antwortete: »Ich glaube, er war aus Santa Úrsula. Er fuhr einen Kombi mit der Werbebeschriftung eines Baugeschäftes auf der Seite. Er hat direkt vor der Tür geparkt, und das sah ich als Erstes.«

»Also ein Handwerker?«, bohrte Martín nach.

»Das habe ich doch gar nicht gesagt«, erwiderte sie patzig. »Das war eher ein Chef, groß und schlank, gut und teuer gekleidet«. Ihre Stimme bekam fast etwas Schwärmerisches. »Ist der Mann jetzt entlastet?«, fragte sie schnell nach.

Der Teniente war irritiert. »Wie kommen Sie darauf?«, wollte er wissen.

Die Kassiererin errötete, als hätte er sie bei irgendetwas ertappt, und sie stotterte nur: »Nun ja…«

Martín ließ es dabei bewenden, aber in seinem Kopf kreisten mehrere Gedanken: Die Frau hatte unzweifelhaft Delgado beschrieben. Irgendetwas kam ihm trotzdem dabei komisch vor. Es war ihre letzte Frage und die übertriebene Reaktion auf seine Gegenfrage. Es schien ihm, als kannte sie Delgado! Hatte sie ihm, vielleicht sogar auf seine Bitte hin, ein Alibi gegeben, auf einige einschmeichelnde Worte oder einige hundert Euro hin?

Martín wollte ihre Aussage nicht als hundertprozentigen Beweis durchgehen lassen. Er beschloss aber auch, nicht noch zusätzlich bei der Tankstelle nachzufragen. Entweder waren die Angaben korrekt oder beide getürkt. Alles andere ergab keinen Sinn. Er würde Delgado rein gefühlsmäßig vorerst nicht von der Liste seiner Verdächtigen streichen! Da schien einer ganz laut ›Haltet den Dieb‹ zu schreien, um davon abzulenken, dass er gerade noch selber alle zehn Finger in der Ladenkasse hatte. Neue Anhaltspunkte, um Delgado härter ranzunehmen, hatte er allerdings fürs Erste nicht.

Er verabschiedete sich von Maria Ramos. Dann schaute er auf die Uhr: Es war Zeit, sich wieder auf den Weg nach Santa Úrsula zu machen. Bald war Mittagzeit, und er konnte Mercedes Alonso vor dem Supermercado treffen.

Als er beim Abfahren nochmals durch die Ladenscheibe guckte, sah er, dass Maria Ramos ihr Handy am Ohr hatte. Mit wem musste sie so eilig telefonieren? War das Zufall? ›Delgado hat bestimmt was mit ihr. Die Gewohnheit wird zur zweiten Natur!‹, sagte er zu sich.

Martín bekam eine Parkbucht direkt vor dem Eingang zum Mercadona. Mercedes stand schon da und wartete auf ihn. Zum ersten Mal musterte er sie genauer.

Sie war eine hübsche junge Frau. Sie hatte eine schlanke, fast knabenhafte Figur und wirkte sehr weiblich, weich und zart. Sie trug ihr schwarzes Haar wie ein mittelalterlicher Page als lang gezogenen Helm über dem feinen, blassen Gesicht. Ihre dunklen Augen waren groß und feucht, sie zeigten, dass sie litt. Ein Polizist produzierte immer ein großes Stoppschild vor dem inneren Auge der jungen Kassiererin. Aber der Teniente machte einen netten Eindruck auf sie. Martín merkte, dass Mercedes mit sich kämpfte, wie sie sich ihm gegenüber verhalten solle, ablehnend oder freundlich. Sie entschied sich für einen Mittelweg.

Er jedenfalls grüßte sie freundlich, ging mit ihr zu seinem Wagen und schlug vor, für die Unterredung in das nahe gelegene Café Paraiso zu fahren. Sie nickte ergeben. Ein kurzes erleichtertes Lächeln ging über ihr Gesicht und entblößte für einen Moment eine Reihe ebenmäßiger, kleiner weißer Zähne.

Die Wolken über dem Orotava-Tal hatten sich verzogen, der Himmel war blau. So bot sich ihnen auf der Terrasse des Cafés beides: der fulminante Ausblick auf den Atlantik und die Sicht auf den Teide, der immer noch eine kleine Schneehaube trug. Mercedes konnte die Aussicht nicht so richtig genießen. Ihr abwesender Blick verriet, dass sie mit ihren Gedanken weit weg war.

Der Teniente bestellte für sie beide warmen Apfelkuchen mit Schlagsahne und Kakao. »Das ist das Beste hier«, verriet er ihr. Mercedes verlor in dem angenehmen Umfeld ein wenig ihre Scheu, und auf seine Fragen sprudelte es bald aus ihr heraus. Am Schluss hatte Martín das Gefühl, dass sie ihm alles gesagt hatte und alles der Wahrheit entsprach.

Die junge Frau konnte ihre Tränen nicht zurückhalten, ein Schluchzen drang aus ihrer Kehle.

»Erwin war ein guter Mensch. Er konnte zuhören. Er kannte keine Beschwichtigungsversuche, keinen billigen

Trost. Wenn er etwas sagte, fühlte man sich nie angegriffen, man konnte es bedenkenlos annehmen. Er war das einzig Gute und Liebe, was ich je hatte, und nun bin ich allein!«

Der Kommissar verspürte so etwas wie Beschützer-Instinkt in sich aufkommen. Er musste sie trösten und beruhigen: »Die Erinnerung bleibt Ihnen, sie ist ein Ort, von dem Sie nicht vertrieben werden können«, versuchte er es mit einer schwülstigen Worthülse und fühlte sich nicht wohl, als er sie kaum ausgesprochen hatte.

»Das ist aber nicht dasselbe«, schluchzte sie.

Ihr Kummer, das pechschwarze Haar, die vor Erregung rosigen Wangen, die dunklen, vollen Brauen und ihre traurigen Augen rührten ihn. Dieses Gefühl verstärkte sich noch, als sie hinzufügte: »Sie können mich ruhig duzen«. Anscheinend hatte er bei ihr einige Punkte gut gemacht.

›Ich finde sie nett‹, dachte er. ›Kann das meine Recherchen beeinflussen?‹, fragte er sich schuldbewusst. Er war viel freundlicher mit ihr umgegangen, als dies sonst bei Vernehmungen der Fall war, ganz ohne rüdes Vokabular war er ausgekommen. ›Quatsch, wie man in den Wald schreit, so schallt es eben zurück‹, verteidigte er sich still vor sich selbst. Er sah Mercedes an, ihre schlichte Kleidung und verglich sie im Geiste mit der teuren Designermode der matronenhaften Señora Delgado. Martín sah wieder die dicken Finger vor sich, an denen viele Ringe tief in die Haut einschnitten. Da waren ihm doch Anmut und Armut gepaart lieber! ›Zwei große A, Laute der Bewunderung!‹ Er musste über seine blumigen Gedanken schmunzeln, doch dann wurde er wieder ernst und mahnte sich: ›Ich sollte mir mein Philosophieren an den Hut stecken! Was ist denn Mitleid gegen die Bewunderung für eine echte Frau?‹ Seine Gedanken schweiften zu Teresa Zafón. Er hatte sie längst zu einem Abendessen einladen wollen, erinnerte er sich.

Er beschloss, mit Mercedes zum Schluss zu kommen,

und musterte sie nochmals genau: Sie hatte trotz ihrer zarten Figur zupackende Hände und kräftige Arme. ›Das kommt davon, dass sie täglich zentnerweise Ware über das Kassenband schieben muss‹, sagte er sich. War sie damit der Typ Frau, der nach den Thesen von Doktor Mendoza Erwin Stein ermordet haben konnte? War Mercedes eine starke junge Frau, wie von Mendoza als mögliche Täterin gefordert? Nicht alles, was zusammenpasste, gehörte auch zusammen. Martín konnte zwar nichts ausschließen, aber sein Gefühl sagte ihm, dass sie keine Mörderin war! ›Ich bin mir heute über gar nichts sicher‹, ärgerte er sich übellaunig. ›Das Ausschlussprinzip funktioniert dieses Mal nicht!‹

Als er Mercedes wieder an ihren Arbeitsplatz zurückgefahren hatte, war er sich endlich sicher, dass sie als Mörderin nicht in Frage kam. Ihre Liebe zu Erwin Stein hatte sich als zu lebendig und ungebrochen gezeigt. Auch war ihm ihre Statur doch zu zart für eine solche Kraftanstrengung, waren ihre Hände auch noch so zupackend. »Da waren es nur noch acht«, befand er mit Gewissheit.

Er verabschiedete sich genauso freundlich von Mercedes, wie er sie begrüßt hatte. Er sandte ihr einen mitleidigen Blick hinterher, als sie mit gesenktem Kopf im Eingang des Supermarkts verschwand. Beeindruckt hatte ihn ihre Beschreibung von Erwin Stein: ›Erwin war ein guter Mensch!‹ Das passte wirklich nicht zu einem Pädophilen.

Auf der Weiterfahrt ließ er das gesamte Gespräch nochmals Revue passieren. Mercedes hatte auch von Marco Fuentes gesprochen. Ihre Beurteilung war ungnädig ausgefallen: »Ja, der ist hinter mir her, ein ungehobelter Klotz, der kennt keinerlei Romantik. Der sieht nur Sterne, wenn man ihm eins aufs Auge schlägt!«

»Neigt er denn zur Gewalt?«, hatte er zurückgefragt.

Ganz unerwartet für Martín hatte Mercedes Marco daraufhin in Schutz genommen: »Schlimme Schlägereien gibt es unter den Männern nicht. Das sind alles Sportler. Wenn einer wirklich einmal Blödsinn macht, sorgen die anderen zwar dafür, dass er seine Lektion bekommt, mehr aber auch nicht.«

»Saufgelage und Schlägereien passieren unter den besten Freunden«, wiegelte Martín ab. »Meistens hat alles ganz spießige Gründe.«

Mercedes blieb bei ihrer Einschätzung: »Nein, sie sind faire Sportler! Alles andere wäre auch ein Fehler.«

»Nun, das ist gut so. Man muss nicht jeden Fehler selbst machen, um daraus zu lernen«, gab sich Martín geschlagen. »Aber Marco wird trotzdem froh sein, dass Erwin Stein kein Rivale mehr für ihn ist.«

›Gegen ihn hatte er keine Chance‹, folgerte er still für sich. Halbherzig ließ er den jungen Arbeiter auf seiner Liste der Verdächtigen.

Die BAR TIJARAFE, mitten im Ort, war nach Mercedes‘ Schilderung das Vereinslokal der jungen Ringer. Dort wollte er sich einmal umsehen und endgültig Klarheit über den jungen Arbeiter gewinnen.

Auf dem Weg zum Revier machte er sein Vorhaben wahr, rief die Ärztin von seinem Autotelefon aus an und sprach für den Abend darauf eine Einladung aus. Er hatte Glück und erreichte Teresa Zafón. Sie hatte Zeit für ein Gespräch und war auch bereit, mit ihm auszugehen.

Er versuchte, ihre Neigungen herauszukitzeln: »Ich hoffe, klassische Gourmetküche geht für Sie in Ordnung. Oder muss es für Frau Doktor Molekularküche sein?«

»Nein, klassisch ist völlig in Ordnung«, hörte er mit Freuden ihre tiefe Stimme antworten.

»Diese Laborküche ist sowieso wegen der vielen chemischen Zusatzstoffe arg ins Gerede gekommen.«

»Sie sind wie immer bestens informiert. Da fällt mir ein Stein vom Herzen. Ich weiß nun auch, wo wir hingehen werden, aber es soll bis morgen eine Überraschung bleiben. Treffen wir uns um 19 Uhr vor der Kirche *Nuestra Señora de la Peña de Francia*, oder soll ich Sie mit dem Wagen zu Hause abholen?«

»Ich dachte, Sie kommen mit dem Pferd, wie es sich für einen Prinzen gehört«, lachte nun sie in den Hörer.

»Nicht jeder Prinz kommt auf dem Pferd«, antwortete er so schlagfertig, wie es ihm auf die Schnelle einfiel.

Ihr war das Treffen vor der Kirche lieber, und so verabredeten sie sich dort.

›Das Glück ist mit dem Tüchtigen‹, dachte Martín zufrieden. Selig hielt er den Hörer noch einen Moment in der Hand, bevor er die Leitung unterbrach. Nun musste er nur noch einen Tisch in seinem Lieblingsrestaurant bestellen. Das Restaurant lag in der Avenida Francisco Alfonso Carrillo. Diese Straße in der Nähe der Plaza del Charco trug den Namen eines ehemaligen Bürgermeisters von Puerto, der im Volksmund liebevoll Paco Alfonso genannt wurde. Der Patron des Hauses versprach Martín für den morgigen Abend einen gemütlichen Ecktisch.

Gut gelaunt befand er, ein Besuch in der BAR TIJARAFE am Abend könne ihm nicht schaden. Noch einmal die Ohren aufstellen, um vielleicht noch etwas Wichtiges zu erfahren, und sich dabei einen Schlummertrunk genehmigen, das war genau das Richtige am Ende des Tages!

Nach dem Ringertraining fanden sich die jungen Leute wirklich in der BAR TIJARAFE ein. Sie war so etwas wie ihr Clubhaus. Die vielen geputzten Pokale in den Glasvitrinen waren der ganze Stolz des Vereins. Martín saß schon am Tresen, als die Männer hereinkamen.

»Ich spiele heute Talsperre und lasse mich volllaufen«, tönte Alberto. Er war beim Ringen in glänzender Form gewesen und fühlte sich heute besonders stark. Außerdem wollte er diesen Abend einen Mann für seine Schwester Mercedes finden. Er wusste auch schon genau, wer dafür infrage kam: Marco sollte es sein, der war willig, und einen Besseren hatte die Schlampe nicht verdient!

Martín hatte also ein weiteres Mal Glück an diesem Tag. Er hatte den richtigen Abend gewählt. Sein Augenmerk sollte insbesondere Marco Fuentes gelten.

Der Teniente wechselte seinen Sitzplatz und beobachtete von einem zurückgesetzten Tisch aus hinter seinem halbvollen Bierglas die jungen Männer. Er konnte von dort aus ihr Gespräch recht gut verfolgen. Besonders das intensive Hin und Her zwischen Marco und Alberto interessierte ihn: »Du warst doch immer schon scharf auf meine Schwester, und du bist mein Freund. Unsere Familie mag dich, also wenn du willst, finden wir auch einen Weg, dass sie dich nimmt.«

Das passte in Martíns Bild: Mercedes war ungebunden, aber schwanger. Ein Mann musste her. Alberto wollte das nun für seine Familie erledigen! Marco sollte der Dumme sein. Der erfasste in seiner bierseligen Laune den Grund für das überraschende Angebot seines Freundes zwar nicht, aber es kam ihm sehr zu pass. Schon allzu lange war er hinter Mercedes her. Die beiden Männer wurden sich schnell einig, hoben ihre Gläser und stießen darauf an.

Teniente Martíns Glückstag sollte noch nicht zu Ende sein. Mit einem Mal wurde ihm klar, dass Marco nicht der Täter sein konnte. Marco war Linkshänder! Er hatte mit der linken Hand angestoßen und nahm auch bei den nächsten Malen das Glas nur mit links auf.

›Da waren es nur noch sieben‹, dachte der Teniente zufrieden und wurde wieder an seinen Lehrer an der Polizeischule erinnert, der ihnen eingepaukt hatte, durch logisches

Ausschlussverfahren den möglichen Täterkreis immer weiter zu verkleinern.

Als Martín am nächsten Morgen von Orotava aus zum Dienst fuhr, war er voll Optimismus, dass seine Glückssträhne heute weitergehen würde. Schließlich sollte der Abend in dem lang ersehnten Rendezvous mit Teresa Zafón münden! Und es sah auch wirklich so aus, als behielte er Recht.

Auf dem Revier hörte er zu seiner Befriedigung, dass seine Kollegen den Schriftverkehr Steins mit dem Pädophilen entschlüsselt hatten. Mit Hilfe der Post hatten sie den Server herausgefunden, von dem die E-Mails an Steins Adresse gegangen waren. Der war auf eine Anschrift in Los Cristianos angemeldet. Der Austausch der Mails erfolgte in englischer Sprache. Das passte, denn der Eigner des Postfachs zeichnete mit John Smith. Zwischen Stein und Smith war es am Schluss zu einer Verstimmung gekommen. Der Engländer hatte mehrere Male Mahnungen für ausstehende Zahlungen geschickt, betreffs »Menü-Zusammenstellungen von Frischfleisch!« Der Dreckskerl hatte Stein mit anderen Worten Pornofotos geliefert. Etwas fiel dem Inspektor jedoch bei genauerer Durchsicht der Unterlagen auf: Die letzte E-Mail Steins war schon drei Wochen vor dem Mord geschrieben worden! Was hatte das zu bedeuten?

Er fand zwischen den Unterlagen zu seinem Ärger eine dienstliche Anweisung, die ihm strikt untersagte, der Spur selbst weiter nachzugehen. Der Fall war an die internationale Polizei abgegeben worden. Man vermutete einen groß angelegten Ring von Kinderschändern dahinter. Den wollte man insgesamt hochgehen lassen. Der Kommissar beschloss nur widerwillig, sich zu fügen. Solche Art Einschränkungen seiner Tätigkeit mochte er gar nicht. Der Tag ging also doch nicht so gut weiter, wie er begonnen hatte.

Und es kam noch dicker: Schon eine Stunde später wurde Martín zum Bürgermeister gerufen. Er mochte schon das Rathaus nicht, es war ihm zu protzig. Vom Bürgermeister dorthin geordert zu werden, konnte nichts Gutes bedeuten. Auf dem dreieckigen Giebel des Mittelbaus wehten Fahnen: ›Wenn die Lappen draußen hängen, sind die Lumpen drinnen‹, dachte der Inspektor grimmig, als er sich dem Rathaus näherte.

Der Bürgermeister empfing ihn sofort. Allein das war schon verdächtig! Er ging mit einem aufgesetzten Lächeln auf Martín zu und streckte ihm leutselig die Hand entgegen. ›Pures Öl‹, dachte der Inspektor angewidert, und seine Nackenhaare stellten sich vor Ablehnung auf.

Pablo Arvelo kam sehr schnell zu seinem Anliegen. Er versuchte, dem Teniente behutsam klarzumachen, dass er doch bei seinen Untersuchungen die Finger von den Honoratioren der Stadt lassen solle. Er verwies stattdessen auf einen Mord, der ebenfalls gerade im Bezirk von Santa Úrsula an einem Mann aus Icod ausgeübt worden war und noch aufgeklärt werden musste. »Vielleicht gehören diese beiden Morde ja zusammen«, bemühte er sich, den Kommissar auf eine andere Spur zu setzen: »In der Nacht zu Mittwoch gegen ein Uhr wurde am Stadtrand von einer Streife ein brennender Pkw mit einem Toten darin gefunden. Einzelheiten können Sie in den Akten auf Ihrer Dienststelle einsehen. Aber so viel schon jetzt: der Mann war bereits tot, als der Brand ausbrach, von hinten erschlagen. Er ist also ebenfalls einem Verbrechen zum Opfer gefallen. Sehen Sie zu, was in dieser Nacht geschah«, beschwor er den Teniente.

»Nächte sind meist zu dunkel, um zu sehen«, grummelte der unwirsch zurück und blieb störrisch bei seiner Sicht der Dinge. Er wollte sich nicht auf so plumpe Weise beeinflussen lassen. Nach außen war er allerdings um korrektes Verhalten bemüht und zeigte dem Bürgermeister höflich seine Sicht der Dinge auf:

»*Fecit huic prodest*. Der hat es getan, dem es nützt. Begehrlichkeit ist die Wurzel allen Übels«, erklärte er seine Denkweise. »Es besteht durchaus die Möglichkeit, dass der Mord an dem Deutschen mit einem Grundstücksgeschäft zusammenhängt, das mit ihm ausgehandelt worden war. Und da gibt es mehrere Personen, die erheblich davon profitieren, dass dieses Geschäft nach Señor Steins Tod endlich abgewickelt werden kann. Ich muss nach allen Seiten ermitteln! Der Bauträger Delgado leidet schwer unter der Finanzkrise. Er braucht dringend einen Bauauftrag und ist für dieses Grundstücksprojekt als Bauträger vorgesehen. Es ist eine Art Rettungsanker für ihn, wenn es nun anläuft. Auf seinen Schwager Ibarra kommt mit der Verwertung der Immobilie ein beträchtlicher Geldbetrag zu. Gerade Reiche brauchen immer Geld. Wie reich Señor Ibarra wirklich ist, kann ich dabei noch gar nicht beurteilen. Der Bankier Iván López hat sich mit einem gewagten Finanzierungskonzept für das Projekt anscheinend weit aus dem Fenster gelehnt und erhebliche Summen ausgeliehen, die vor der endgültigen Verwertung der Immobilie nicht genügend abgesichert sind! Ihm muss also ebenfalls daran gelegen sein, seine Sünden möglichst schnell vergessen zu machen. Auch die Stadt scheint großes Interesse an der Bebauung des Komplexes zu haben«. Bei diesen Worten sah Martín den Bürgermeister scharf an.

»Lange wurde in Lomo Román aus verschiedenartigen Gründen kein weiteres Gebiet für die Bebauung freigegeben. Nun, in Zeiten der Finanznot kam es überraschend schnell zu einer weiteren Genehmigung! Dafür sind bestimmt die damit verbundenen erheblichen Einnahmen für die Stadt ausschlaggebend. Im Übrigen lassen Sie mich klarstellen: Ich verdächtige bis jetzt noch niemanden, sondern ich ermittele nur!«

Arvelo war es ein wenig mulmig geworden, aber er antwortete dem Teniente mit tiefster Entrüstung: »Das kann doch nicht Ihr Ernst sein! Solche Überlegungen sind an den Haaren herbeigezogen. Was bin ich froh, dass ich am Tag der Tat in Madrid war!«

›Dann waren es nur noch sechs‹, dachte Martín eher belustigt, beschloss aber, den Bürgermeister erst gar nicht mitzuzählen. Es blieb also bei sieben! Laut antwortete er jedoch nur: »Ja ja, Ideen aus einem Hollywood-Krimi.«

Er äffte damit Señor Delgados Worte nach, die ihm bei Arvelos Einlassungen sofort wieder in den Sinn gekommen waren. Befriedigt sah er an Arvelos Reaktion, dass ihm diese Wortbilder nicht unbekannt waren. Die Buschtrommel funktionierte also, und er sah sich bestärkt, dass er unbeirrt weitermachen musste.

Er wollte sich von diesem Bürgermeister nicht einschüchtern lassen und rechtfertigte sich deshalb nochmals mit aller Deutlichkeit: »Ich vermute hinter all dem, was ich Ihnen aufgezählt habe, ein wenig das Prinzip ›eine Hand wäscht die andere‹, wenn nicht sogar Korruption. Hier wurde womöglich mit dem Scheckbuch Politik gemacht! Das kann durchaus der Nährboden für einen Mord sein. Auf jeden Fall gibt es ein Kartell des Vertuschens und Schweigens, das ich durchbrechen muss, um einen Täter aus diesen Kreisen endgültig ausschließen zu können.«

Der Bürgermeister resignierte schließlich vor soviel Störrigkeit. Teniente Martín hatte also noch weitere Honoratioren der Stadt im Visier, anscheinend auch ihn persönlich!

Mit einem kleinen Seufzer beschloss er, seine Freunde wenigstens vorzuwarnen. Das war er Ibarra schuldig. Sonst würde der ihm bestimmt bald wieder zur Last fallen.

Der Teniente nutzte genüsslich aus, dass sich Arvelo fürs erste geschlagen gab und sprachlos blieb: »Um zur Quelle zu kommen, muss ich gegen den Strom schwimmen«, erklärte er mit einem schiefen Lächeln. »Im Übrigen bin ich auf keinem Auge blind, ich recherchiere in alle Richtungen. Da gibt es einen Pädophilen, mit dem Señor Stein Kontakt pflegte und vor seinem Lebensende im Streit lag. Auch gegen ihn richte ich meine Untersuchungen. Dort treffe ich allerdings auch Hindernisse: Auf Beschluss einer höheren Stelle bin ich gehalten, nicht mehr weiter zu ermitteln. So leid es mir tut, es bleiben zurzeit besonders die im Focus, die ich bisher im Auge hatte, Honoratioren hin oder her!«

Zu guter Letzt um einen versöhnlichen Ausklang bemüht, lenkte er ein: »Der Mord an dem Mann aus Icod war mir neu. Den werde ich natürlich sofort untersuchen.« Dabei dachte er: ›Da waren es wieder acht!‹

Dem Bürgermeister zog diese scheinheilige Art des Zugeständnisses die Galle zusammen, und er giftete den Inspektor mit einem bösen Blick an: »Und was ist mit der jungen Alonso und den drei Arbeitern, die den Toten gefunden haben?« Seine Stimme wurde vor Wut eiskalt.

Martín war überrascht, wie weit er sich in dem Fall kundig gemacht hatte. »Lassen Sie mich mal machen, Schritt für Schritt und ohne Vorurteile, aber der Reihe nach! Wer nach allen Seiten zu sehr offen ist, ist nicht ganz dicht!«, antwortete er sarkastisch.

Er war sich spätestens jetzt im Klaren: Alle, die hier zusammen kungelten, verdienten seine besondere Beobachtung. Und das Gekungele in der Stadt funktionierte scheinbar überdurchschnittlich.

Je mehr er die Beteiligten piekte, desto eher würde die Wahrheit ans Licht kommen. Martín war überzeugt, mit seinem unbeugsamen Verhalten einen Schritt in die richtige Richtung gemacht zu haben.

Zurück auf der Dienststelle kümmerte er sich wirklich sofort um den Ermordeten aus Icod. Er wollte seinen Gegnern keine Angriffsflächen bieten. Bei dem ausgebrannten Fahrzeug des Toten hatte es sich um einen Opel Corsa mit der Farbe Silbermetallic gehandelt. Der Pkw hatte ein altes Teneriffa-Kennzeichen gehabt. Dieses Fahrzeugschild und ein Radarfoto wegen Geschwindigkeitsübertretung in der Todesnacht hatten es seinem Kollegen Morales leicht gemacht, den Halter des Wagens schnell zu bestimmen. ›Er hilft mit, wo er kann‹, dachte Martín anerkennend.

Der Ermordete war auch schon obduziert worden. Die Obduktion der zum Großteil verbrannten Leiche hatte zweifelsfrei bestätigt, dass es sich bei dem Toten um den Halter des Wagens gehandelt hatte, den 43-jährigen Antonio Vegas aus Icod. Während der ärztlichen Untersuchung war zutage gekommen, dass der Tote nicht bei dem Unfall verbrannt war, sondern zur Brandzeit bereits tot gewesen sein musste. Jemand hatte ihm von hinten einen tödlichen Schlag auf den Kopf versetzt.

Teniente Martín telefonierte mit dem Kollegen José Gómez in Icod, der die Untersuchung dort leitete. Martín erklärte ihm den möglichen Zusammenhang dieses Mordes mit dem in Lomo Román. Gómez hatte für den Tag drauf eine Unterredung mit der Schwester des Toten verabredet und lud Martín ein, dabei zu sein. Sie wurden sich schnell einig, das Gespräch mit der Schwester gemeinsam zu führen. »*Hasta mañana*«, verabschiedeten sie sich freundlich.

Martín sah allerdings mit etwas Verdruss seine Planung durch diese neue Aufgabe über den Haufen geworfen. Er hatte sich eigentlich um den Bankier kümmern und das Ehepaar Hofmann nochmals aufsuchen wollen.

Für Mercedes Alonso mündete schon der Vorabend in einer schweren Krise. Bewegungslos hatte sie auf ihrem Bettrand gesessen, stumm, mit verweinten Augen und leerem Gesichtsausdruck. Sie wollte nicht mehr leben. Die letzten

Tage waren eine einzige Qual gewesen. Sie war fast so weit, zu einem der alten Kräuterweiber zu gehen, um sich das Kind von Erwin wegmachen zu lassen.

Dann beschloss sie, erst einmal einige Ave Maria zu beten. Vielleicht würde ihr die heilige Jungfrau irgendwie helfen. Die Muttergottes blieb jedoch stumm.

Mercedes betete erneut. Heilige Maria Muttergottes bitte für uns Sünder, jetzt und in der Stunde unseres Todes… dieses Mal um einen erlösenden Schlaf. Sie war eigentlich todmüde und wollte nur noch schlafen. Die fällige Entscheidung konnte sie auf den nächsten Tag verschieben.

Sie legte ihren Kopf erwartungsvoll auf das Kissen, konnte aber nicht einschlafen. Eine Serie aneinander gereihter, hässlicher Bilder verfolgte sie im Wachtraum: Ihr Vater, mit puterrotem Kopf und wässrigen Säuferaugen, brüllte sie an. Sie glaubte seinen nach Alkohol stinkenden Atem zu riechen. Ihre Mutter kreischte endlos auf sie ein. Der dicke Bauch einer Schwangeren, in dem ein Messer stak, war das ihr Bauch? Ihr Bruder, der ihr Marco zum Mann aufzwingen wollte. Erwin Stein mit leblosen Zügen im offenen Sarg, tot! Alles was sie sah, war schrecklich!

Sie weinte hemmungslos, aber das Heulen erleichterte nicht. Die Zeit bis zum nächsten Morgen wurde endlos lang. Nach vielen wirren Gedanken fasste sie den Entschluss, irgendwen am nächsten Tag um Hilfe zu bitten!

Sie dachte an die Notrufnummer 016 für Frauen in Not. Dort bekam man Ratschläge bis hin zur rechtlichen Unterstützung. Die konnte sie brauchen. Doch dann zauderte sie. Eine anonyme Stelle anzurufen, lag ihr nicht.

Sie dachte an Teniente Martín. Sie hatte ihn gerade kennen gelernt, und er war wirklich nett gewesen. Den wollte sie um Hilfe bitten!

Sie wollte nicht zu früh auf dem Revier erscheinen und wartete ungeduldig noch eine Weile, bis sie sich endlich auf den Weg machte. Völlig aufgelöst kam sie endlich in der Polizeistation an.

Der Teniente bewies sich als netter Mann. Er nahm sich sofort Zeit für sie und hatte ein offenes Ohr für ihre Nöte. Mit denen hielt sie nicht lange hinter dem Berg:

»Mein Vater und mein Bruder sind sich einig, ich soll Marco Fuentes heiraten, damit mein ungeborenes Kind einen Vater bekommt! Ich will das nicht, aber ich will das Kind! Die beiden drängen auf eine schnelle Hochzeit, damit Marco nicht merkt, dass mein Kind nicht von ihm ist. Viel Zeit bleibt mir nicht, mich dagegen zu wehren. Bitte helfen Sie mir«, flehte sie den Kommissar mit weinerlicher Stimme an.

Martín war entrüstet über das, was er zu hören bekommen hatte. Er versprach, Mercedes zu helfen, auch wenn ihm nicht klar war, wie das geschehen sollte. Was konnte er nur für sie tun? Da kam ihm eine aberwitzige Idee. Mercedes hatte ihn mit ihren eigenen Worten darauf gebracht:

»Ich werde Marco Fuentes wegen des Tatverdachts, Erwin Stein ermordet zu haben, vorläufig festsetzen«, erklärte er der jungen Frau und erschreckte sie maßlos damit. »Schließlich war er gegen deine Liebe zu Señor Stein. Er sah in Stein einen Rivalen, der weg musste! «

Den Teniente plagte ein schlechtes Gewissen, schon als er sein Vorhaben nur aussprach. Eine Berechtigung für ein solches Vorgehen war kaum zu begründen. Aber er konnte nach den bestehenden Vorschriften ein solches Spiel immerhin 48 lang Stunden spielen. Während der Verhöre wollte er dann Marco nach Mercedes‘ Schwangerschaft fragen. Ein genialer Gedanke!

Dem jungen Mann würde es wie Schuppen von den Augen fallen. Er würde ausflippen, wenn ihm klar wurde, dass er Mercedes mit einem fremden Kind im Bauch heiraten sollte.

Das würde sich nicht mit seiner spanischen Mannesehre vertragen! ›Mission erfüllt‹, dachte Martín zufrieden.

Als er Mercedes sein Vorhaben behutsam erklärte, ging ein Verstehen über ihr bekümmertes Gesicht, gepaart mit einem leisen Hoffnungsschimmer. Sie gab sich willig in die Hände des Teniente.

Martín sah auf die Uhr. Ihm verblieb noch genügend Zeit für einen Besuch in der Bank. ›Iván López ist vorinformiert, vom Bürgermeister versteht sich‹, dachte Martín, als er die ablehnende Miene des Bankers sah. Deshalb kam er ohne Umschweife auf seine Fragen zur Finanzierung des Grundstückdeals.

Iván López berief sich immer wieder auf das Bankgeheimnis. Der Inspektor erfuhr aber doch einige neue Fakten: Erwin Stein hatte ebenfalls ein Konto bei der Bank. López bestätigte nicht, dass ihm Zahlungen darauf von Ibarra an Stein bekannt waren, er dementierte sie aber auch nicht. Dass die Bank Kredite an Delgado gegeben hatte, ließ er ebenfalls unwidersprochen im Raum stehen. Aussagen zu dessen Bonität wollte er trotz mehrmaligem Fragen nicht machen. Teniente Martín versuchte ihn zu locken:

»Seine Schuldzinsen wachsen ohne neue Aufträge sicher so schnell wie die Köpfe der Hydra, die rascher sprießen, als man sie abhacken kann?«

López‘ Mund blieb geschlossen, so schmal wie ein Strich. Er blieb eine Antwort schuldig.

Ob das zwischen Ibarra und Stein verabredete Geschäft mit seiner Hilfe Delgados Kreditrahmen gestärkt habe, wollte er ebenfalls nicht kommentieren. Aber sein Schweigen sprach für Teniente Martín Bände.

Als der Kommissar den Bankier nach dem Zeitpunkt der nächsten Innenrevisionsprüfung fragte, wurde der unruhig:

»Davon habe ich wirklich keinen Schimmer, die kommt unangemeldet.« Er versuchte, das Gespräch zu beenden.

Martín beschloss, ihn nicht weiter zu quälen. Seine letzte Frage hatte gesessen. Die Kreditvergabe war bestimmt ohne genügende Sicherheiten erfolgt. Er musste am Ball bleiben. Ibarra, Delgado, López und Arvelo gluckten zusammen und hatten sich vor den Verhören abgesprochen. Martín fühlte, dass alles miteinander verwoben war. Aber solange er noch so viele einzelne Fäden in seinen Händen hielt, war ein plausibles Ende nicht abzusehen.

Er ging Richtung Ausgang. ›Das ist also die vielgerühmte Kundenfreundlichkeit mit Zufriedenheitsgarantie‹, dachte er. Verächtlich sah er auf das Werbeschild im Fenster des Schalterraumes, das diesen Slogan trug.

Kaum hatte der Teniente die Bankfiliale verlassen, wandte sich López telefonisch an Fernando Delgado.

Er verlangte barsch, nun endlich die Voraussetzungen für die Kreditvergabe in Ordnung zu bringen.

»Die Finanzkrise wird dich auch noch von deinem hohen Ross herunterholen. Immer höher, immer weiter, immer schneller geht nicht mehr! Aber in meinem Fall hatte deine Gier noch anders entschieden, dazu wirst du nun stehen müssen. Wenn du mich fallen lässt, fällst du mit, das schwöre ich dir!«, brüllte Delgado ihn durch das Telefon an.

Mit einem solchen Ton hatte López nicht gerechnet. Er war sprachlos und erkannte, dass die Karten doch nicht so einseitig schlecht für Delgado gemischt waren. Statt Demut stand ihm »Frechheit siegt« gegenüber und zwang ihn, wohl oder übel geschmeidig einzulenken. Er zögerte noch einen Augenblick, laut auszusprechen, was er gerade erkannt hatte. Dann gab er sich einen Ruck und suchte den Kompromiss:

»Verlier nicht die Bodenhaftung! Wir müssen uns gemeinsam bemühen, einen Ausweg zu finden.«

»Das hört sich schon besser an«, antwortete Delgado.

»Euer Geld ist doch dafür da, an Kunden ausgeliehen zu werden. Es überfällt ja sowieso kein Räuber mehr eine Bank, danach hätte er nur Angst, deren Schulden am Hals zu haben, zum Beispiel meine Schulden«, lachte er wieder ganz obenauf. López nahm seinen Stimmungsumschwung gequält hin.

Die beiden Männer setzten ihr Geplänkel noch einige Zeit fort. Schließlich beendete Delgado das unerfreuliche Gespräch mit einer Drohung: »Denk daran, ich werde mich meiner Haut wehren. Wenn du mich wirklich zu Grunde richten willst, werde ich dich auch ans Messer liefern.«

Martín wollte heute die Siesta ausfallen lassen. Auch essen würde er nicht. Abends wartete schließlich ein großes Menü auf ihn. Eitel wie er war, achtete er sehr auf seine Figur. Ihm blieb also genügend Zeit, auch noch Familie Hofmann aufzusuchen. Ein Anruf bei ihr bestätigte ihm, dass dies möglich war. Der Teniente beschloss, den Weg den Berg hinunter zu Fuß zu gehen. Die Ereignisse am Morgen hatten ihn stark aufgewühlt, und ein bisschen Bewegung würde ihm gut tun.

Auf halber Höhe des Berges traf er auf Herrn und Frau Delgado, die gerade in ihren Wagen einsteigen wollten. »Verdächtigen Sie meinen Mann etwa immer noch?«, keifte Rosa Delgado ihn ungnädig an.

»Auf jeden Fall will er uns wohl wieder belästigen«, fügte ihr Mann frech hinzu.

»Heute nicht«, antwortete der Teniente, »aber Sie sind doch sicher über meine Überlegungen bestens informiert.« Die Spitze saß, und er ging grußlos weiter.

»Jeder Arsch meint heutzutage, er wäre eine perfekte Frontansicht«, rief ihm Delgado wütend hinterher.

»Falls Sie mich damit meinten, war das eine Beamtenbeleidigung«, kam es unterkühlt zurück.

»Also bis bald!«

Wie ganz anders war da der Empfang bei den Deutschen. Zu zweit machten sie ihm die Türe auf und baten ihn lächelnd hinein.

»Willkommen in unserer bescheidenen Hütte. Ich habe schon einen Teil meiner Hausaufgaben gemacht«, berichtete Werner Hofmann stolz.

»Mich interessiert alles, was den Fall Stein betrifft«, antwortete Martín neugierig, während er sich im Wohnzimmer umschaute. Hell war es, durch große Fenster flutete das Sonnenlicht herein. ›Ganz anders als bei uns Canarios‹, dachte er. ›Wir dunkeln alles ab, so gut es nur geht.‹ Auch die Möbel wichen von dem gewohnten Standard ab. Sie waren weder dunkel noch schwer. Heitere, leichte Pastelltöne betonten ihre luftige Bauart.

»Ich habe fast alles vorbereitet für die Übertragung der Steinschen Immobilie.«

»Darauf wollte ich Sie ansprechen«, antwortete Martín. »Ich kann immer noch nicht ausschließen, dass der anstehende Grundstücksverkauf bei dem Mord eine Rolle gespielt hat. Vielleicht wollte ihn jemand durch den Tod von Señor Stein beschleunigen. Deshalb habe ich die Bitte an Sie, das Geschäft möglichst noch etwas hinauszuzögern. Vielleicht kommt dann ja irgendwer aus der Deckung hervor.«

»Gerne«, erwiderte Hofmann, ein wenig nachdenklich geworden. »Señor Ibarra war übrigens zu meiner Überraschung schon bei mir und hat auf Eile gedrängt.«

»Das passt in mein Bild«, murmelte der Kommissar. »Die Hundehaare auf der Leiche waren übrigens von Señor Ibarras Bonito.«

»Und Erwins Kater Moritz hat den Hundebesitzer ziemlich angefaucht, als er uns so überraschend aufsuchte«, kam Werner Hofmann in Erinnerung. »Er hatte wohl schlechte Erfahrung mit ihm. Denken Sie im Hinblick auf das Grundstück an einen Bauskandal, an Bestechung der Behörden, oder was haben Sie im Sinn?«, wollte Werner Hofmann nun wissen.

»Ich bin mir nicht sicher, was ich denken soll.« Der Teniente behielt seine Mutmaßungen für sich.

»Das Wissen von uns Residenten in solchen Sachen ist immer geringer als das des örtlichen Klüngels«, warf Roswitha Hofmann ein. »Man hört und liest ja oft über Bestechungen im Baugewerbe.«

Werner Hofmann erwähnte stolz, dass sie das natürlich mit Interesse verfolgten. »Nach meiner Meinung hat sich Erwin Stein in der Sache recht clever verhalten. Zu Bestechungen, Verletzungen von Amtspflichten und Amtsmissbrauch hat er, zumindest erkennbar, nicht die Hand gereicht. Dafür käme also höchstens die Käuferseite infrage. Ich denke an illegale Provisionen, die von Bauunternehmen für Projekte und Geschäfte dieser Größenordnung wohl immer wieder gezahlt werden. Schließlich werden dabei in großem Maße Entscheidungen notwendig, die in der Gemeindeverwaltung getroffen werden müssen.«

»Bingo«, antwortete der Teniente kurz und schmerzlos. Hofmann hatte nach seinem Geschmack ins Schwarze getroffen.

Roswitha kam mit einem Tablett heraus, auf dem der Kaffee verführerisch duftete. »Echter deutscher Filterkaffee, ein Stückchen Heimat, das wir uns gönnen, und dazu gibt es Zitronenkuchen mit Früchten aus dem eigenen Garten«, erklärte sie beim Servieren mit unverhohlenem Stolz.

»Deutschen Kaffee zu genießen, ist für mich eine Premiere. Aber wenn er so gut schmeckt, wie er duftet, ist er wirklich etwas Besonderes«, antwortete Martín höflich. »Aber ich möchte Ihre Zeit nicht unnötig strapazieren. Einige neue Erkenntnisse zwingen mich nur noch, Ihre Meinung zu erfragen: Wussten Sie, dass Erwin Stein ein Pädophiler war?«

»Das ist unmöglich, das kann ich mir nicht vorstellen!«, rief Hofmann bestürzt. »Können Sie das beweisen? Ein Haifisch ist kein Haifisch, wenn man nichts beweisen kann!«

Dem Teniente entging nicht, dass die Stimmung auf einmal merklich kühler geworden war. Darum zählte er schnell die ihm vorliegenden Fakten auf.

»Du kannst nicht in den Kopf eines anderen hineinsehen«, zweifelte Roswitha. »Vielleicht war seine junge Geliebte ja nur der erste Schritt zu diesem scheußlichen Laster hin? Die junge Mercedes eine Vorstufe auf dem Weg zum Kinderschänder?«

Werner Hofmann wusste nicht, wo ihm der Kopf stand. »Ein toter Erwin ist in diesem Fall wohl ein besserer Erwin«, meinte er nach kurzem Schweigen angewidert. »Ich würde am liebsten keinen Finger mehr für ihn krumm machen. Bei Erwins Beerdigung musste ich noch an ein Gedicht von Matthias Claudius denken, das wir in der Schule gelernt haben: ›Ach, sie haben einen guten Mann begraben…‹, so fing es an. Und nun das!«, fügte er erbittert hinzu.

Teniente Martín versuchte nun, dem Gespräch wieder eine andere Wendung zu geben. Da der letzte Satz von Hofmann so glaubwürdig geklungen hatte, konnte er sich auch weiteres Nachdenken ersparen. Familie Hofmann war für ihn weder in das Grundstücksgeschäft noch in den Mord verwickelt. Da waren es nur noch sechs, beschloss er fürs erste. Die zwei sparte er für sich aus.

»Ich wollte Sie mit meinen Neuigkeiten nicht erschrecken und bitte Sie auch, mit Ihren Hilfestellungen im Fall Stein bei der Stange zu bleiben. Ich ging nur auf diese schlimmen Neigungen ein, weil sie während unserer Recherchen als harte Fakten ans Tageslicht kamen. Ich muss Sie danach fragen! Sie beide kannten ihn doch mit am besten. Vielleicht lassen sich ja so Hinweise zu seiner Entlastung finden oder wenigstens Erklärungen. Fürs erste lassen Sie bitte, wie ich, die Unschuldsvermutung gelten.«

»Eigentlich sage ich bei Sex-Angelegenheiten immer: Der Kavalier genießt und schweigt. Bei solcher Abscheulichkeit kann man aber wirklich nicht von Kavalier sprechen oder gar von Kavaliersdelikten«, erwiderte Werner Hofmann noch immer unschlüssig. Dann wurde sein Gesicht etwas weicher, und die Eheleute versprachen, auf die Bitten des Teniente einzugehen.

Zur Bekräftigung sagte Roswitha Hofmann: »Wahrscheinlich haben Sie Recht. Wir fühlen uns verpflichtet, alles zu tun, um Erwins Bild wieder zurechtzurücken.«

Werner Hofmann hatte noch etwas dazu beizutragen: »Da ist etwas, was Sie vielleicht weiter bringen könnte. In den Ordnern, die ich gesichtet habe, war eine äußerst persönliche Rubrik. Ich habe das beim Überblättern schon gemerkt und deshalb eine intensive Durchsicht unterlassen. Vielleicht findet sich dort eine Erklärung für Erwins Verhalten.«

»Haben Sie herzlichen Dank für den Tipp«, Martín sah dezent auf seine Armbanduhr und erkannte, dass es Zeit war, sich zu verabschieden. Er musste noch nach Hause und sich umkleiden. Es war aber auch alles besprochen.

»Ich danke Ihnen für den köstlichen Kaffee, Señora«. Er bediente sich einer kleinen Notlüge, denn ihm schmeckte ein echter *Café sólo* besser als das gerade getrunkene deutsche Gebräu. »Sollte Ihnen noch etwas Wichtiges zu Erwin Stein einfallen, informieren Sie mich bitte.«

Das Ehepaar verabschiedete ihn genauso freundlich, wie es ihn empfangen hatte.

Auf der Fahrt nach La Orotava überdachte er den ereignisreichen Tag. Das Klingeln seines Autotelefons riss ihn aus seinen Gedanken.

Es war Ana, und sie hatte eine wichtige Neuigkeit für ihn. Am Nachmittag war von Kollegen aus dem Süden hinsichtlich des Pädophilen aus Los Cristianos Entwarnung gekommen. Der Mann war bereits seit über einem Monat auf Fernreise in Thailand. Weshalb, war Martín sofort klar! Wofür Thailand stand, war hinreichend bekannt.

Aber John Smith konnte damit nicht der Mörder des Deutschen sein. Es war nun auch nachzuvollziehen, warum der E-Mail-Verkehr zwischen den beiden Männern schon vor Wochen aufgehört hatte. Auf seiner Lustreise hatte der Kerl sicher andere Sorgen gehabt!

›Dann waren es nur noch fünf‹, dachte Martín und hörte den Bericht entspannt zu Ende.

Unter dem Bett des Engländers hatten die Beamten einen alten Koffer mit Videos, DVDs, Sexgeräten und Pornoheften gefunden. Es fiel den Polizisten sofort auf, dass alle Bilder nur männliche Kinder und Jugendliche in obszönen Stellungen zeigten. ›Das Dreckschwein ist nicht nur pädophil, sondern auch noch schwul‹, dachte der Kommissar, unsagbar wütend über so viel Schmutz.

Nach Auskunft seiner Wirtin sollte Smith zum Beginn der nächsten Woche zurückkommen. Er würde auf Gran Canaria landen und mit der Fähre nach Teneriffa übersetzen. Dort gab es dann Grund genug, ihn wegen seiner schäbigen Untaten festzusetzen!

Teniente Martín hatte nun keine Not mehr, Steins wahres Seelenleben auszuforschen. Dessen Kontakt zu Smith war ohne Bedeutung für den Mord. Aber korrekt, wie Martín nun mal war, beschloss er, die persönlichen Unterlagen

Steins später doch noch durchzusehen. Ein richtiges und vollständiges Bild des Opfers konnte nie schaden.

Bevor er das Telefonat mit Ana beendete, bat er sie noch, Marco Fuentes wegen des Verdachts der Tötung von Erwin Stein festsetzen zu lassen. Fuentes sollte ruhig einen Tag in seinem Saft schmoren, bevor er selbst morgen aus Icod zurückkam und sich seiner annehmen konnte. Entweder war der Junge dann für seine Pläne weichgekocht, oder bereit zuzugeben, dass er wider Erwarten doch Dreck am Stecken hatte. Letztere Möglichkeit fasste Martín überhaupt nur ins Auge, um sein Gewissen zu beruhigen. Er rechnete nach wie vor nicht damit, dass Marco schuldig war. Er wollte nur der armen Mercedes helfen. Ana reagierte auf die Anweisung auch völlig überrascht, war aber gewohnt, ohne viel Fragen zu funktionieren.

Inzwischen hatte Martín La Orotava erreicht. Steil führte die Calle Cólogan in das Zentrum der Altstadt hinauf. Über grobes Pflaster fuhr er am Denkmal der *alfombristas*, der Sandteppichkünstler, vorbei, passierte die barocke Kirche *Nuestra Señora de la Concepción*, bevor er mit dem Sender sein Garagentor öffnete und im Haus verschwand.

Martín war zu unruhig, um auch nur einen Moment innezuhalten. Er kleidete sich aus, ging ins Badezimmer, rasierte und duschte sich. Dann putzte er sich die Zähne. Aus seinem Kleiderschrank im Schlafzimmer holte er den dunkelblauen Blazer mit der beigefarbenen Hose, ein frisches weißes Hemd, seine rote Lieblingskrawatte und frische Socken. Vor dem Spiegel kleidete er sich sorgfältig an. Danach musterte er sich und war recht zufrieden mit sich. Er ging noch mal ins Bad: Kämmen, ein wenig Aftershave ins Gesicht, dann war er fertig. Er legte einige Scheine in seine Geldbörse nach und vergewisserte sich, dass die Kreditkarte auch darin war. Dann schlüpfte er neben der Eingangstüre in seine schwarzen Slipper aus weichem Nappaleder. Er war bereit zum Aufbruch.

Die Straße runter nach Puerto war frei, er würde zu früh ankommen, erkannte er während der Fahrt. Er fuhr mit seinem Wagen in die Tiefgarage am Hafen. Darin gab es einige besondere Parkplätze für die Polizei. Er durfte sie auch privat nutzen und parkte in die letzte Parkbucht vor der Außenwand ein. Er ging nicht über die Treppe hinauf ans Tageslicht, sondern nahm den kürzeren Weg über die Einfahrtsrampe.

An dem lauen Spätnachmittag tummelten sich viele Menschen in den Straßencafés. Überall herrschte buntes Treiben. Martín schlängelte sich mühsam zwischen den besetzten Stühlen und Tischen hindurch.

Er ging am flachen Landeplatz des alten Hafens vorbei, wo mehrere Fischerboote vor sich hin dümpelten. Charco de los Camarones, Garnelenpfütze, nannte der Volksmund ihn liebevoll. Als Martín an der Kathedrale ankam, zeigte ihm die Uhr an einem der vielen Geschäfte, dass er zwanzig Minuten zu früh war. Er beschloss, in das Gotteshaus zu gehen, um eine Kerze für seine verstorbene Frau anzuzünden. Das war für ihn immer ein feststehendes Ritual, wenn er an einer Kirche vorbeikam und Zeit hatte.

Er näherte sich der Plaza de la Iglesia. Auf dem Platz tummelte sich eine größere Anzahl Touristen. Die dreischiffige Kirche *Nuestra Señora de la Peña de Francia* war eines der sehenswertesten Gebäude am Ort. Über den Platz erschallte ein volltönender, mehrstimmiger Glockenklang. ›Fast ein Empfangskonzert für Teresa‹, dachte der Teniente erwartungsfroh.

Das Halbdunkel im Kirchenschiff umfing ihn mit angenehmer Kühle. Durch die bunten Glasfenster flutete nur wenig Licht herein, explodierte dann aber in feurigen Regenbögen auf den Kirchenbänken. Die Silberschmiedearbeiten am Hauptaltar waren angestrahlt und zeigten die ganze Pracht echten Kunsthandwerks. Auf den Ständern der Opferkerzen flackerten schon viele Flämmchen, und Martín stellte erleichtert fest, dass es echte Wachskerzen waren.

Er verabscheute die kleinen, elektrischen Lämpchen mit Birnen als Flamme, die immer mehr in Mode kamen. Auf einem handbeschriebenen Schildchen stand der geforderte Obolus. Martín zahlte, nahm eine neue Kerze aus dem Kasten und zündete sie an einer bereits brennenden an. Er blickte zu der Figur des Santo Domingo auf, die der grancanarische Künstler Luján Pérez geschaffen hatte und die er wie alle Bewohner Puertos liebte. Vor ihr verrichtete er ein Gebet.

Sein Blick versank wie von selbst in dem flackernden Licht. Martín faltete seine Hände vor dem Unterleib und formulierte stumm einige Bittworte für seine tote Frau. Auf einmal war er ihr ganz nahe.

Er konnte sie nicht vergessen. Ein vages Schuldgefühl kam in ihm auf, weil er sich diesen Abend mit einer anderen Frau traf. Dieses Gefühl währte Gott sei Dank nicht lange. Er wusste zu genau, was sich seine tote Emilia für ihn gewünscht hätte! Sie war kein Kind von Traurigkeit gewesen und hätte nie im Leben gewollt, dass er sich ihretwegen für immer vor Trauer versteckte.

›Ich muss loslassen. Ich brauche zwei freie Hände‹, sagte er sich. Das Leben muss weitergehen. Davon überzeugt, trat er wieder hinaus ins Licht.

Er musste nicht mehr lange warten, dann erschien Teresa Zafón auf dem Vorplatz. Toll sah sie aus. Er hatte aber auch nichts anderes erwartet. Das weiße Trägerkleid mit den großen bunten Blumen darauf stach apart ab von ihrem schwarzen Haar und der bronzefarbenen Haut. Ihre bloßen langen

Beine glänzten verführerisch in roten Stöckelschuhen. Die Psychologin lächelte ihm entgegen.

Er ging freudig auf sie zu, dann zögerte er einen Moment und überlegte, wie er sie begrüßen sollte.

›Wie eine gute Freundin, mit Küssen auf beide Wangen‹, entschied er und tat es überraschend natürlich.

»Nun bin ich aber wirklich auf Ihre Überraschung gespannt«, sagte sie in dem tiefen Timbre, auf das er sich schon den ganzen Tag gefreut hatte.

»Ich hoffe, ich werde Sie nicht enttäuschen«, antwortete er und hakte sie einladend unter.

Sie hatten nur wenige Minuten bis zu dem Restaurant zu gehen. Von außen sah es recht unscheinbar aus, doch innen empfing sie eine ruhige Behaglichkeit bei Kerzenlicht.

›Fast wie in der Kirche‹, musste Martín denken.

Auch Teresa war angenehm überrascht.

Don Pedro, der Patron, empfing ihn wie einen alten Freund. Das tat Martín vor den Augen seiner schönen Begleiterin gut und machte sichtlich Eindruck auf sie.

»Das Alleinleben scheint Sie zum Genießer guter Küche gemacht zu haben. Wie man Sie hier begrüßt!«, lachte sie und zwickte ihn leicht in den Arm.

Don Pedro hatte Wort gehalten. Der Ecktisch für zwei stand intim am Ende des Lokals, gab ihnen einen guten Blick über die Räumlichkeit und schützte ihre Gespräche vor allzu neugierigen Ohren. Es bestand genügend Distanz zu den nächsten Tischen. Die Kerze auf dem Tisch ließ den Teniente an seinen Kirchbesuch denken. ›Loslassen‹, ermahnte er sich stumm. Der kleine Wirt war ihnen auf dem Fuß gefolgt und hatte nicht aufgehört zu parlieren. »Der Tisch ist so recht? Ich habe mir auch schon ein bezauberndes Menü für Sie ausgedacht!«

Teresa sah ihn mit ihren großen Augen an und bremste seinen Tatendrang: »Oh, das passt mir nicht so recht. Für mich ist das Auswählen und Zusammenstellen verschiedener Gänge schon das halbe Vergnügen bei einem festlichen Essen.«

Zusammen mit dieser bestimmten Abfuhr schenkte sie Don Pedro ein bezauberndes Lächeln, was ihn daran hinderte, den Beleidigten zu spielen.

Martín bewunderte diese selbstsichere Frau ein weiteres Mal. Sie war wirklich beängstigend komplett, ein Ideal, schwärmte er still.

»Zwei Gläser *Cava* darf ich aber als Aperitif bestellen?« warf er in die noch andauernde Redepause ein.

Die Ärztin nickte zustimmend.

Nach einem gemeinsamen »Salud« vertieften sie sich in die Speisekarten. Ihre Geschmäcker erwiesen sich als höchst unterschiedlich. Sie wählten bis auf einen halben Hummer als Zwischengang ganz verschieden. Teresa entschied sich beim ersten Gang für Carpaccio Tricolor, marinierten Lachs, Seezunge und Spinat, dann orderte sie Rinderfilet in einer leichten Käsesauce mit *Gofio*. Später sollte als Dessert glasierter Nougat mit Palmenhonig folgen. Er wählte seine geliebten Muscheln mit Joghurt an leicht gebratenen Selleriescheiben und in Butter gebräunten Stückchen vom Seehechtfilet. Danach freute er sich auf Entenbrust mit Süßkartoffeln in Teigtaschen auf einem Saucenspiegel von heimischem Rotwein. Ein warmes Küchlein mit Orangenschaum an dunkler Schokoladencreme war später seine süße Wahl.

Als der Hummer gekocht auf den Tisch kam, sagte die Psychologin tiefsinnig: »Sehen Sie, ein getöteter Hummer errötet. Was für ein Feingefühl eines Opfers! Bei Menschen findet man so etwas nicht.«

Er war erneut begeistert von ihrem Geistesblitz und zeigte das auch. Bald waren sie ins Gespräch vertieft und entdeckten trotz ihrer unterschiedlichen Geschmäcker viele Gemeinsamkeiten. Teresa hatte ein Faible für Ballett. Er mochte das auch und nahm sich vor, sie bald einmal ins Opernhaus von

Santa Cruz auszuführen. Was lag näher, als dass sie auch auf die menschliche Psyche und auf Sigmund Freud zu sprechen kamen? Ballett war für Martín das Stichwort, sich gleichzeitig Teresas Berufsfeld und ihren Vorlieben zu nähern:

»Ich habe einen Bekannten, der sich gerne als Laienpsychologe betätigt. Wenn er dabei nicht so stümperhaft wäre, würde er mich sicher an Sie erinnern.«

»Was bekommen Sie denn von ihm so geboten?«, fragte sie neugierig.

»Nun, Theo nervt mich sehr. Ich muss mir anhören, wie er sich mit seinem Pseudointellekt als wissender Freudianer präsentiert.« Martín verzog sein Gesicht und machte Theos Sprechweise nach: »Geschlechtstrieb ist der Hauptmechanismus für Evolution! Wie bei der Tierwelt beruht auch die menschliche Psyche auf Fortpflanzung und sexueller Lust. Der Tanz des männlichen Pfauenvogels vor dem Weibchen wurde vom Menschen nur umgesetzt in Ballett. Das ist nichts anderes als Paarungsritual unter dem Etikett Kultur!«

»Womit wir wieder beim Ballett wären«, lachte sie gut gelaunt.

›Ich habe nicht nur ihren Beruf ins Gespräch gebracht, ihre Vorliebe fürs Ballett, nein, auch Sex‹, dachte der Teniente irritiert. ›Ob hier ganz nach Freud mein Unterbewusstsein mitgearbeitet hat?‹

»Ich finde den Redeschwall Ihres Theo amüsanter als das stumme Rotweinsaufen vieler anderer Männer, die ich kennengelernt habe«, meinte sie. »Sie sind damit natürlich nicht gemeint«, entschärfte sie ihren Seitenhieb auf die Männlichkeit. »Im Übrigen sollten wir diesen herrlichen Abend nutzen, uns endlich zu duzen. Lang genug kennen wir uns ja schon.«

Martín wurmte es, dass er nicht selber den Mut aufgebracht hatte, diesen Vorschlag zu machen, aber er folgte ihm natürlich freudig. So wurden sie bei zwei weiteren Gläsern *Cava* und einem Kuss auf die Lippen zu Teresa und Ramón.

Als sie nach einer herzlichen Verabschiedung durch den Patron vor die Tür traten, umfing sie eine warme Abendluft. Sie waren beide noch zu munter, um nach Hause zu gehen und beschlossen, noch ein wenig über die Uferpromenade zu flanieren.

Die Silhouette der Bucht von Puerto leuchtete unter den vielen Lichtern in den Häusern und Straßen in sanftem Licht. Die weißen Stämme der knorrigen Feigenbäume auf dem Weg verstärkten den fahlen Glanz der späten Abendstunden. Das Meer war hingegen überwiegend schwarz, und nur gegen das Ufer zu sah man im schwachen Schein der Stadt einen dünnen Silberstreifen auf den Wellen. Die schlugen ihr nie enden wollendes Lied an den steinigen Strand. Es war eine Stimmung zum Träumen, und die beiden gaben sich ihr stumm hin. ›Sie schwebt über den Gehweg wie eine erotische Melodie‹, dachte Martín verträumt, und Erregung stieg in ihm auf.

Seine Träumerei wurde jäh unterbrochen, als er Roberto Ibarra an der Promenade von Martianez völlig aufgelöst aus dem Casino kommen sah. Auch Teresas aufmerksamem Blick entging das nicht.

Casino Taoro, Isla del Lago, Puerto de la Cruz! Das Casino war gerade erst im Lago Martianez feierlich eröffnet worden. Feuerwerk und Lichteffekte am Himmel hatten den neuen Vergnügungstempel als neue Attraktion der Stadt angekündigt. Von dort nun kam der Immobilienhändler, und er war sichtlich in Panik.

»Schau an, vielleicht hat er beim Spiel verloren«, vermutete Martín mit etwas Schadenfreude.

Ibarra stand völlig verwirrt auf dem beleuchteten Fußweg, der von der kleinen Insel inmitten des großen Sees kam. In dem Gebäude hinter ihm befand sich das exklusive

Restaurant, es war angestrahlt. Eine Treppe führte von dort eine Etage tiefer in das modern gestaltete Casino.

»Señor Ibarras desolate Verfassung scheint mir nicht auf einen einmaligen Spielverlust zurückzugehen«, mutmaßte die Psychologin noch viel konsequenter. »Ich glaube eher, der Mann ist ein süchtiger Spieler!«

Martín schreckte auf. »Das wäre eine interessante Neuigkeit für mich«, merkte er an. »Dem werde ich auf jeden Fall nachgehen.« Vielleicht ergab sich doch noch ein Ansatzpunkt, Ibarra nachzuweisen, dass er tiefer in den Fall verwickelt war! Wenn er wirklich süchtig war, konnte man auch nicht ausschließen, dass er eine Dummheit begangen hatte. Martín wollte ihn mit lästigen Fragen und Nachprüfungen ganz schön piesacken. Die Fassade des untadeligen Ehrenmannes schien langsam aber sicher dahinzuschwinden. Der Spürhund in Martín war erwacht und ließ ihn nicht mehr auf ungezwungene Gedanken kommen.

Teresa bemerkte das mit feinem weiblichem Gespür und sorgte mit leiser Regie dafür, dass der schöne Abend bald in Harmonie ausklang.

Zum Abschied drückte er sie einmal fest an sich. Sie ließ es geschehen. ›Nur geschehen‹, dachte er ein wenig traurig. Sie hatte sich nicht selbst an ihn angeschmiegt.

Zu Hause lief der Abend nochmals wie ein Film vor seinem inneren Auge ab. War er der Beginn von mehr? Hoffentlich!

Martín war gar nicht müde, und da dieser imaginäre Film mit dem merkwürdigen Auftritt von Ibarra endete, waren seine Gedanken schnell wieder bei seinem ungelösten Mordfall. Er beschloss, jetzt nochmals genauer in die Akte von Erwin Stein zu schauen. Vielleicht fand sich ja etwas, was den Toten vom Makel eines Kinderschänders reinwusch.

Und wirklich, bald stieß er auf einige handschriftliche Notizen, die unzweifelhaft mit der Sache zu tun hatten. Er entzifferte die krakelige Handschrift Wort für Wort und war erstaunt, dass alles auf Spanisch geschrieben war.

Erwin Stein war anscheinend bemüht gewesen, in seiner zweiten Heimat Fuß zu fassen: »Je älter ich werde, desto schwerer fällt es mir, allein zu sein. Ein bisschen Liebe, wie mit Mercedes, ist da wie ein Jungborn. Aber auch Schutz und Liebe zu geben bringt das fehlende Glück zurück. Über die armen kleinen Würmchen zu lesen, die Kinderschändern in die Hände fallen, raubt mir den Schlaf. Ich fühle den Zwang, ihnen zu helfen, in mir ins Unermessliche wachsen. Ein solches Schwein zu vernichten, zu helfen, es für immer aus dem Verkehr zu ziehen, gibt mir Befriedigung. Mit Smith bin ich nun bald so weit. Allein die Gier, eine unbezahlte Rechnung einzutreiben, ließ ihn unvorsichtig werden. Bald habe ich den Kerl und weiß endlich, wo man ihn fassen kann. Dann schnappt meine Falle zu!«

Was Martín gerade gelesen hatte, brachte das Bild von Erwin Stein für ihn endlich wieder in Ordnung. Dem Toten war es gar nicht um Kinderschändung gegangen. Er hatte vielmehr einen Privatkrieg gegen Smith angezettelt, um dem das Handwerk zu legen. Auch die nächsten Zeilen hatten den gleichen Sinn: »Habe ich mich vielleicht doch irgendwie dumm angestellt und meine Absichten verraten? Warum hat dieser unsägliche Smith den E-Mail-Verkehr abgebrochen, bevor ich ihn endgültig lokalisieren konnte?«

Da wusste Martín mehr als der Tote. Smith war auf große Pornofahrt gegangen! Aber er würde bald wiederkommen, und dann würde die Falle zuschnappen, ganz im Sinne von Erwin Stein.

Schon morgen früh wollte er Familie Hofmann anrufen und ihren toten Freund von allen Verdächtigungen reinwaschen. Mit dem Tag versöhnt schlief er ein.

Für Roberto Ibarra war die Welt bei weitem nicht so in Ordnung wie für Martín. Er hatte im Casino Roulette gespielt und reichlich verloren. Er war direkt nach der abendlichen Öffnungszeit um acht Uhr voll Unrast dorthin gegangen in der festen Absicht, bis zu Schluss um drei Uhr dort zu bleiben, um zu gewinnen.

Doch es war wie so oft ganz anders gekommen. Er hatte schon viel früher alles Geld verloren und sogar noch auf Pump weitergespielt, bis man ihm Spiel- und Hausverbot erteilte! Er hatte sich davonschleichen wollen, möglichst geräuschlos, um ja nicht weiter aufzufallen.

Aber er war einem seiner größten Schuldner direkt in die Arme gelaufen. Es war zwischen ihnen zum Eklat gekommen. Eine Fristsetzung für die Rückzahlung der Schulden, so kurz wie noch nie, hatte der Kerl ausgesprochen. Auf seinen jämmerlichen Versuch hin, das Zahlungsziel zu strecken, war er mit Schaden an Leib und Seele bedroht worden, massiv bedroht!

Er war mehr als verzweifelt und irrte nun planlos herum. Ohne ein Wunder war er verloren. Aufschub konnte ihm nur das Grundstücksprojekt bringen. Nun musste er wirklich mit harten Bandagen für das eigene Überleben kämpfen!

Teniente Martín war schon früh morgens wieder im Brass. Zunächst machte er sein Vorhaben wahr und informierte Familie Hofmann über den ›wahren‹ Erwin Stein.

Werner Hofmann reagierte euphorisch: »Da fällt mir aber ein Stein vom Herzen. Ein Albtraum geht für mich zu Ende. Erwin ist kein Schweinehund gewesen! Ich konnte auch gar nichts anderes glauben. Jetzt müssen sie nur noch den Mörder finden, Teniente!«

Da konnte ihm Martín nur zähneknirschend zustimmen. Nach dem Ausschlussverfahren war mit Smith ein weiterer Verdächtiger entfallen. »Da waren es nur noch fünf«, wiederholte er den bekannten Reim.

Nicht ganz bilderbuchmäßig ging der Tag weiter. Der Teniente musste vor der Fahrt nach Icod noch einmal tanken. Er fuhr auf die Tankstelle an der Carretera General in Santa Úrsula. Mit belustigtem Runzeln seiner Augenbrauen registrierte er, dass auch Pablo Arvelo dort gerade seinen Dienstwagen volltanken ließ.

Die beiden Männer grüßten sich aufs freundlichste, genauso wie es sich für zwei Honoratioren der Stadt gehörte. Keiner sollte merken, dass sie sich nicht grün waren. Pablo Arvelo lachte sogar, aber seine grauen Augen blieben dabei kalt und berechnend. Die beiden schwatzten eine Weile über dies und das, doch dann konnte der Inspektor es nicht lassen, den Bürgermeister ein wenig zu pieken. »Leider gibt es bei Ihren Freunden weitere Ansatzpunkte für Nachfragen.«

»Was heißt hier Freunde? Sie können wohl auch nur in eine Richtung denken«, knurrte der Bürgermeister.

»Nein, das stimmt nicht, Sie haben mich doch auf den Mann aus Icod angesetzt. Ich bin gerade auf dem Weg dorthin. Aber lassen Sie mich doch auch über die nachdenken, gegen die Sie mir es scheinbar verbieten wollen«, erwiderte Martín und hob zum Abschied grüßend seine Hand.

Die Fahrt nach Icod war eine seiner Lieblingsstrecken. Sie zeigte von der Straße aus das schönste Landschaftspanorama der Insel. Die Fallnebel sorgten dafür, dass dort alles bis hoch in die Berge hinauf grün war und blühte. Martín merkte gar nicht, wie leicht die Zeit verstrich. Schon war er in Icod angekommen.

Sein Kollege José Gómez gefiel ihm sofort. Er war ein lebenslustiger, runder kleiner Mann. Seine hellwachen kleinen Äugelein warnten aber jeden davor, ihn nicht zu unterschätzen. Martín war sich sicher, dass der Kollege schon bisher gute Arbeit geleistet hatte und fand bald Bestätigung dafür.

Die Schwester des Toten arbeitete in einem Weinkeller und wollte ihnen dort Rede und Antwort stehen. Sie fuhren gemeinsam vom Revier aus dorthin.

In der Bodega CUEVA DEL REY, Höhle des Königs, saßen sie bald beim Weinkönig der Stadt, Fernando González, an einem glänzend gewachsten Kiefernholztisch unter dem gedämpften Licht geflochtener Deckenlampen. An den weißgetünchten Wänden hing eine Vielzahl alter Geräte für die Feldarbeit. Señor Fernando saß am Kopf des Tisches und dozierte über seine herrlichen Weine. In kleinen Gläsern schimmerte ein Blanco, der von der *Challenge International du Vin* mit einer Goldmedaille prämiert worden war.

Martín war beeindruckt und ließ sich gerne noch eine Weile von der Arbeit ablenken. ›Vielleicht kann ich hier einmal mit Teresa hinfahren‹, dachte er, denn er fühlte sich wohl in der Cueva. Da keiner der anderen gewillt war, das angenehme Zusammensein zu beenden, ermahnte er sich schließlich selbst, mit der Befragung zu beginnen.

Maria Vegas stand noch unter dem Eindruck des gewaltsamen Todes ihres Bruders, gab ihnen aber bereitwillig Rede und Antwort. Die beiden Beamten konnten von ihr in Erfahrung bringen, dass Antonio Vegas mit seinem Freund José Ramblas am Abend der Tat nach La Victoria gefahren war, um dort eine junge Frau namens Corina zu treffen. Hinter der waren beide Männer her gewesen.

»Sie wollten gemeinsam mit ihr auf ein Tanzfest gehen. Mein Bruder hatte schon tagelang zuvor von dieser Corina geschwärmt und immer wieder erzählt, wie sie sich kennen gelernt hatten.«

»Das würde uns sehr interessieren«, warf José Gómez mit verbindlicher Stimme ein.

Maria Vegas erwies sich als sehr exakte Berichterstatterin: »Sie haben das Mädchen auf dem Parkplatz vor einer Bar kennen gelernt. Corina kam mit einer Freundin zur gleichen Zeit an, als Antonio und José aus dem Wagen stiegen. Als Antonio die beiden Mädchen ansprach, hatte ihm Corina schelmisch erwidert: ›Wo Reifen oder Hoden dran sind, davor soll ich mich hüten, hat meine Oma mir gesagt.‹ Antonio hat mir diesen Satz immer wieder erzählt, und damit begann auch ihre Romanze. Antonio hat sich auch darüber lustig gemacht, wie sein Freund José mit großen Stielaugen ebenfalls hinter dieser Corina her gewesen war.«

»Der Satz von der Oma ist wirklich sehr lustig«, hielt Martín Marias Redefluss in Gang.

Die sah ihn dankbar an und fuhr fort: »Was dann an jenem Abend geschah, weiß ich natürlich nicht.«

»José Ramblas behauptet, er sei per Anhalter zurückgefahren, weil Antonio noch bei Corina bleiben wollte. Die beiden Männer waren mit einem Auto dort«, ergänzte Gómez den Sachverhalt.

»Das hat er mir auch erzählt«, bestätigte die junge Frau. »Aber für mich reimt sich das nicht zusammen. Es war ja schließlich kein Wochenende. Antonio musste am nächsten Tag wieder arbeiten. Er musste zurück, und von Josés Mutter hörte ich, dass der erst gegen vier Uhr morgens nach Hause kam. Wann wollte denn dann wohl mein Bruder zurückkehren?«

Die beiden Beamten sahen sich betroffen an. Das war eine berechtigte Frage.

Martín zog als Erster seine Schlüsse: »Was dort in La Victoria passiert ist, können wir nur von José Ramblas erfahren oder eben von dieser Corina. Eine Befragung des Mädchens oder auch eine Untersuchung der Bar könnte ich übernehmen. La Victoria ist schließlich einer unserer Nachbarorte.«

»Der bequemere Weg ist, Ramblas ein zweites Mal zu befragen. Der arbeitet hier in der Nähe, und wenn wir ihn uns zu zweit vorknöpfen, ist er vielleicht mitteilsamer als das letzte Mal«, resümierte Gómez.

Martín stimmte zu. Sie bedankten sich bei Maria Vegas und dem Winzer, dass er ihnen die Befragung während der Arbeitszeit ermöglicht hatte.

»Kommen Sie doch mal als Gäste und nicht im Dienst«, rief der Weinhändler ihnen lachend hinterher.

Gómez bestimmte ihr nächstes Ziel: »Ich kenne den Arbeitsplatz von Ramblas.«

Die Altstadt von Icod strotzte vor Weingeschäften, und Ramblas war in einem nahe der Kirche San Marcos beschäftigt.

Als die beiden Männer dort vorstellig wurden, mussten sie zu ihrer Überraschung hören, dass sich Ramblas seit dem Tag nach Antonios Tod krank gemeldet hatte. Sie beschlossen, es bei ihm zu Hause zu versuchen.

Josés Mutter öffnete die Tür. »Er ist nicht daheim«, sagte sie brummig, bevor die beiden überhaupt eine Frage stellen konnten.

»Ich denke, er ist krank«, antworte Gómez genauso kurz angebunden.

Die Alte blieb ablehnend: »Vielleicht ist er beim Arzt.«

Martín meinte, eine Tür knarren zu hören und stutzte. »Sind Sie allein?«, fragte er schnell.

Die Alte nickte unsicher.

Martín schaltete schnell. Er öffnete die Haustür, trat hinein und schaute sich um. Im gleichen Moment bog ein junger

Mann um die Hausecke, und als er den Beamten sah, zuckte er zusammen und erstarrte.

»Hiergeblieben«, rief der Teniente mit knarrender Stimme und zog zur Bekräftigung seine Dienstpistole.

Der Mann ließ seine Schultern nach unten sinken, senkte den Kopf und verharrte auf der Stelle. Als Martín neben ihm stand, schaute er ihn mit trostlosen Augen an und flüsterte: »Ich habe Sie schon erwartet.«

»Na, dann wollen wir mal«, gab der Teniente forsch zurück. Er legte seine Hand auf die linke Schulter von José Ramblas und drückte ihn Richtung Dienstwagen.

Die drei Männer ließen eine weinende Mutter in der Türe ihres Hauses zurück. »Die weiß, was wir nur ahnen«, meinte Gómez trocken.

Auf dem Revier ließen sie Ramblas gar nicht erst wieder zu sich kommen. Sie begannen sofort mit verschärftem Verhör. Ramblas war mit den Nerven schnell am Ende, und bald sprudelte es aus ihm heraus wie ein Wasserfall:

»Wir saßen zu viert bei einem Glas *Tinto*. Corina hatte wieder einmal nur Augen für Antonio. Zu meinem Ärger verhielt sich ihre Freundin nicht anders. Dann ging Corina auf die Toilette. Die Musik hatte kurzzeitig ausgesetzt, und es war für den Moment leichter, sich zu verstehen, doch das Gespräch an unserem Tisch fand recht einseitig statt, nur zwischen Neli und Antonio. In mir wuchs der Ärger. Als das Gehämmer wieder lautstark begann, löste sich eine Frau aus einer Gruppe von Geschlechtsgenossinnen und näherte sich unserem Tisch. ›Für mich?‹, dachte ich, doch sie berührte leicht Antonios Schulter und fragte: ›Wollen wir tanzen?‹ Antonio fühlte sich gestört, schaute sie unwirsch an und antwortete schroff: ›Muss das jetzt sein? Du siehst doch, wir reden.‹ Ich wollte cool erscheinen und setzte einen oben drauf: ›Warum tanzt du nicht allein? Allein tanzen ist herrlich. Es gibt keinen Streit darüber, wer führt. Du kannst allein auch bestimmen, wann es genug ist. Bei Naturvölkern gibt es überhaupt keine Paartänze!‹ ›Ich bin aber keine Schwarze. Und wer führt und wann, geht dich überhaupt nichts an‹, zischte das Mädchen giftig. Sie drehte sich um und tauchte wieder in der Menge der Tanzenden unter. Kurz darauf sah ich sie mit einem anderen Mann tanzen und scherzen, das versetzte mir einen weiteren Stich. Keine Frau hatte etwas für mich über. Ich trank vor Ärger mehr, als gut für mich war.«

Martín war fasziniert, wie minutiös José Ramblas die gesamten Abläufe des Abends erinnerte. Er war sie bestimmt für sich selbst schon viele Male durchgegangen.

»Antonio trank auch ganz schön und ließ keine Gelegenheit aus, über mich zu frozzeln. Aus meinem Ärger wurde langsam Wut. Die beiden Mädchen hatten ihre Freude daran, wie ich aufbrausend wurde.«

»Warum hast du dich nicht abgesetzt?«, fragte Martín fast mitfühlend.

»Ich musste doch mit Antonio nach Hause fahren«, kam es wie aus der Pistole geschossen. »Aber Sie haben Recht, das Warten auf ihn war ein Fehler. Wir hatten viel zu tief ins Glas geguckt, und als wir endlich aufbrachen, war ich auf 180.«

»Vegas ist noch Auto gefahren und Sie mit ihm?«, wollte Gómez wissen.

»Ja leider, und das Gezanke ging lustig weiter. Ich habe ihn angebrüllt, dass ich in Zukunft nicht mehr seinen Clown spielen würde. Er nannte mich kindisch. ›Du bist im wahrsten Sinne des Wortes ein Schlappschwanz.‹ Jetzt brachte er mich endgültig zur Weißglut. Ich wusste, dass er in seinem Handschuhfach einen kleinen Hammer mitführte. Ich öffnete es, holte ihn heraus und schlug mit Berserkerwut auf Antonio ein. Der fiel vornüber mit dem Kopf auf die Hupe. Das einsetzende Dauergehupe machte mich auf einen Schlag nüchtern. Was hatte ich getan? Was war mit Antonio? Ich zog ihn vom Lenkrad herunter und versuchte ihn aufzurichten.

Das gelang mir nur für einen kurzen Moment, dann rutschte sein Körper wieder leblos zur Seite weg. In mir wuchs die Angst, ich könnte ihn getötet haben. Und bald hatte ich Gewissheit... Ich wollte das nicht, glauben Sie mir«, wandte er sich mit beschwörender Stimme an die beiden Beamten.

»Aber warum haben Sie dann Ihre Tat verschleiert?«, fragte Martín ihn mit harter Stimme.

»Nun ja«, stotterte Ramblas, »ich hatte Angst, dass mir keiner glaubt. Ich habe zunächst mein Feuerzeug genommen und Antonio die Flamme vor den Mund gehalten. Da war kein Atem zu bemerken. Ich war mir nun sicher, dass er tot war. Da dachte ich in meiner Aufregung nur: ›Das Ganze muss wie ein Unfall aussehen!‹«

»Und wie haben Sie das getürkt?«, meldete sich nun Gómez zu Wort.

»Ich habe Antonio beiseite geschoben und den Wagen an einen Abhang gefahren. Dann habe ich den Toten wieder hinter das Steuer gesetzt und den Wagen den Hang hinuntergestoßen. Als er sich dabei nicht selbst entzündete, habe ich ihn abgefackelt, um alle Spuren zu vernichten.«

Nun trat Stille ein. Am Ende seines grausigen Berichtes schluchzte der geständige junge Mann leise und hemmungslos.

Martín packte Gómez um die Schulter. »Gelöst! Das ist dein Fall, ganz allein dein Fall! Er hat mit dem meinen überhaupt nichts zu tun. Für mich gilt: Dann waren es nur noch vier!«

Gómez schaute ihn verdattert an, dann glaubte er zu kapieren, was sein Kollege meinte. Mit gequältem Lächeln antwortete er: »Aber es war schön, dich kennen gelernt zu haben.«

Martín wollte nun schnell weg. Er war sicher, dass in Santa Úrsula mit Marco Fuentes ein weiteres Elendspaket auf ihn wartete.

Und sie führten ihm auf dem Revier wirklich eine Jammergestalt vor. Marco Fuentes verstand die Welt nicht mehr. Er hatte doch gar nichts gemacht! Martín versuchte den Verzweifelten wieder etwas aufzubauen:

»Setz dich«, sagte er freundlich. »Willst du eine Zigarette, mein Junge?«

Er hielt Fuentes die Packung hin, doch dann zog er sie spontan zurück: »Ach nein, du bist ja Sportler«, sagte er zur Erklärung. »Ich besorge uns lieber etwas zu trinken. Damit lässt sich auch besser sprechen.«

Fuentes stutzte. ›Der ist ja ganz nett‹, dachte er. Hoffnung keimte in ihm auf, dass alles gar nicht so schlimm werden würde.

»Du weißt, warum du hier bist?«

»Ja, wegen Señor Stein, aber ich hab's nicht getan.«

»Du magst aber Mercedes, Mercedes Alonso?«

Marco nickte verwirrt.

»Dann musst du doch froh sein, dass Señor Stein tot ist. Der war doch mit Mercedes zusammen, und das kann dir nicht gefallen haben, oder?«

»Na deshalb macht man doch keinen tot!«, antwortete der junge Mann entrüstet. »Wir waren alle drei noch zu Hause, ich und meine Freunde, als Señor Stein starb. Das können unsere Familien bestätigen.«

»Nun ja, läuft denn nun etwas mit Mercedes?«

Marco Fuentes dachte kurz nach, dann streckte er seine Brust raus und sagte voll Stolz: »Klar doch! Wir werden in Kürze heiraten!«

»Überraschung, Überraschung«, der Teniente klatschte beifällig in seine Hände. »Dann ist wohl das Kind, das sie bekommt, von dir?«

Fuentes erstarrte in seinem Glück. »Welches Kind?«, fragte er verdattert. Dann fiel es ihm wie Schuppen von den

Augen. »Dieses Dreckschwein, der wollte mir seine angebumste Schwester andrehen. Nicht mit mir! Er und seine beschissene Familie sollen sich wundern«, zischte er.

Teniente Martín tat sich schwer, zu verbergen, wie sehr ihn dieser Wutausbruch freute. Sein Plan war voll aufgegangen. Er musste nun nur noch einen eleganten Schlenker finden, um Marco wieder freizusetzen.

»Eine Eheanbahnung wäre mir lieber gewesen«, log er. »Aber wenigstens haben meine Männer gute Arbeit gemacht. Ihr Rumfragen hat bestätigt, dass ihr drei zur Tatzeit nicht am Tatort gewesen sein konntet. Bedank dich bei Teniente Morales. Du kannst gehen. Deine Unannehmlichkeiten tun mir leid.«

Marco Fuentes war plötzlich wieder ganz oben auf: Er fragte keck: »Gibt es für so etwas keinen Schadenersatz?«

»Nun aber raus, mein Junge«, sagte der Teniente amüsiert und schickte ihn vor die Tür. Fuentes ließ sich das nicht zweimal sagen.

Marco Fuentes war aufgewühlt. Er beschloss, in sein Stammlokal zu gehen und sich vor Erleichterung und Wut die Hucke vollzusaufen. Doch etwas störte ihn an seinem Vorhaben. Ihm war nicht danach, seine Freunde zu treffen, besonders nicht Alonso, dieses Arschloch! Er wollte in seinem Kummer und seiner Wut lieber alleine sein. Aber betrinken wollte er sich auf jeden Fall. Eine der anderen Bars auf der Hauptstraße wurde seine neue Anlaufstelle.

Marco hatte auf dem Polizeirevier nicht viel gegessen, die Aufregung und die Enttäuschung taten das Ihre hinzu. Er brauchte trotzdem mehr als drei Stunden, völlig betrunken zu werden. In dieser langen Zeitspanne dachte er sich in seinem benebelten Hirn düstere Rachepläne gegen Alberto Alonso aus.

Im Halbdunkel torkelte er vor die Wohnung der Familie Alonso. Dort wollte er seiner Wut freien Lauf lassen. Er warf nach mehreren vergeblichen Anläufen mit einem Stein eine Fensterscheibe kaputt und pisste laut schimpfend gegen die Haustür.

Ein Streifenwagen griff ihn auf und verhinderte Schlimmeres. Marco Fuentes wurde, ohne dass er das überhaupt registrierte, in die Zelle zurückgebracht, aus der er gerade erst gekommen war. Dort verbrachte er die Nacht zur Ausnüchterung.

Je nüchterner er wurde, desto schrecklicher wurde die Nacht für ihn.

Auch der Bankkaufmann Iván López hatte eine unruhige Nacht. Am Vormittag hatte er von der Hauptstelle die Mitteilung erhalten, dass in zwei Tagen in seiner Filiale eine Innenrevision durchgeführt würde. Reine Routine? Dafür kam sie eindeutig zu früh. Sie kam auch höchst ungelegen: Delgado hatte die problematische Kreditsituation immer noch nicht bereinigt. Das konnte bei einer Überprüfung ins Auge gehen. Wie kamen die nur so plötzlich auf eine Untersuchung? Ob wohl dieser ›Scheiß-Teniente‹ dabei die Finger im Spiel hatte?

López beschloss, dass seine Mitstreiter wenigstens auch Stress verspüren sollten. Und wirklich, sein Rundruf sorgte für große Unruhe im Rathaus und im Lomo Román!

Als Martín seinen Dienstraum verlassen wollte, klingelte das Telefon. Es war Werner Hofmann. Er meldete sich mit: »*Hola, buenas tardes.*« Dem Teniente kam der Anruf nicht sehr gelegen, aber er fragte trotzdem freundlich, was er für ihn tun könne.

»Ich bin Ihnen eine Meldung schuldig, Kommissar. Hier unten in der Urbanisation ist wieder etwas los. Jetzt sind anscheinend die Tiere dran. Wir haben zwei Tötungen zu verzeichnen.«

»Wie habe ich das zu verstehen?«, fragte Martín irritiert.

»Erwin Stein hatte in der Hecke neben seiner Eingangstür immer ein kleines Schälchen mit Leckereien für seinen Kater stehen. Moritz ist dort immer noch hingegangen, um nachzusehen. Es war nun natürlich leer. Als ich heute Morgen vor die Türe trat, lag der Kater mit Schaum vor dem Mund tot vor dem Busch. Hinter ihm war das Schälchen wieder halb voll. Ich glaube, Moritz wurde vergiftet. Das Schälchen habe ich an mich genommen. Man soll ja nichts Böses über andere reden, aber mir ist sofort dazu eingefallen, wie Moritz Señor Ibarra angefaucht hat, als der uns besuchte.«

»Das ist wirklich merkwürdig«, antwortete der Teniente nachdenklich. »Bitte heben Sie die Futterreste auf, wir werden sie untersuchen.«

»Klar, Teniente, ich werde sie sogar heute noch vorbeibringen, ich muss sowieso in den Ort. Das ist aber leider noch nicht alles. Heute Nachmittag blieb mir nicht erspart, einen ähnlichen Fund zu machen. Der leblose Körper des kleinen weißen Yorkshire Terriers von Señor Ibarra ist an einen Stamm neben dessen Eingangstür genagelt worden. Auf den Nagel war auch noch ein blutbeschmiertes Blatt Papier gesteckt mit der Aufschrift: ›Zahl endlich, dies ist die letzte Warnung!‹ Señor Ibarra hat den Kadaver weggenommen und das Blatt zerknüllt und weggeworfen. Ich habe das durch unsere Küchenfenster gesehen. Ibarra stand dabei das Entsetzen ins Gesicht geschrieben!«

Martín sah sofort wieder vor sich, wie Ibarra völlig aufgelöst aus dem Spielcasino gekommen war. Ein Bild seines Lieblingsmalers Magritte mit dem Titel »Der heimliche

Spieler« trat vor sein inneres Auge. ›Die künstlerische Poesie des surrealistischen Meisters ist viel zu eindrucksvoll, um die Banalität von Ibarra zu beschreiben‹, dachte er aber sofort und lehnte seinen Gedankenflug wie eine optische Täuschung ab.

Ein Zusammenhang dieses Ereignisses mit dem Mord an dem kleinen Kläffer lag trotzdem nahe. Die Informationen von Hofmann hatten ihn aufgewühlt. Er musste sich zunächst einmal sammeln, um mit gefasster Stimme zu antworten: »Haben Sie Dank für die schnelle Benachrichtigung. Ich werde mich dieser schrecklichen Sache annehmen. Spätestens morgen früh werde ich zu Ihnen kommen.«

Am nächsten Morgen überraschten den Teniente zwei Neuigkeiten auf dem Revier.

Marco Fuentes saß wieder in der Zelle, und von seinen Kollegen aus dem Süden lag eine Nachricht vor, dass man John Smith in zwei Tagen auf der Insel zurück erwartete und ihn dann festsetzen wollte. Der Kinderschänder würde mit der Fähre von Gran Canaria kommen, wo sein Flugzeug aus Thailand landete. Martín war eingeladen, dabeizusein.

Zuerst kümmerte er sich um Fuentes. Er sah eine Möglichkeit, seine Schuldgefühle gegenüber dem jungen Mann wegen der ersten Nacht im Arrest ein wenig abzubauen. Grinsend weckte er ihn. Nach lautstarken Vorhaltungen versprach er ihm, sich dafür einzusetzen, dass kein Verfahren gegen ihn eingeleitet würde. Er müsse allerdings für den Schaden aufkommen und von seinem Rachefeldzug ablassen. Zerknirscht versprach das der junge Mann. Martín ließ ihn leichten Herzens frei.

»Ich sage ausdrücklich nicht auf Wiedersehen«, rief er hinter ihm her, und Fuentes verstand recht gut, was er damit meinte.

Auch was John Smith anbetraf, zögerte Martín nicht lange und beschloss, bei seiner Verhaftung dabei zu sein. Der Engländer war zwar nicht der von ihm gesuchte Mörder, aber Martín wollte durch ein Verhör des Pädophilen Erwin Steins integeren Charakter bestätigt sehen. Natürlich wollte er auch ein bisschen an dem Fahndungserfolg teilhaben, den er letztlich angestoßen hatte!

Die Analyse des Katzenfutters ergab, dass es mit Gift versetzt war, Rattengift!

›Das war zu befürchten‹, dachte Martín, aber er wollte der Schlussfolgerung von Werner Hofmann nicht einfach folgen. Moritz hatte Ibarra zwar angefaucht, aber deshalb musste der nicht zu Gift gegriffen haben. Selbst wenn er etwas zu verbergen hatte, und daran zweifelte Martín nicht, war das Töten des Katers kein Mittel, die Aufklärung dieser Geheimnisse zu verhindern. Katzen konnten schließlich nicht sprechen! Der Tod von Moritz war also aus diesem Blickwinkel mehr als sinnlos. Rattengift hatte dort unten in Lomo Román fast jeder im Haus. In den ungeputzten Palmen hausten viele ungeliebte Nager. Vielleicht war Moritz einem anderen Anwohner aus irgendeinem Grund ein Dorn im Auge gewesen. Vielleicht hatte er in fremden Gärten gefiederte Sänger gejagt und einen Vogelfreund vergrätzt. Martín wollte diese Spur zunächst nicht weiter verfolgen.

Nach langen Diskussionen mit Werner Hofmann stand ihm aber auch nicht der Sinn. So bat er Ana, Familie Hofmann das Analyseergebnis durchzutelefonieren. »Sag ihnen, wir bleiben am Ball«, riet er ihr.

Hingegen wollte er nun Ibarra aufsuchen. Was dem kleinen Kläffer passiert war, die Drohung auf dem Zettel und Ibarras merkwürdiges Verhalten unten in Puerto ließen das geboten erscheinen.

Er wurde von Roberto Ibarra recht feindselig empfangen. Vielleicht empfand er das auch nur so. Ibarra hatte die Gabe, ihn schon ohne Worte zu reizen. ›Dabei kann mich sonst nichts so leicht erschüttern‹, dachte Martín.

Carmen Ibarra war mit im Zimmer. Martín grüßte sie freundlich und schlug dem Kaufmann ein Gespräch unter vier Augen vor.

»Ich habe vor meiner Frau nichts zu verbergen«, lehnte der das Angebot grimmig ab. »Außerdem haben wir doch schon alles besprochen. Zu misstrauisch zu sein ist genauso falsch wie zu gutgläubig.« Er war allerdings zu klug, sich einem weiteren Verhör zu verweigern.

Martín pirschte sich langsam an die Fragen ran, die ihm wichtig waren. Er ging mit Ibarra nochmals Stück für Stück den Deal zwischen ihm und Erwin Stein durch.

»Ich bin mir ziemlich sicher, dass die von Ihnen geleisteten Anzahlungen an Señor Stein keinen gesicherten Rechtsanspruch auf das Grundstück begründen«, versuchte er den Kaufmann zu verunsichern. Er hatte Erfolg damit.

Ibarra befürchtete, verunsichert wie er war, dass dies auch der Grund sein könne, warum Señor Hofmann das Geschäft so hinauszögerte.

In diesem Moment der Schwäche fragte Martín Ibarra: »Haben Sie eine Ahnung, wer Ihren Hund getötet hat? «

»Ermitteln Sie jetzt auch schon wegen toten Hunden?«, zischte Ibarra ihn bissig an.

»Nur wenn ich Zusammenhänge vermute, die aufgeklärt gehören. Ich habe Sie vor kurzem völlig entnervt vor dem Spielcasino gesehen. Dann wird der Kopf Ihres Hundes an die Wand genagelt, zusammen mit einem Zettel, der Sie auffordert, Ihre Schulden zu begleichen. Haben Sie Spielschulden?«, fragte Martín schärfer weiter.

Nun mischte sich Carmen Ibarra unverhofft ein: »Stimmt das mit dem Zettel, Roberto?«

Ihr Gatte erstarrte kurz, doch schon antwortete er frech in den Raum, wie zur Beantwortung beider Fragen: »Meine finanzielle Lage und was ich mit meinem Geld mache, geht jeden anderen einen feuchten Kehricht an.«

»Sie können meinethalben an acht Spieltischen zwischen amerikanischem Roulette, Poker und Black Jack wählen. Aber schon bei der kleinsten Möglichkeit, dass diese Spielleidenschaft, die Tötung des Hundes und die Drohung auf dem Zettel etwas mit dem Mord an Erwin Stein zu tun haben könnten, erlaubt mir, Sie zu zwingen, meine Fragen zu beantworten«, fuhr Martín ihn eisig an. »Und ich sehe eine solche Möglichkeit durchaus«, fügte er hart hinzu.

Ibarra fühlte ein Kribbeln in der Magengegend. ›Heiß, ganz heiß‹, dachte er. Er fühlte sich angeschlagen.

Martín erkannte seine Betroffenheit. ›Warte Bursche, dich packe ich an den Hammelbeinen‹, schwor er sich still. Ibarra sollte sich nicht so einfach durchlavieren. Martín war sich sicher, dass er dessen Selbstsicherheit erheblich angekratzt hatte.

Ibarra war nicht mehr der, den er zu sein vorgab: einer, dem im Leben alles gelang, der befahl und dem man gehorchte. Panik stand ihm jetzt in den Augen, und nun war es ihm sichtlich unangenehm, dass seine Frau sich mit im Zimmer befand. Sie war ebenfalls ganz bleich geworden und zitterte vor Erregung. ›Die wird mich nachher löchern‹, dachte der Grundstücksbaron entnervt.

Das Telefon klingelte und gab ihm ein wenig Bedenkzeit. Ibarra sah seine Frau kurz an, dann griff er mit der Linken nach dem Hörer.

»Ja«, sagte er herrisch. Nach einer kurzen Pause, in der sein Gesprächspartner redete, ergriff er wieder das Wort: »Das geht jetzt nicht. Ich habe Besuch, unliebsamen Besuch!« Finster blickte er zu Martín hin. »Ich rufe dich nachher an, Iván.« Der Hörer flog auf die Gabel.

›Der wollte nicht vor mir sprechen! Iván, der Bankdirektor vielleicht?‹, ratterten Martíns graue Zellen.

Ibarra änderte nun sein Verhalten. Er versuchte es gegenüber dem Teniente nun auf konziliantere Art und Weise: »Gut, ich habe beim Spielen Pech gehabt. Es stimmt auch, dass mich das aufgeregt hat. Ich kann nicht gut verlieren. Aber das ist wirklich schon alles. Solche Schlussfolgerungen daraus zu ziehen, wie Sie es tun, ist einfach lächerlich.«

Martín merkte, wie sich das Gespräch im Kreise zu drehen begann. Es würde ihm keine Klarheit bringen, auch wenn ihn Ibarras Verhalten in seinen Mutmaßungen bestärkte. Das Vage war nicht eindeutiger geworden.

»Kann ich den Zettel mit der Drohung sehen?«, fragte er, um auf anderem Weg weiterzukommen.

»Den habe ich fortgeworfen. Ich kann nicht einmal mehr genau sagen, was darauf stand«, log Ibarra dem Polizisten frech ins Gesicht.

»Heute war auch noch die Müllabfuhr da. Das Blatt ist wohl endgültig verloren«, fügte Carmen Ibarra aus der Sicht der Hausfrau hinzu.

Der Teniente gab sich fürs erste zufrieden. Er hoffte, dass nun Carmen Ibarra ihrem Mann mit bohrenden Fragen das Leben schwer machen würde. ›Vielleicht schießt sie ihn für mich sturmreif‹, dachte er mit ein wenig Hoffnung. Er lag nicht falsch mit seiner Vermutung.

Carmen Ibarra machte ihrem Ehemann die Hölle heiß. Schon lange hatte sie geahnt, dass etwas schief lief. Sie hatte Roberto nichts beweisen können und deshalb geschwiegen und nur heimlich Ängste ausgestanden. Nun hatte er vor ihr zugegeben, dass er spielte. Das war schlimm und ihr gänzlich neu.

»Bist du dabei, uns zu ruinieren?«, keifte sie ihn an.

»Hast du in dieser schlimmen Zeit nichts Besseres zu tun, als unser Geld aus dem Fenster zu werfen?«

Ihre schrille Stimme ging ins Weinerliche über. Wenn er es sonst schaffte, sie mit einem Machtwort zum Schweigen zu bringen, so versagte dieses Mal seine Durchsetzungskraft. Er stammelte stattdessen Rechtfertigungen und verzettelte sich in einem Gespinst von Lügen. Ihm fiel nichts Besseres ein, als aus dem Zimmer zu fliehen und sich in seinem Schlafzimmer einzuschließen. ›Ich bin schwach und verbraucht‹, dachte er allein ganz verzweifelt. Sie blieb zurück und wurde von Weinkrämpfen geschüttelt.

›Nicht nur meine Carmen hat in den letzten Minuten ein Großteil ihrer Achtung vor mir verloren‹, gestand sich Ibarra ein. Ihm selbst ging es genauso, als er seine jämmerliche Figur im Spiegel sah. Teniente Martín hatte ihm richtig Angst gemacht, und die Drohung auf dem Zettel war sehr konkret gewesen. Er beschloss, sein Gewehr vom Schießstand zu holen und unter seinem Bett zu verwahren. Vorsorge war besser als Nachsehen!

Auf dem Hof vor dem Schießstand traf Ibarra auf seinen Schwager.

Auch Fernando Delgado war mit seinen Nerven am Ende. Die Meldung, dass in der Bank die Innenrevision alsbald prüfen würde, verfolgte ihn schon den ganzen Tag. Als er Ibarra jetzt so angeschlagen über den Hof kommen sah, wusste er, dass auch bei ihm nicht alles rund lief.

Delgado war eigentlich nur nach draußen gegangen, um Luft zu schnappen, hatte sich dann aber seine Waffe genommen und schoss nun voll Inbrunst auf die Scheibe. Ihm war, als könne er damit alles erledigen, was ihn bedrohte. Und das war eine ganze Menge!

»Hast du nichts Besseres zu tun, als hier herumzuballern?«, fuhr ihn Ibarra an, sichtlich bemüht, immer noch den Starken zu spielen.

Sein Schwager, der ihm in die Augen sah, nahm ihm die aufgesetzte Gelassenheit nicht ab. »Ich glaube, du kehrst besser vor deiner eigenen Tür«, erwiderte er so aufmüpfig wie noch nie und schoss einfach weiter.

Ibarra ging stumm weiter und suchte sein Gewehr. Er beschloss, sich diesen Abend zu betrinken. In fortgeschrittener, weinseliger Stimmung wollte er sich selbst bemitleiden. Doch vorher gehörte die Waffe unter sein Bett…

Delgado hörte erst auf zu schießen, als ihm die Kugeln ausgingen. Er packte sein Gewehr in den Schrank und ging nach drinnen. Er fühlte sich nicht besser. Und auch im Hause sollte es nicht besser werden.

Dort wartete seine Frau auf ihn und war auf Krawall gestimmt. Sie hatte getrunken oder Tabletten genommen und stand nun halb angezogen im Zwielicht und nahm ihn frontal an. Ohne Alkohol hätte sie sich nie so aufgeführt:

»Deine Schlampe wird immer dreister«, keifte sie ihn an.

Fernando Delgado guckte irritiert zu ihr hin.

»Jetzt scheut sie noch nicht einmal mehr davor zurück, dich mit SMS zu sich einzuladen!«

Ihm war sofort klar, dass sie nur von Maria Ramos sprechen konnte. Die Kassiererin traktierte ihn wirklich schon seit längerem mit SMS, allerdings auf seinem Handy. Hatte er es irgendwo offen liegen lassen?

Maria beklagte sich, dass er keine Zeit für sie hatte. Das nervte ihn gewaltig. ›Eine Frau, die zu sehr begehrt, ist wie eine Alkoholabhängige. Die eine braucht ihren Drink, die andere den Anruf ihres Liebsten‹, dachte er verächtlich. Den Satz hatte er unlängst gelesen, nun musste er ihn im wahren Leben miterleben!

Wie seine Frau so da stand, halb nackt in ihrer schlampigen Unterwäsche, stieg Ekel in ihm auf. Sie hatte wirklich mit den Jahren jegliche körperliche Anziehungskraft verloren, dabei hatte sie die einst reichlich besessen! Er besah sie mit abfälligem Blick. Ihre Haut wirkte grau und war faltig geworden. Jeder verlockende Schmelz war von ihr abgefallen. ›Die Zeit ist eine lautlose Feile, das Alter kommt ohne Geräusch daher, aber der Abrieb wird immer mehr sichtbar.‹ Mit diesem Satz hatten sie sich unter Freunden schon öfter über den Zustand ihrer Ehefrauen beklagt. Er traf auf Rosa inzwischen ohne Einschränkung zu. Delgado kam der Satz in den Sinn, den sein bester Freund dann immer beisteuerte: ›Was einen an einer Frau als allererstes fasziniert, ist später oftmals der Trennungsgrund.‹ Rosas berauschende Schönheit war ihr Faszinosum gewesen. Heute war nur noch deren Vergänglichkeit sichtbar und der Hauptgrund für seine Antipathie. Außerdem hatte vor längerem eine Art seelische Blutvergiftung ihren Anfang genommen. Ihre Beziehung war schleichend von innen her abgestorben.

»Dieses Weib wird immer anspruchsvoller«, fuhr Rosa unbeirrt laut fort, durchaus angespornt, weil sie die geringschätzigen Blicke ihres Mannes bemerkt hatte. »Wenn Dreck zu Mist wird, dann will er gefahren werden«, meckerte sie weiter.

Sie ging ihm immer mehr auf die Nerven, noch mehr als Maria, und sie ließ nicht locker: »Mein ganzes Vermögen, das ich mit in die Ehe gebracht habe, steckt in deinem Unternehmen. Das muss nicht so bleiben«, drohte sie auf einmal.

»Auch das noch!«

Sein Kamm schwoll vor Wut an, aber er beschloss, nicht auf ihr Geschwätz einzugehen. Verärgert, wie er war, wollte er sich lieber eine Ablenkung gönnen. Maria Ramos wartete auf ihn! Er hatte zurzeit keine bessere Gespielin in petto und musste die Kleine außerdem ruhigstellen.

Ein Skandal war das Letzte, was er gebrauchen konnte! Seine Frau würde sich schon wieder beruhigen. Die war zu feige, um ihre Drohungen wahr zu machen. Er verließ das Zimmer und knallte die Tür.

Rosa ließ er in trostlosem Zustand zurück. Die Aufregung hatte sie fast nüchtern gemacht, und ihre Gedanken flogen nur so dahin. Sie war sich einmal sicher gewesen, mit ihm glücklich zu werden. Viele Jahre hatte sie seine Bedürfnisse über die eigenen gestellt. Sie hatte sich um die Kinder, den Haushalt, Eltern und Schwiegereltern gekümmert. Dabei war sie immer älter geworden und hatte immer öfter das Gefühl gehabt, für ihren Mann nur noch eine Arbeitsbiene zu sein. Immer seltener ergaben sich zärtliche Zweisamkeiten. Sie hatte keine Antwort darauf gehabt und nicht wahrhaben wollen, dass Egoismus der Seele manchmal gut tat.

›Wie lange kann man seine Lebensträume aufschieben?‹, hatte sie sich immer öfter gefragt, aber keinen Mut für Veränderungen aufgebracht.

›Ich bin verrückt‹, dachte sie, ›ich bereue jetzt im Alter Sünden, die ich gar nicht begangen habe!‹ Sie musste einsehen, dass sich mit den Jahren Bitterkeit in ihr Beziehungsleben eingeschlichen hatte. Begonnen hatte es mit einem allgemeinen Gegrummel von Unzufriedenheit. Wünsche und Sehnsüchte hatten keine Erfüllung mehr gefunden. Kränkungen und Beleidigungen waren hinzugekommen. Bald hatte sich ein andauernder Grauschleier über ihre Gefühlswelt gelegt. Ihre Ehe war zur reinen Fassade geworden, hinter der nur noch Gleichgültigkeit und zunehmend Aversion wucherten. Rosa hatte ihren Schmerz darüber zunächst in ihr Innerstes verbannt, doch langsam aber sicher ging das nicht mehr. Er drängte mit Macht heraus!

Doch hatte sie genug Kraft dafür, das durchzustehen? Sie schaute in den Spiegel: lauter Falten und Krunkeln. ›Es ist, als würde mir langsam aber sicher die Luft aus dem Körper entweichen‹, dachte sie voller Verzweiflung. ›Was bin ich doch früher für eine gut aussehende Frau gewesen! Heute funktioniere ich nur noch vor anderen, und das nur, weil mich Ängste quälen.‹

Sie konnte nicht einschätzen, wie sich eine offene Konfrontation oder gar Trennung von Fernando für sie auswirken würde. In ihrem fortgeschrittenen Alter befürchtete sie unabsehbare Folgen, besonders für ihre finanzielle Absicherung. Sie hatte zwar eigenes Vermögen mit in die Ehe gebracht, doch in Zeiten noch heißer Liebe hatte sie nicht verhindert, dass ihr Mann seine Hände darauf legte. Wie arglos und naiv war sie doch gewesen!

Wenn sie nun damit drohte, dieses Geld zurückzufordern, war das nur Makulatur. Sie fühlte sich viel zu schwach dazu. Sie orientierte sich lieber in ihrem Verhalten an einem Spruch des Apostel Paulus: ›Wenn ich schwach bin, bin ich stark!‹ Sie gab immer wieder nach.

Die heute erstmals ausgesprochene Drohung hatte ihr wenigstens etwas Erleichterung verschafft. Ihre Ängste waren dabei allerdings gewachsen. Angst vor dem Alleinsein, dem Zusammenbruch ihrer gesellschaftlichen Fassade, Angst vor den vielen weiteren Konsequenzen einer Trennung!

Sie beschloss, ein warmes Bad zu nehmen. ›Im warmen Wasser löst sich Stress in Luft auf‹, hatte schon ihre Mutter immer gesagt.

Fernando nahm draußen direkt vor der Tür sein Handy aus der Hosentasche, das er wieder an sich genommen hatte, und rief Maria Ramos an. Sie hatte auf seinen Anruf gewartet und hatte Zeit!

Maria hatte etwas vor. Sie hatte sich dafür schon vor längerer Zeit das neue Lippenstift-Duo von »Le Club Purzelbäume Créateurs« gekauft. Heute konnte sie den Glanz mit dem Wärmeeffekt endlich auftragen und damit für Fernando ein besonderes Liebessignal aussenden. Ungeduldig fieberte sie dem Treffen entgegen. In ihrem Bauch tanzten Schmetterlinge. Ihr Herz schlug Purzelbäume. »Purzelbäume Créateurs«, lachte sie leise.

Fernando Delgado fuhr in die mondhelle Nacht. Es war Vollmond. Langsam verflog die Wut auf seine Frau. Die Rush-Hour nach Dienstschluss war vorbei, und die Autopista war fast frei. Er musste sich beim Fahren nicht allzu sehr konzentrieren und konnte seine Gedanken schweifen lassen. Sorgen, die es zu überdenken gab, hatte er genug.

Seine Liebesnester wählte er immer weit entfernt vom Wohnort aus. Oft fuhr er bis in den Süden. Er wechselte den Liebestreffpunkt ständig. Diskretion war ihm wichtig. Für ihn wäre ein Aufdecken seiner Amouren schlimm. Er würde seine Stellung im Kirchenrat verlieren. Sein hoher Rang in der katholischen Bruderschaft wäre ebenfalls futsch. Am bedeutsamsten aber wäre, dass man ihn in den begüterten Kreisen nicht mehr für gesellschaftsfähig halten würde. Aus denen bezog er aber seine wichtigsten Bauaufträge. Wenn überhaupt, dachte er bitter. Er würde schlichtweg ausgebootet werden. Einen schamlosen Frauenverführer mit betrogener Ehefrau aus bester Familie zu Hause würde keiner mehr einladen. Sie waren alle Heuchler!

Ihm kam dabei entgegen, dass sich auch Maria Ramos nicht erwischen lassen durfte. In ihrer Gesellschaftsschicht galten ebenfalls strenge Regeln. Schnell wurde man Schlampe oder Hure genannt und von der Gemeinschaft ausgegrenzt. Sie wollte schließlich später noch einen Mann abbekommen!

Dieses Mal hatte er ein kleines Hotel am Rande von Santa Cruz ausgesucht. Maria war schon einmal mit ihm dort gewesen. Das Haus lag in einer Gegend, in der ihn mit Sicherheit niemand kannte. Er mochte das Hotel. Es hatte saubere Zimmer und wunderbar weiche, große Betten. Des Abends war nur noch der Portier anwesend. Andere Bedienstete gab es zu vorgerückter Stunde nicht mehr. Den alten Mann kannte er schon lange. Der war in Ordnung und schweigsam wie ein Grab. Sie hatten es sich zur Gewohnheit gemacht, getrennt anzukommen und auch wieder einzeln aufzubrechen.

Als er nach einer guten halben Stunde am Hotel ankam, stand Marias kleiner gelber Corsa bereits auf dem Parkplatz. Er grüßte den Portier knapp und eilte zu Fuß die Treppe hinauf, Zimmer 12. Sie lag nackt und verführerisch auf der weißen Bettdecke. Durch die Scheibe des Erkerfensters fiel das fahle Licht des Mondes in kleinen Inseln auf ihren Körper. Der Anblick erweckte in ihm ein besonderes Kribbeln. Er war ein Triebmensch. Die Ablenkung von seinen Sorgen gelang sofort. Er machte sich eilig bereit.

Seine Berührungen kamen gut bei ihr an. Bald hob sich ihr Leib ihm willig entgegen. Ihr leises Stöhnen weckte seine Lust noch mehr. Er war steif geworden und drängte sich nun fordernd auf sie. Doch Maria hielt ihn mit ihren Händen noch etwas hin. Sie wollte nicht, dass er nur an sich dachte und vor ihr kam. So fuhr er fast unwillig fort, sie ebenfalls bereit zu machen. Als ihre Brustwarzen sich versteift hatten, hielt auch sie nichts mehr zurück. Sie ließ ihn gewähren, und nach einem harten Stoß, mit dem er durch die Feuchtigkeit ihres Verlangens in sie eindrang, fanden sie rasch den Gleichklang der Bewegungen und kamen auch zusammen zum Höhepunkt. Fernando hatte sich gerade laut stöhnend in sie ergossen, als sie zitternd mit spitzem Schrei den Gipfel erreichte. Sein Glied erschlafft sofort.

Aber es reichte ihr schon lange nicht mehr zur Mythenbildung. Es war nur nahezu perfekt gewesen. Nur nahezu? Ja, es hatte nicht mehr ganz gepasst, wie bei den ersten Malen!

Delgado sah das insgeheim genauso. Lag es an seinem momentanen Nervenkostüm oder setzte schon wieder der Gewöhnungseffekt ein? Er kannte sich schließlich. Er brauchte immer wieder recht schnell einen neuen Kick. Der schönste Sex ging irgendwann in Gewohnheit über. Maria schien ihm jedenfalls noch selig. Sie hatte offenbar ihren Spaß gehabt. Aber selbst die Dümmste würde es bald merken, wenn sein Liebesgetue nur noch aufgesetzt war. Sein Repertoire an Verstellung war nicht sehr groß. Schließlich war er ein eingefleischter Egoist.

Zum Ausgleich würde der Anspruch auf Geschenke und finanzielle Zuwendungen wachsen. Das mochte er gar nicht. Billiger als Nutten musste die Chose schon bleiben! Aber in ihrem Fall gab es Zwänge, und er konnte nicht so hart reagieren, wie er es sonst tat.

Erst neulich hatte er ihrem Drängeln nachgegeben und ihr Geld für ein neues Kleid spendiert, obwohl er sich das gar nicht leisten konnte. Sie hatte wieder mal gemault: »Deine Liebe fängt frühestens an, wenn ich dienstfrei habe. Ich will dich aber den ganzen Tag. Du kannst dir das doch leisten, oder hast du mir nur was vorgemacht?« Er hatte ihr das Geld für das Kleid gegeben. ›Geld für Ruhe und Frieden‹, dachte er bitter.

Er hatte auch heute bemerkt, dass Maria das Parfüm, welches er ihr mitgebracht hatte, verächtlich angeguckt hatte. Zugegeben, es war nicht sehr teuer gewesen. Seine Frau würde es niemals benutzen. Er hatte auch nicht bedacht, dass er sich selbst bald vor dem billigen Geruch an Maria ekeln würde.

War ihr Verhalten ein weiteres Warnzeichen gewesen? Er musste die Kleine wohl oder übel bei Laune halten. Zusätzlichen Stress konnte er jetzt nicht gebrauchen!

Kommissar Martín stand morgens früh auf. Er wollte vor dem Stau der Berufstätigen die Abfahrt zur Autopista Sur kurz nach La Laguna erreichen.

In der Nacht hatte es Sturzbäche geregnet. Doch jetzt schien wieder die Sonne. Dunstwolken stiegen auf. Der Asphalt dampfte leicht. Plötzlich klingelte sein Autotelefon. Ana war in der Leitung.

»Guten Morgen, Teniente. Ich muss sie kurz stören und von meinem Gespräch mit Herrn Hofmann berichten.«

»Sie stören nie, Ana«, warf Martín gut gelaunt ein.

»Umso besser«, ihre Stimme klang geschmeichelt.

»Señor Hofmann hat mir abgenommen, dass Sie sich um die Angelegenheit mit dem toten Kater kümmern werden. Er hat sich aber auch beklagt, dass unten bei den Ibarras seit langem wieder auf dem Schießplatz herumgeballert wurde.«

»Ich wette, Ibarra rüstet sich gegen die Drohungen. Morales soll einmal nachschauen. Das, was wir jetzt am wenigsten brauchen können, ist Selbstjustiz.«

»Okay, Chef, ich sag Teniente Morales Bescheid. Das war's auch schon. Weiterhin gute Fahrt!«

Martín erreichte die Stelle, wo die Autopista del Norte später bis nach Santa Cruz verstopft sein würde. Die neue Straßenbahnverbindung zwischen La Laguna und Santa Cruz hatte zwar etwas Erleichterung gebracht, aber das Problem der morgendlichen Staus noch nicht aus der Welt geschafft. Martíns Zeitplan ging auf. Er erreichte ohne Probleme die Autopista del Sur.

Da es in den Süden ging, hatte er sich angekleidet, wie es seine verstorbene Frau immer empfohlen hatte, wie eine Zwiebel, Haut über Haut! Im Süden konnte es auch während der Herbstmonate viel wärmer sein als im Norden. Als er sich Los Cristianos näherte, hatte er sich auch wirklich schon bis auf das T-Shirt ausgepellt. ›Alles richtig gemacht. Das kann nur ein erfolgreicher Tag werden‹, dachte er.

Die Festnahme von John Smith verlief voller Überraschungen. Die Schnellfähre Bonanza Express der Schifffahrtsgesellschaft Fred Olsen setzte beim Einlaufen im Hafen von Los Cristianos auf Grund. Sie war 1999 als erste Fähre zwischen den Kanarischen Inseln zum Einsatz gekommen und inzwischen ein wahres Altertümchen mit technischen Mucken. Zuerst streikte ein Motor. Während des Anlegemanövers hauchte dann auch noch der zweite sein Leben aus. Auf dem Schiff befanden sich zu diesem Zeitpunkt 172 Passagiere, unter ihnen John Smith. Beamte der Guardia Civil befreiten Passagiere und Besatzung über das Heck und brachten sie mit drei Seerettungsbooten an Land. Darüber war es später Nachmittag geworden.

John Smith ahnte nichts Böses, als er die uniformierten Retter sah. Die anderen Passagiere wurden an Land durch Mitarbeiter des Roten Kreuzes, *Cruz Roja*, in Empfang genommen und betreut. John Smith erfuhr völlig überraschend eine ganz andere Art der Betreuung! »Silberne Armbänder« der Guardia Civil schnappten um seine Handgelenke. Bald sprach sich herum, welch schmutziger Fisch den Beamten ins Netz gegangen war.

Für Martín gab es lobende Worte. Er fand das auch nur gerecht, immerhin hatten seine Nachforschungen die Initialzündung gegeben! Aber er konnte sich mit diesem Ergebnis der Aktion nicht zufrieden geben: »Sieben Jahre wird der Kerl höchstens bekommen«, sagte er zu seinen Kollegen. »Die Menschheit macht wirklich Fortschritte. Schweine werden immer humaner behandelt!«, fügte er verbittert hinzu.

Zumindest wollte er sich den Gefangenen noch einmal zur Brust nehmen. Er wollte ihn nach seiner Beziehung zu Erwin Stein befragen.

Smith blickte ihn nach seiner Frage wütend an. Seine Augen blitzten gefährlich. Sein Mund zuckte, und dann brach es aus ihm heraus: »Aha, diesem Scheiß-Kerl habe ich das zu verdanken! Das hätte ich mir ja denken können. Der Typ hat von Anfang an alles daran gesetzt, mich fertigzumachen. Ich habe lange gezögert, überhaupt auf seine E-Mails zu reagieren. Aber ich brauchte dringend das Geld. Hätte ich doch nur auf meinen Bauch gehört: Keine Geschäfte mit den *Krauts*! Diese deutschen Schweine übernehmen auch zunehmend die gesamte Insel...« Der Teniente konnte den wütenden Redefluss kaum stoppen.

Die Flut von Hass und Wut war so schnell aus dem Pädophilen hervorgebrochen, dass Teniente Martín überhaupt nichts erfragen musste, um zu erfahren, was er wissen wollte: Erwin Stein war wirklich nicht pädophil gewesen! Seine Verbindung zu Smith hatte nur das Ziel gehabt, diesem Strolch das Handwerk zu legen. Er war erleichtert, das letzte bisschen Zweifel abhaken zu können: Die Verbindung Stein zu Smith hatte mit seinen Ermittlungen nichts zu tun!

Der ereignisreiche Tag näherte sich langsam seinem Ende. Die Sonne war schon im Meer untergegangen, als Martín wieder im Norden ankam. Die Halbdämmerung hinter der Stadtsilhouette von Puerto war nur noch auf die vielen elektrischen Lichter zurückzuführen.

Auch andere beschäftigten sich in ihren Gedanken mit dem abgelaufenen Tag. Iván López war wieder etwas ruhiger geworden. Die Revision war wohl doch nur ein Routinevorgang. Francisco Falcón, der kleine durchgeistigte Bankrevisor, hatte tagsüber nur Standardprüfungen vorgenommen. Er hatte den Buchungsstand auf den Konten untersucht. Er hatte sich davon überzeugt, dass die Unterschriftsvollmachten bei Investitionen eingehalten worden waren. Und er hatte die monatlichen Gehaltsauszahlungen mit den Arbeitsverträgen abgeglichen.

Wenn das so weiterginge, würde vielleicht doch noch alles gut gehen. López versuchte sein Gewissen zu entlasten: ›Alles, was ich getan habe, tat ich nur für Frau und Kinder.‹

Ganz anders war der Tag für Roberto Ibarra verlaufen: Die Männer, die hinter ihm her waren, gaben ihm keine Chance, das Gewehr zu nutzen. Durch das Telefon konnte man nicht schießen!

»Nun, der Tod deines Köters war wohl noch nicht genug für dich, genug, um dich zur Vernunft zu bringen«, kam eine eindringliche Stimme durch das Kabel und erreichte sein Hirn wie ein Warnsignal.

›Ein osteuropäischer Akzent‹, dachte er sofort. Von dort kamen die schlimmsten Schuldeneintreiber, das wusste er.

»Was kannst du mir bieten?«, ging es gnadenlos weiter. »Hast Du eine Lebensversicherung?«

»Ja, aber die ist nicht beleihbar.«

»Wie hoch ist die Versicherungssumme?«

»900.000 Euro.«

»Dann nutze sie!«

»Das geht nicht, sie hat eine Selbstmordklausel«, antwortete Ibarra schnell.

»Sag keine Dummheiten! Dann muss ich sie eben nutzen, wenn dir nichts einfällt. Ich nehme auch Schmuck, deinen Mercedes und alles, was leicht zu versilbern ist«, sagte die Stimme kompromisslos. Der Mann knurrte Ibarra eine letzte Drohung entgegen: »Langsam mahlen die Mühlen das Gofio, aber sie mahlen Feinmehl!«

Dann trat Stille ein. Er hatte aufgelegt.

Ibarra war starr vor Entsetzen. Ihm war klar, dass er sich nicht mehr allzu lange in seinem Haus verstecken konnte. Mit solchen Kerlen auf Zeit zu spielen, wäre töricht. Die Zeit rann ihm wie Sand durch die Finger.

War alles, was er sich ausgedacht und bisher erreicht hatte, vergeblich gewesen? Ihm war egal, ob nach seinem Tode alles in fremde Hände fiel, aber er wollte jetzt noch nicht sterben! Die Hände, die ihm drohten, waren aber ernst zu nehmen, es waren Profihände!

Von all diesen Dingen war der Teniente unberührt. Er war müde und beschloss, sofort nach Hause zu fahren. Auf einem kleinen Spaziergang durch den Ort wollte er noch ein wenig Luft schöpfen.

Die Altstadt La Orotavas war für ihn immer wieder ein architektonischer Traum. Die pompösen Häuser des Adels und der reichen Bürgerschaft, die prächtigen Kirchen mit den reichen Schätzen im Inneren und die blühenden Gärten waren eine Freude fürs Auge. Vor dem Mühlenviertel passierte er die berühmte Casa de los Balcones, ein Herrenhaus, das nach seinen mehrstöckigen, in Holz geschnitzten Galerien benannt war. Er ging wieder bergab an der CASA ALFOMBRA vorbei, die inzwischen ein besonders schöner Andenken-Laden geworden war. Damit ließ er es für heute genug sein und ging in sein Haus zurück.

Er machte sich fertig für die Nachtruhe. Wie jeden Abend las er noch einige Zeilen in einem Buch. Es spielte in der Feudalzeit in Andalusien. Was er las, erinnerte ihn sehr an die Verhältnisse in Santa Úrsula: Die Großbauern waren seinerzeit habgierig, korrupt und ohne Moral. Um ihre Vorherrschaft zu sichern, verkauften sie sich an die Obrigkeit. Für einen persönlichen Vorteil verrieten sie den ganzen Ort. Abhängigen, jungen Mädchen rückten sie zu Leibe. Wenn sie schwanger wurden, wurden sie in Schimpf und Schande fortgeschickt. Richtige Ehrenmänner waren sie!

Diese Gedanken schläferten ihn ein.

Der nächste Tag brachte für Iván López eine unschöne Erkenntnis. Francisco Falcón wandte sich nun doch den Kreditvergaben zu. Er sah sich die Summen-Salden-Liste an und forderte die Akten von zehn Kreditverhältnissen an. Er verlangte dabei eine Auswahl aller Größenordnungen. Der größte Einzelkredit an die Firma DELGADO S.A. war dabei.

Die Angestellte meldete seine Bitte sofort an den Bankdirektor weiter, das hatte er ihr mehrfach eingebläut. »Lassen Sie sich ruhig Zeit damit«, versuchte der die Sache noch etwas hinauszuzögern. Kaum hatte er den Satz ausgesprochen, wurde ihm bewusst, wie lächerlich diese Anordnung war. Er würde nun noch länger darauf warten müssen, was nun geschah. Aber er zeigte nicht die Größe, seinen Auftrag zu widerrufen.

Als die junge Frau um die Mittagszeit dem Revisor die Akten ins Zimmer brachte, beschloss López, die bevorstehenden Unannehmlichkeiten nochmals zu blockieren, zuviel Angst ging in ihm um. Er machte sich auf den Weg zu Falcón und lud ihn zum Mittagessen ein.

Der Revisor war schon in die Akten vertieft und lehnte höflich ab. »Ich möchte heute mit den Krediten fertig werden«, sagte er.

López' Herz schlug schneller. Nun wusste er, dass noch heute die Entscheidung fiel, wie der Revisionsbericht ausfallen und was mit ihm geschehen würde.

Die Akte Delgado bearbeitete Falcón erst als dritte. Sie war für einen Kredit dieser Größenordnung recht dünn, befand er. Schon nach kurzem Einlesen stieß er auf die ersten Ungereimtheiten:

Das als Sicherheit übereignete Grundstück konnte nach der Beschreibung die hohe Kreditsumme niemals abdecken.

Falcón besah sich die *Escritura*, den notariellen Kaufvertrag für das Haus, und schüttelte missbilligend den Kopf: »*Una casa chalet de dos plantas en estado semiruinoso con pista de acceso abierto,* eine Villa auf zwei Ebenen in halbverfallenem Zustand, an einer unbefestigten Straße«, das konnte niemals Sicherheit für eine so enorme Kreditsumme sein und verstieß auf jeden Fall gegen die Richtlinien der Kreditvergabe ihrer Bank. Das war aber bei Leibe nicht die einzige Unregelmäßigkeit: Grund und Boden gehörten einem Señor Erwin Stein. Wie konnten sie da als Sicherheit für einen Kredit an DELGADO S.A. dienen?

Falcón rief die Bankangestellte über Haustelefon zu sich. Seine erste Frage beantwortete die junge Frau mit einem arroganten Lächeln: »Señor Falcón, dieses Haus liegt in einer der besten Villengegenden von Santa Úrsula. Natürlich ist es im besten Zustand, und auch die Straße ist befestigt. Es ist trotzdem hier Usus, die Immobilien so zu bezeichnen, um Steuern zu sparen. Das kennt der Notar genauso wie jeder Vertreter der Gemeinde.«

Falcón zog sein blasses Gesicht schmerzhaft zusammen, als er ihr antwortete: »Das ist Beihilfe zur Steuerhinterziehung und eine große Eselei. Sollte es jemals zu einer behördlichen Enteignung kommen, würde natürlich auch nur dieser schlechte Qualitätszustand für die Ermittlung der Entschädigungshöhe zugrunde gelegt.«

Ihr Gesicht lief rot an. Sie schämte sich, denn das hatte sie nicht bedacht. Seine Frage nach den Eigentumsverhältnissen beantwortete sie erst gar nicht. »Hier müssen Sie mit dem Chef sprechen«, sagte sie leise und bei weitem nicht mehr so selbstsicher wie zuvor.

López hatte regelrecht Magenschmerzen, als er in das Zimmer trat. Der Revisor kam sofort zur Sache. ›Sie hat ihren Chef bestimmt schon eingeschimmert‹, dachte er für sich.

»Was ich Sie jetzt frage, werde ich auf jeden Fall noch

selbst überprüfen. Ich möchte Ihnen aber die Chance geben, bei der Klärung des Sachverhalts mitzuhelfen. Nutzen Sie diese Chance!«

López brachte nur ein verdattertes »Ja« heraus.

»Sie haben den Kredit an die Firma DELGADO S.A. selbst bewilligt?«

López bestätigte dies schweren Herzens.

»Das Sicherungsgut steht gar nicht im Eigentum der Kreditnehmerin, was sagen Sie dazu?«

López' Magen krampfte sich zusammen. »Aber die Gesellschaft hat doch eine Option auf die Immobilie.«

»Als Direktor dieses Instituts müssten Sie eigentlich wissen, dass dies als Absicherung nicht reicht«, fuhr ihn der Revisor scharf an. »Und auch die Baubeschreibung in der *Escritura* spricht nicht gerade für genügend Sicherheit. Ich habe allerdings schon die Ungeheuerlichkeit gehört, dass man hierzulande falsch deklariert, um Steuern zu sparen und dass alle Seiten dies dulden!«

López schwieg der Einfachheit halber, er konnte nicht widersprechen.

»Sind Sie mit Señor Delgado verwandt oder verschwägert?«

Ein erleichtertes Nein kam zwischen den Zähnen des Bankers hervor.

»Sind Sie an der Firma direkt oder indirekt beteiligt?«

Das weitere Nein kam dem Bankdirektor genauso leicht über die Lippen wie das erste.

»Nehmen Sie irgendein Amt in der Gesellschaft wahr?«, hakte der Revisor hartnäckig nach.

Das Zögern seines Gegenübers zeigte ihm, dass er richtig lag. »Ja, aber ich habe das Amt nur angenommen, um einen Überblick über die wirtschaftlichen Verhältnisse der S.A. zu behalten.« Der zögerlichen Bestätigung folgte die Entschuldigung auf dem Fuße.

»Da hilft Ihnen kein Ja-aber. Sie wissen, dass auch dieses Verhalten gegen die Richtlinien unserer Bank verstößt?«

López senkte den Kopf und schwieg erneut.

Schon traf ihn der nächste Schlag: »Haben Sie irgendeine Vergütung erhalten?«

»Nein, nur eine Aufwandsentschädigung«, erwiderte er heiser.

»Wie hoch?«

Diese Frage traf López hart und kurz. »Tausend Euro«, antwortete er nach einigem Nachdenken.

»Im Jahr?«

»Nein, im Monat«, präzisierte er gequält. Schuldbewusst konnte er den Revisor dabei nicht anschauen.

»Dann haben Sie ja sicherlich viel aufgewendet. Wie oft haben Sie denn mit dem Beirat getagt?«

»Zweimal im Jahr«, antwortete López leise.

»Haben Sie sich mal Ihren Stundenlohn ausgerechnet?«, fragte Falcón sarkastisch und schrieb dabei unentwegt weiter in sein Notizbuch.

Dieses Verhalten machte López fast wahnsinnig. Ihm fiel als Ausweg nur ein, von dieser Peinlichkeit irgendwie abzulenken. »Glauben sie mir bitte, unser örtlicher Bauträger hatte den Kredit so nötig wie die Bananenplantagen im Tal das Wasser.«

Der Revisor tat die Entschuldigung rüde ab: »Ja, aber das gab es nach den Regenfällen im Überfluss.«

López versuchte noch einmal beschwörend den Revisor umzustimmen: »Ich werde mit dem Problem schon fertig. Wir müssen nur noch höchstens drei gottverdammte Wochen den Deckel drauf halten!«

Falcón ließ sich auf nichts ein. Kopfschüttelnd ging er ohne eine Antwort aus dem Raum. Draußen murmelte er leise vor sich hin: »Der Blödmann hätte besser seinen Fehler zugegeben, anstatt zu versuchen, auch mich noch mit hineinzuziehen.«

Falcón wurde in diesem Augenblick selbstzufrieden bewusst, wie viel Macht er ausübte. Er hatte aber auch einen guten Job gemacht. ›Das wird sich auszahlen‹, dachte er zufrieden. Seine Meldungen an höherer Stelle gaben ihm schnell Recht. Er wurde zum Revisor für Filialdirektionen befördert. Die Zeit der kleinen Zweigstellen war endgültig vorbei.

López wurde im gleichen Atemzug vom Dienst suspendiert und nach längerem Gerangel zwischen den Anwälten auf eine ganz kleine Zweigstelle im Süden versetzt.

Er erlitt erhebliche Gehaltseinbußen und war gesellschaftlich geächtet. Die Insel erwies sich ein weiteres Mal als zu klein, um dauerhaft irgendetwas ungestraft unter den Teppich zu kehren. Bis Gras darüber gewachsen war, beschloss der abgestrafte Banker, mit seiner Familie zu Verwandten aufs Festland zu reisen.

Die Ereignisse in der Bankfiliale gingen an Teniente Martín vorbei. Er hatte für diesen Tag einen Bürotag eingelegt und wollte alle Verwaltungsangelegenheiten aufarbeiten, die im Trubel der letzten Zeit liegen geblieben waren. Er hatte gerade diesen Tag ausgewählt, weil er am Abend mit Teresa Zafón verabredet war.

Sie wollten gemeinsam nach Santa Cruz in den Zirkus fahren. Das Opernhaus bot zurzeit nichts, auch kein Ballett, und so musste er ihr auf andere Weise zeigen, wie kulturinteressiert er war. Immerhin war das Programm von den Kritikern bestens besprochen worden.

Der große Zirkus MADRE AFRICA war schon am letzten Wochenende in die Hauptstadt gekommen. Seine atemberaubende Show begann bereits um 19 Uhr im Teatro Güimerá in Santa Cruz. Teresa war nach seiner Einladung sofort Feuer und Flamme gewesen, und er fieberte nun ungeduldig dem Abend entgegen.

Der Circo Madre Africa war erstmalig auf den Kanaren zu Besuch. Er stand für ganz Afrika. Die Artisten stammten aus Tansania, Kenia, Uganda, Äthiopien, Zimbabwe, Südafrika, Costa de Marfil, Dschibuti und Ghana und zeichneten sich durch ihre großartige Körperbeherrschung, ihre artistischen Leistungen und die außergewöhnliche musikalische Begleitung des Spektakels aus.

Dieses Mal durfte er die Ärztin sogar zu Hause abholen. Die Fahrt nach Santa Cruz verging wie im Flug. Er bemerkte froh, dass sie sich viel zu erzählen hatten. Teresa bewies sich als gute Zuhörerin, aber auch als gute Beobachterin. Wie er so hinter dem Lenkrad saß, fühlte er sich von ihren Blicken fast abgescannt.

»Du siehst erschöpft aus«, sagte sie mitfühlend.

Er zögerte einen Moment, ihr die Gründe dafür einzugestehen. Konnte er sich erlauben, Schwäche zu zeigen? Er befand ja, und dann sprudelte es aus ihm heraus: »Der Mord an Erwin Stein ist immer noch nicht aufgeklärt. Ich marschiere wie in einem Tret-Rad und komme nicht von der Stelle. Das macht mir wirklich Kummer, und ich freue mich, heute mit dir einmal auf andere Gedanken zu kommen.«

»Das ist gut so«, antwortete sie, »aber nur ein erster Schritt. Lass mal los! Besinne dich auf dich selbst. Du wirst sehen, das hilft«, riet sie ihm voller Überzeugung.

Die Vorstellung war erstklassig. Bei einem Abschiedsdrink meinte Teresa überschwänglich: »Ich hätte nie geglaubt, dass mich das Dämonische, Starke und Rhythmische der afrikanischen Kultur so einnehmen könnte. Eigentlich ziehe ich das Orientalische vor. Es ist so sehr mit Zauber und Erotik durchwirkt. Ich liebe es auch, mich mit Ölen und Tinkturen von duftenden Blüten mit kundigen Händen verwöhnen zu lassen.«

»Dürfen es auch männliche Hände sein?«, fragte Martín keck.

»Für eine richtige Frau können nur Männerhände wirklich erotisch sein«, antwortete sie ein wenig lasziv und nippte an ihrem Milchkaffee.

Martín fühlte, wie Erregung in ihm aufstieg. »Nur männliche Hände?« Er war mit seiner Äußerung offenbar nicht zu weit gegangen!

Wenn sie sich einmal, wie jetzt, ein wenig gehen ließ, zeigte Teresa, dass sie neben Zähigkeit, Klugheit und Kompetenz eine gehörige Portion Zartheit in sich hatte. Solche Momente sehnte Martín förmlich herbei und genoss sie als Ersatz für alles, was er sich wünschte und was ihm bis jetzt verwehrt geblieben war.

Teresa merkte instinktiv, dass er aufgewühlt war. Sie sah einfach weg und schwieg. Scheu hatte sie sich einmal selbst genannt. ›War das ein Abwehrmechanismus gegen zu große, aufkommende Gefühle?‹, fragte er sich.

Er merkte, dass es Zeit wurde heimzufahren. Vor ihrer Haustüre dankte sie ihm mit einem flüchtigen Kuss für den schönen Abend. Er hatte sich mehr versprochen, doch er hielt sich zurück. ›Was lange währt, wird endlich gut‹, dachte er wie zum Trost.

Teresas Rat, einmal loszulassen, hallte in ihm nach, als er zu sich nach Hause fuhr. Er sah im Fall Stein immer noch kein Land. Zu viele Spuren waren ins Nichts abgebogen. Er hatte langsam die Schnauze voll! Er war verzweifelt, dass er nicht weiterkam. Überall herrschte das große Schweigen oder waren Fakten nicht nachprüfbar oder beweisbar.

Er fühlte sich an einen intereuropäischen Lehrgang erinnert. Dort hatte er vehement den Schutz der Privatsphäre, der privaten Daten vertreten und sich über das schwedische Modell entrüstet, das man dort vortrug und empfahl.

»Der gläserne Schwede!« Nicht nur Name, Adresse, Telefonnummer, Geburtstag, Ehepartner und Nachkommen waren im Web einsehbar, nein auch Bankbewegungen, Einkommen, Steuerschulden, Vermögensverhältnisse. Im Moment wünschte er sich nur für einen kurzen Augenblick gleiche Zugriffsmöglichkeiten auf der Insel. Dann, ja dann…

Langsam besann er sich wieder. Er musste unter hiesigen Verhältnissen die Lösung finden. Darauf wollte er seine ganze Kraft verwenden. Er beschloss jedoch zuvor, Teresas Rat zu befolgen.

Schon klappte das Einschlafen besser, wie er am nächsten Morgen verwundert registrierte. Er hatte seit langem einmal wieder durchgeschlafen. Er fühlte sich viel frischer als in den letzten Wochen.

Ruhe, Weite, frische Luft! Er musste raus und zu sich finden. Archimedes soll gesagt haben: Gebt mir einen festen Punkt und ich hebe die ganze Welt aus den Angeln! ›Ich habe keinen festen Punkt‹, dachte Martín bekümmert. ›Ich brauche eine Auszeit, um ihn zu finden.‹

Er beschloss, das stabile Wetter auszunutzen, um eine Wanderung im Anaga-Gebirge zu machen. Telefonisch meldete er sich für heute ab und bat Morales, seine Aufgaben mit zu übernehmen. »Morgen werde ich wieder da sein, in aller Frische«, beendete er das Gespräch und glaubte, was er sagte.

Über La Laguna hinauf wollte Martín in die Bergkette im äußersten Nordwesten der Insel fahren. Um den Roque de Taborno und das kleine Gebirgsdorf Chinamada herum gab es wunderbare Rundwege mit herrlichem Blick auf den Atlantik und die tief zerklüfteten Berge. Dort wollte er in der Einsamkeit der Natur alles noch einmal gründlich überdenken.

Er nahm die Nordautobahn Richtung Santa Cruz. Zur Entspannung sagte er im Auto Gedichte auf. Er hatte gelesen, dass dies den Herzschlag verlangsamen könnte. Er horchte in sich hinein, verspürte aber keine Veränderung. Vielleicht waren die Gedichte ja zu aufregend!

Bei La Laguna verließ er die Nord-Autobahn auf der Abfahrt Nummer 9. Die Straße führte oben am Kreisel rechts zur *Cumbre Dorsal*, dem Bergrücken, der durch den Esperanza-Wald bis hoch zum Teide anstieg. Er hielt sich aber links und fuhr in die Innenstadt. Dort folgte er den Wegweisern nach Las Canteras. In dem kleinen Örtchen nahm er die einzige Serpentinenstraße Richtung Cruz del Carmen, einen viel besuchten Aussichtspunkt. Hinter dem Cruz bog er in die Abzweigung links, an der Taborno und Las Carbonaras ausgeschildert waren.

Las Carbonaras mochte er. Es war ein hübsches, gepflegtes Bergdorf. Die Gegend war ein echtes Kleinod für Menschen, die in der Abgeschiedenheit zum richtigen Weg zurück finden wollten. Er hielt direkt an der idyllischen Plaza des Örtchens. Sein Wagen stand nicht allein da. Mehrere Pickups parkten daneben. Ihre Ladeflächen waren mit Drahtgitter zu Käfigen umgerüstet. Hinter dem Draht drängten sich winselnd und kläffend Jagdhunde. Aus der einzigen Bodega an der Ecke des Platzes tönte Gelächter und Stimmengewirr feiernder Jäger. Ihre Stimmlage klang mindestens zwei Töne höher als sonst. Sie waren schon mächtig in Fahrt.

Der gekachelte, nackte Raum sorgte noch zusätzlich für einen enormen Geräuschpegel. Die Jäger hatten die Jagd bereits erfolgreich abgeschlossen und gönnten sich nun eine Belohnung. Sie hatten die Hunde für die Jagd gebraucht und bis aufs Blut gehetzt. Zum Dank mussten die nun in der Wärme zusammengepfercht und ganz ohne Wasser auf sie warten. Tierliebe und Tierschutz waren eben weitgehend unbekannt auf den Kanaren!

Martín dachte grimmig darüber nach. Erst kürzlich hatte er in der Zeitung die These gelesen, dass die Menschen auf der Insel solch arme Kreaturen schlechter behandelten als ihr

Arbeitsgerät. In Güímar hatte ein 16-Jähriger einen Podenco mit einem Stein langsam zu Tode geschlagen. Der Körper des Rassehundes war am Schluss vollständig zertrümmert und der Schädel zerquetscht gewesen. Kinder und Erwachsene hatten lachend dabeigestanden und das blutige Schauspiel genossen. ›Stierkampf für Arme‹, dachte der Kommissar verächtlich.

Vom Marktplatz aus ging er zu Fuß weiter. Rund 45 Gehminuten trennten ihn von seinem Zwischenziel, dem kleinen Höhlendorf Chinamada. Erst wanderte er ein längeres Stück die schmale asphaltierte Landstraße entlang. Meist stieg der Weg an, und das Gehen war schweißtreibend. Die steilen Hänge fielen direkt am Straßenrand hinter wenigen Grenzsteinen steil ab. Kleine Gemüsefelder schmiegten sich auf schmalen Terrassen in die Hänge. Hier das Feld zu bestellen und die kärgliche Ernte einzubringen war Schwerstarbeit!

Immer wieder fiel Martíns Blick auf die markante Bergnase des Roque de Taborno, die nach Ausführungen der Touristen an das berühmte Matterhorn in den Alpen erinnerte. Ach, wäre es schön, wenn sie ihm für seine Arbeit den richtigen Weg weisen könnte!

Ein fast unsichtbarer Fußweg ging von der Straße ab, den nahm er, und bald fand er sich in einem engen Tunnel aus Lorbeerbäumen und riesigen Farnen. Schwere Spinnennetze hingen zwischen den Zweigen, silbrig und fein. In ihnen schwebten dicke Tautropfen, die unter den Sonnenstrahlen wie Edelsteine glitzerten und langsam von deren Wärme aufgeleckt wurden. Er stieß an eines dieser Zaubergeflechte und wurde ein wenig nass. Feuchtigkeit hing auch an den harten Blättern. Mit jedem Schritt eckte er an, und Tropfen lösten sich von ihnen und nässten ihn zusätzlich. Schnell fühlte er die kühle Feuchtigkeit in seinem Nacken und auf den Schulterblättern.

Das Dickicht öffnete sich plötzlich, und er fand sich auf einem Bergsattel wieder, von dem aus sich ein wunderbarer Blick in die Tiefe und auf den tosenden blauen Atlantik bot. Martín beschloss, an dieser schönen Stelle eine kurze Rast einzulegen. Blühende Pflanzen selbst in den tiefsten Felsspalten, helles Vogelgezwitscher vor sonst absoluter Stille ließen ihn träumen.

Ein Stich in seinen verschwitzten, bloßen Unterarm brachte ihn in die Realität zurück. Er starrte erbost auf eine Mücke, die ihn schamlos als Wirt benutzte. Für einen kurzen Moment sah er dabei zu, wie sich ihr Hinterleib immer praller füllte. Dann brachte er ihn mit dem Druck seines rechten Daumens zum Platzen und setzte dem Leben der lästigen Kreatur ein jähes Ende. Das herausquellende hellrote Blut breitete sich zwischen den zarten Härchen seines Armes auf der schweißnassen Haut zu einem größeren Fleck aus. Der Tod des Insekts erinnerte ihn daran, worauf er hier seine Gedanken eigentlich konzentrieren wollte: Eine Bluttat war noch immer ungelöst!

Wie ein versöhnliches Zeichen schwebte ein wunderschöner, schwarz-weiß-orangener Monarchfalter vor ihm her und nahm kurz vor ihm auf einem großen giftigen Wolfsmilchgewächs Platz, das ihm und seinen Raupen die lebenswichtige Nahrung bot. Martín schenkte ihm einen kurzen, bewundernden Blick und machte sich wieder auf den Weg, vorbei an blühenden Hibisken voller summender Insekten. ›Aus derselben Blüte holt die Biene ihren Honig und die Wespe ihr Gift‹, dachte er nachdenklich.

Nur wenige Minute später erreichte er Chinamada. Die wenigen Häuser des Örtchens bestanden aus tiefen, ausgemeißelten Höhlen, vor die einfach Hauswände mit Türen und Fenstern gemauert worden waren. Die Stille des Augenblicks wurde vom Tuckern eines Generators gestört, der die Bewohner dieser Einöde mit Strom versorgte. Übergroße

Straßenlaternen zeigten ihren Stolz über die noch junge Errungenschaft. Erst im Sommer 2004 hieß es hier: »Und es werde Licht!«

Es war inzwischen Mittagszeit geworden. Martín war hungrig und durstig und strebte zielstrebig dem einzigen Gasthaus des Dorfs zu. Als er es von weitem sah, beschleunigte er erwartungsfroh seinen Schritt.

»La Cueva« war ebenfalls in den Felsen getrieben und bot gute kanarische Hausmannskost. Der Gastraum lag in einer echten Natursteinhöhle und war für sich allein schon etwas Besonderes. *Carne de Fiesta*, geschnetzeltes, gepökeltes Schweinefleisch, Kaninchen, aber auch Zicklein standen auf der Karte ständig zur Auswahl. Der *Tinto de la Casa* wurde, wie fast überall auf der Insel, gekühlt getrunken. Danach lechzte er nun.

Kurz darauf saß er an einem mit blau-weiß-karierter Plastikdecke gedeckten Tisch und gab einer zahnlosen Alten seine Bestellung auf. Zum Nachtisch nahm er *Bienmesabe*, »schmeckt mir gut«, eine geschlagene Mandelcreme mit Ei und Honig. Danach trank er noch einen *Cortado leche y leche*, einen starken kleinen Kaffee auf süßer Kondensmilch. Das gute Essen lag ihm wohlig im Magen, und trotzdem fühlte er nun seinen Kopf für ernste Gedanken frei.

Zunächst bedachte er sein eigenes Leben. Der Tod seiner Frau trat vor sein Auge und dann kam Teresa ins Bild. Was würde aus ihnen beiden werden? Eine Antwort fand er nicht, aber da war Hoffnung auf bessere Zeiten.

Dann wandte er sich der Ermordung Erwin Steins zu, und er beschloss, nochmals alle Fakten durchzugehen. Zunächst machte er sich an die Kandidaten, die er mit Sicherheit als Täter ausschließen konnte.

Da war John Smith. Der Pädophile war zur Tatzeit in Thailand gewesen. Für seine Abartigkeit saß er außerdem bereits in Haft.

Auch Marco Fuentes konnte er vergessen. Der junge Mann war Linkshänder, während der Mörder nachweislich mit der rechten Hand zugeschlagen hatte. Auch weitere Umstände sprachen gegen einen Verdacht.

José Ramblas aus Icod war zwar als Mörder überführt, aber in einem anderen Fall. Er konnte ihn beruhigt vergessen.

An Pablo Arvelo, den Bürgermeister von Santa Úrsula, hatte er von Anfang an nicht als Täter denken wollen. Dass er zur Tatzeit auf dem Festland war, brachte ihn ganz auf die sichere Seite. Aber irgendwie war er doch in das Grundstücksgeschäft verwickelt. Und das vermutete Martín immer noch hinter allem als Auslöser.

Nun kamen die Personen an die Reihe, die nach seinem Bauchgefühl nicht als Täter infrage kamen:

Da war Mercedes Alonso. Sie hatte Erwin Stein wirklich geliebt und trug sein Kind im Leib. Sie konnte einfach nicht seine Mörderin sein!

Die Eheleute Hofmann hatten sich durch ihr Verhalten selbst entlastet. Sie hatten sich mehrfach als wahre Freunde des Mordopfers erwiesen und hatten ihm vorbehaltlos bei seinen Ermittlungen geholfen. Auch hatte er trotz allem Nachdenken kein Motiv für sie gefunden. Dabei blieb er auch heute.

Iván López hatte bestimmt einen nicht ganz sauberen Kredit an die Firma DELGADO S.A. gegeben, aber machte ihn das zum Mörder?

Roberto Ibarra war ein Spieler, das stand fest. Er hatte Schulden und wurde bedroht. Ein guter Verkauf von Steins Grundstück und dessen Bebauung konnte für ihn durchaus die Befreiung von allen finanziellen Sorgen sein. Er hatte kein Alibi, und Martín mochte ihn nicht. Der Mann stand ganz oben auf seiner Liste der Verdächtigen.

Da war auch noch Fernando Delgado. Der war ihm ebenfalls ein Dorn im Auge. Seine Baufirma stand vor dem Ruin. Nur ein Großauftrag konnte ihn noch retten. Dafür käme die

Bebauung des Grundstücks unten in Lomo Román genau zur rechten Zeit.

Delgado hatte deshalb zumindest irgendwie mit seinem Schwager, dem Bürgermeister und dem Bankdirektor gekungelt. Auch sein Alibi war mehr als fadenscheinig. Martín hatte Maria Ramos zwar kennen aber nicht schätzen gelernt! Auf ihr Wort gab er nicht viel.

Schließlich durfte er den großen Unbekannten nicht vergessen. Wer er war, und was ihn angetrieben haben könnte, war Martín jedoch bis jetzt ein Buch mit sieben Siegeln geblieben. Nach seinem Abzählspiel waren es also immer noch vier! Er musste sich entscheiden, wie er vorangehen wollte, und so beschloss er, sich erst einmal mit den bekannten Gesichtern zu beschäftigen.

Das waren mit López, Ibarra und Delgado nicht so viele, dass er die Aufgabe nicht bewältigen konnte. Trotzdem hatte er noch immer eine ziemliche Bürde zu tragen, und keine erfolgversprechende Strategie, wie er die von seinen Schultern bekam. Er konnte sich auch des dumpfen Gefühls nicht erwehren, dass er vielleicht doch irgendetwas übersehen hatte. Hoffentlich stolperte er wenigstens beruflich bald wieder einmal über einen Glücksstein! Es wurde langsam Zeit dafür!

Ein letzter Blick hinunter zum Atlantik zeigte ihm, dass sich irgendetwas geändert hatte. Das Meer war auf einmal spiegelglatt, als hätte eine große Hand von oben Öl darauf gegossen. War das die Ruhe vor dem Sturm?

Zum Ende seiner Überlegungen setzte er sich zum Ziel, den Fall unter allen Umständen noch vor Herbstbeginn zu lösen. Die Fiesta de San Andrés, das Wein- und Kastanienfest, musste der Mörder hinter Gittern erleben!

Diese Zielsetzung erleichterte sein Gemüt, machte ihm aber auch die ganze Schwere der Aufgabe deutlich, die nun vor ihm stand. Wann hatte er endlich wieder einmal Zeit für lustige Nebensächlichkeiten? Haben Moskitos Lust auf Käsefüße? Warum haben Frauen immer kalte Füße? Helfen Stoffwindeln auf Babypopos gegen den Klimawandel? Das waren Dinge, die ihm spontan dazu einfielen.

Müde, doch nicht ganz ohne Hoffnung, fuhr er nach Hause zurück. Das Radio spielte »Amores« von Mari Trini. Die Sängerin war inzwischen wie er in die Jahre gekommen, aber er liebte ihre dunkle, heisere Stimme immer noch sehr.

›Die macht mich an, sagt man heute, oder sogar ›geil‹‹, dachte er und musste lächeln.

Auf dem Revier empfing Teniente Morales Martín in heller Aufregung. »Endlich bist du wieder da. Ana hat dich ja nicht einmal über Handy erreicht. Sie hat sich die Finger wund gewählt.«

»Das weiß doch jeder, dass das Anaga-Gebirge aus lauter Funklöchern besteht. Aber was gibt es denn so Wichtiges?«, fragte Martín mürrisch zurück.

»Kaum warst du weg, da ging es hier richtig los. Werner Hofmann rief an und berichtete, dass jemand in der Nacht den Mercedes von Señor Ibarra abgefackelt hat. Auch geschossen wurde wohl wieder.«

»Hat der Grundstücksbaron sich denn nicht selbst gemeldet?«, wollte Martín wissen.

»Keine Spur! Als ich dem Fall nachging, wollte er ihn sogar als kleinen Unfall vertuschen, warum auch immer. Aber das stimmte nicht. Ich habe einige Nachbarn befragt und Erstaunliches zu hören bekommen. Kaum loderten die Flammen, knatterte mit großem Getöse ein Motorrad den Berg hinauf und verschwand auf Nimmerwiedersehen.«

»Nun, das ist wirklich merkwürdig«, stimmte ihm Martín zu. »Aber es gibt für alles eine Erklärung«, ergänzte er nachdenklich.

»Hast du auch schon eine parat?« Morales‘ Stimme wirkte bei dieser Frage äußerst süffisant.

»Der Anschlag auf den Pkw könnte gut mit den Drohungen zusammenhängen, die gegen Ibarra gerichtet worden sind. Gegen einen Unfall spricht die Flucht des Motorradfahrers. Er fuhr bestimmt nicht ohne Grund mitten in der Nacht in der Urbanisation herum. Vielleicht hat Ibarra sogar hinter ihm hergeschossen.«

»Das sehe ich genau wie du. Aber das ist immer noch nicht alles. Kaum war ich wieder auf dem Revier, meldete der alte Fuentes seinen Sohn Marco als vermisst. Und nun halte dich fest. Marco ist ein begeisterter Motorradfahrer. Seine Maschine ist zwar da, aber er ist seit mehr als 24 Stunden abgetaucht, obwohl er eigentlich zur Arbeit müsste.«

Diese Neuigkeiten gefielen Martín gar nicht. War Marco Fuentes nun doch in den Fall involviert? Hatte er ihn zu Unrecht aus dem Kreis der Verdächtigen ausgeschlossen? ›Es spricht einiges dafür‹, dachte er zerknirscht.

Die Chance, den Fall schnell zu lösen, war wieder geringer geworden.

Während in Santa Úrsula immer noch vieles unter den Tisch gekehrt wurde, verbrachten hunderte Jäger und Naturschützer ihre Freizeit mit dem Zusammenkehren von Müll und Unrat in dem Naturschutzgebiet rund um Esperanza.

In der Zeit zwischen Oktober und März war Pilze-Zeit. In den Kiefernwäldern längs des Weges von La Laguna hoch zum Teide schossen in warmer Feuchtigkeit riesige Steinpilze, aber auch Pfifferlinge zwischen den zu tausenden abgeworfenen Nadeln aus dem Erdreich und zogen Pilze-Sammler magisch an. Das Gebiet sollte dafür in ordentlichem Zustand sein.

Tonnenweise Müll wurden bei der jährlich stattfindenden

Aktion, oft mit bloßen Händen, aus den Hängen der Bergrücken geborgen. Holz, Papier und Metall und auch allerhand kuriose Gegenstände erinnerten an die vielen Touristen, die über das ganze Jahr hier wanderten. Aber auch die Einheimischen waren nicht ohne Schuld. Viele von ihnen entsorgten in dem Wald ihren Sperrmüll.

Bei dem freiwilligen Großreinemachen machte am späten Nachmittag einer der ehrenamtlichen Helfer eine grausige Entdeckung. Als er zufällig einen Blick über den Rand eines stillgelegten Steinbruchs warf, sah er auf halber Höhe vor einer Kuhle in einem Gebüsch einen menschlichen Körper hängen. Vorsichtig stieg er über den moosglitschigen Felsen hinab. Einige glänzende Käfer, die in den Steinritzen ein Sonnenbad genommen hatten, flüchteten schon erschrocken von der Erschütterung. Der Abstieg war für den Mann kein Zuckerschlecken. Zweige peitschten ihm ins Gesicht und verursachten kleine blutige Striemen. Er gab nichts darauf und kämpfte sich weiter. Er war erschöpft, aber zufrieden, als er die Kuhle erreichte. Der Weg zu dem leblosen Körper hin fiel nun leichter. Er ließ sich auf alle Viere nieder, um genauer sehen zu können.

Er gewann Gewissheit, dort lag ein Mann. Eine kurze Untersuchung sagte ihm, dass dieser tot war. Als er den Leichnam auf den Rücken drehte, sah er zu seinem Entsetzen so etwas wie ein Einschussloch im Bauch. Der arme Kerl hatte wohl den Schwarzen Peter gezogen.

»Das könnte ein Jagdunfall gewesen sein. Es ist die Saison für Karnickeljagd«, sagte er sich. Er überlegte, wie er sich verhalten sollte. Dann rief er mit seinem Handy die Polizei an, berichtete über den Fund und gab seine Nummer durch, damit sie während der Anfahrt zur Fundstelle für die Wegbeschreibung in Kontakt bleiben konnten. »Der Steinbruch liegt direkt bei mehreren besonders hohen Kiefern«, erklärte er dem Beamten am Telefon.

Die kanarischen Kiefern waren durch viele Waldbrände fast feuerresistent und wurden bis zu 100 Jahre alt und über 40 Meter hoch. Nur die blassen, sich schälenden Eukalyptusbäume reichten in ihrer Mächtigkeit an sie heran und standen ab und zu zwischen ihnen wie verbündete Heerscharen. »Diese hier stehen allein und sind wahre Prachtexemplare«, erklärte er dem Beamten die Stelle.

Er erhielt die Anweisung, nichts weiter anzurühren und auf die Ankunft der Männer zu warten. Er fühlte sich erleichtert. Er musste für den Fortgang der Angelegenheit nun keine Verantwortung mehr übernehmen.

Es verging mehr als eine halbe Stunde, bis die Beamten vor Ort waren. Bald sicherten zehn Mann in weißen Schutzanzügen die Spuren am Fundort und der nahen Umgebung. Ob der Fundort auch der Ort des Todes war, war fraglich. Den Spezialisten schien zu wenig Blut am Fundort ausgetreten. Die erste amtsärztliche Untersuchung des Toten bestätigte diesen Eindruck. Der Tote war erst nach seinem Ableben hierhin verbracht worden. Auf einmal sprach alles gegen einen bedauerlichen Jagdunfall.

Mit professionellem Gerät war das Bergen der Leiche ein Kinderspiel. Routinemäßig wurde ein Abgleich mit der Liste der als vermisst Gemeldeten vorgenommen.

Schon am Abend bestand Gewissheit. Bei der gefundenen Leiche handelte es sich um den jungen Bauarbeiter Marco Fuentes aus Santa Úrsula.

Die Dienststelle von Teniente Martín wurde in Kenntnis gesetzt. Martín war sofort in Alarmzustand.

Er setzte sich mit seinem Kollegen Morales zusammen. Er brauchte einfach jemanden, um sich auszutauschen. Allein fühlte er sich mit seinem Latein am Ende.
Morales eröffnete ihr Brainstorming: »Wir sind uns einig,

dass der Tod von Fuentes mit dem Mord an Stein zusammenhängt?«

»Vieles spricht dafür«, Martín legte sich nicht ganz fest.

»Dann kannst du einen von deiner Verdächtigen-Liste streichen.«

»Wieso, wen denn?«

»Iván López, er war zum Tatzeitpunkt schon mit seiner Familie von der Insel abgereist.«

»Einverstanden, dann waren es nur noch drei!«

»Welche drei?«, fragte Morales irritiert.

»Ibarra, Delgado und der berühmte große Unbekannte«, erklärte ihm Martín.

»Wir sollten uns aber vielleicht erst einmal an die halten, die ein Gesicht für uns haben.«

»Nun gut, aber was könnte Ibarra oder Delgado zu der Tat an Fuentes bewegt haben?«

»Vielleicht war Fuentes der nächtliche Motorradfahrer und einer der beiden hat ihn oder seine Maschine erkannt, als er flüchtete.«

»Gut, das wäre Grund genug, ihn auszuschalten.«

»Im Wald von Esperanza ist das jedenfalls nicht geschehen, wo also sonst?«, versuchte Morales, die Möglichkeiten weiter einzugrenzen.

»Am ehesten unten in der Urbanisation«, meinte Martín.

»Dort herrschen die beiden Kerle auch ansonsten nach Gutsherrenart. Außerdem hielt sich Fuentes dort oft auf. Er arbeitete schließlich bei Delgado S.A.«

»Ja, und Schüsse sind dort auch gefallen«, ergänzte Martín nachdenklich.

»Dann sollten wir wohl dort einmal alles auf den Kopf stellen und nach Spuren suchen, solange noch welche da sind«, schlug Morales vor.

»Okay, stell ein Kommando zusammen. Ich besorge uns derweilen den erforderlichen Durchsuchungsbefehl.«

Nur eine Stunde später fielen 15 Beamte wie ein Rollkommando in die Urbanisation ein. Sie besetzten die Grundstücke von Ibarra und Delgado und begannen mit der Durchsuchung. Delgado war nicht anwesend und seine Frau unpässlich. Deshalb machte sich Ibarra zum empörten Sprecher für beide. Aber seine Schmähungen und Drohungen verhallten ohne Wirkung.

Ein Teil der Polizisten ging in die Häuser, um Akten zu sichern. Die anderen untersuchten unter Martíns Führung die Außenanlagen. »Schaut euch den Fuhrpark an. Fuentes könnte mit einem der Wagen nach Esperanza transportiert worden sein. Guckt also besonders in den Kofferräumen nach. Schaut genau hin, sicher ist der entsprechende Wagen gesäubert worden, wenn es ihn überhaupt gibt.«

Sie leuchteten die Wagen gehorsam mit einem Spezialstab aus, und schon im vierten Wagen wurden im Kofferraum schwarze Flecken sichtbar. Der Wagen sah ansonsten frisch gereinigt aus.

»Treffer! Das sind mit Sicherheit Blutspuren«, meinte einer der Beamten, und der Teniente wurde herbeigerufen.

»Nehmt eine Probe und lasst möglichst schnell einen Abgleich mit dem Blut von Fuentes vornehmen. Macht schnell, wir haben keine Zeit zu verlieren!«, ordnete Martín an. Er hatte zuvor gerade begonnen, mit drei Männern den Hof unter die Lupe zu nehmen. »Wenn Fuentes wirklich hier erschossen wurde, müssen wir irgendetwas finden. Er muss viel Blut verloren haben.«

Nirgendwo auf dem Terrain wurden sie fündig. Erst als sie die Seitenmauern absuchten, hatten sie Erfolg. Direkt neben der Schießscheibe war der Mauerputz aufgeplatzt. »Schrotkugeln«, kombinierte Martín fachmännisch.

Als er sich die Einschüsse ganz von Nahem ansah, wurde sein Atem kalt vor Erregung. »Ich glaube, da sind Hautfetzen und Haare mit den Kugeln in die Mauer geschlagen. Kommt mit der Speziallampe her«, schrie er über den Hof, und bald hatten sie Sicherheit. Sie schabten auch hiervon eine Probe ab, um im Labor einen Abgleich vorzunehmen.

»Mein nächster Ansprechpartner ist Ibarra«, schrie er und stürmte ins Innere des Hauses. Dort störte der Kaufmann die Beamten schimpfend beim Ausräumen der Unterlagen.

»Haben Sie ein Gewehr?«, fuhr Martín ihn unvermittelt an.

»Aber sicher, wir haben doch einen Schießstand«, antwortete Ibarra, ohne groß nachzudenken.

»Wo ist die Waffe?«

Diese Frage war dem Kaufmann unangenehm. Er wand sich etwas, bevor er zugab, dass sie unter seinem Bett lag. Der Teniente ließ sie holen. Er roch an ihrem Lauf und erkannte, dass sie seit längerem nicht benutzt worden war. Sie konnte nicht die Tatwaffe sein.

»Haben Sie noch weitere Waffen?«, bohrte er nach.

»Im Schrank beim Schießstand müsste noch die Flinte meines Schwagers stehen.«

»Haben Sie damit auch geschossen?«

»Wie sollte ich? Sie hat einen Schaft für Rechtshänder, und ich bin Linkshänder.«

Martín traf etwas wie ein Stromschlag. Jetzt musste er mit einmal, was er die ganze Zeit übersehen hatte. Ibarra hatte sich ihm gegenüber schon mehrmals als Linkshänder zu erkennen gegeben. Er hätte ihn längst von seiner Liste streichen müssen! Ihm war nun klar, wen er suchen musste. Den geheimnisvollen Unbekannten konnte er getrost vernachlässigen. Nun gab es für ihn kein Halten, Rosa Delgado konnte nicht geschont werden, er musste sie stören. Vielleicht konnte sie verraten, wo ihr Ehemann sich zurzeit aufhielt.

Sie war wirklich in einem erbärmlichen Zustand, als Martín sie antraf. »Der hat ja sonst nichts zu tun und ist bestimmt wieder bei seinem Flittchen«, brachte sie mühsam hervor. Der Teniente zählte eins und eins zusammen und wusste, wo er zu suchen hatte.

Auf der Fahrt nach Tacoronte hatte Martín die Adresse von Maria Ramos in Erfahrung gebracht. Sie wohnte auf der Hauptstraße, der Hausnummer zufolge gleich neben dem Laden. Als er am Laden vorbeifuhr, sah er, dass nur wenig weiter auf dem Seitenstreifen Delgados Pkw parkte. Er hatte also richtig gelegen.

Er setzte seinen Wagen direkt hinter den von Delgado und parkte ihn eng ein. Dann ging er auf das Haus zu. Nach der Beschriftung der Klingelknöpfe wohnten drei Parteien im Haus. Maria Ramos wohnte unter dem Dach. Der Teniente beschloss, die mittlere Klingel zu benutzen. Nach wenigen Sekunden wurde ihm geöffnet.

Er nahm zwei Stufen auf einmal und eilte die Treppe hinauf. Ein mittelalter Mann erwartete ihn an der halb geöffneten Eingangstür. Martín fingerte seinen Dienstausweis aus der Jacke und zeigte ihn dem Mann hin. Dabei hielt er sich einen Finger über die Lippen und deutete ihm an, ruhig zu bleiben.

»Ich will zu Maria Ramos«, flüsterte er. »Ich glaube, sie ist in Gefahr.«

Der Mann reagierte sofort: »Da haben Sie Glück, ich kann Ihnen helfen. Wir haben einen Schlüssel von ihr, und sie ist zu Hause, mit einem Mann, glaube ich.« Er sprach automatisch genauso leise wie der Teniente.

Der Schlüsselkasten hing direkt neben der Eingangstür, und er holte Marias Schlüssel hervor.

Martín nahm ihn aus seiner Hand entgegen, grüßte dankend mit der anderen und war schon wieder auf dem Sprung. Oben angelangt war er atemlos.

So eine Hetze war er nicht mehr gewohnt. Er merkte bei solchen Anstrengungen immer noch die vielen Zigaretten, die er früher geraucht hatte. Er war froh, vor der Tür einhalten zu müssen, um zu lauschen, ob sich dahinter etwas tat. In dieser Zeitspanne kam sein Atem langsam wieder zur Ruhe. Er hörte nur absolute Stille, einfach nichts.

Das konnte Schlimmes bedeuten! Geräuschlos steckte er den Schlüssel ins Schloss und drehte ihn um. Die Tür ging ganz leicht auf. Vorsichtig öffnete er sie. Im Flur war niemand. Hinter der Tür des ersten Zimmers hörte er Geräusche. Dorthin musste er.

Er zog seine Pistole aus dem Halfter und stieß die Tür auf. Maria Ramos lag gekrümmt auf dem Fußboden und Delgado kniete vor ihr. Verdutzt drehte der sich um und schaute Martín fassungslos an.

Der Teniente richtete die Pistole auf ihn und brüllte: »Weg von der Frau!« Delgado verharrte einen Moment, dann folgte er dem Befehl wortlos.

Martín war schon bei ihm. Eine Handfessel schnappte auf und schloss sich um Delgados rechtes Handgelenk. Der Teniente sah sich um, dann prüfte er die Festigkeit eines Heizungsrohres an der Wand und war mit ihr zufrieden. Er hakte den Bauunternehmer mit der anderen Schelle daran fest. Eilig durchsuchte er ihn nach Waffen. Zu seiner Erleichterung fand er nichts.

Sofort wandte er sich der bewusstlosen Maria Ramos zu. Er fühlte an ihren Hals und war froh, dass es pulsierte. Sie lebte, Gott sei Dank! Er griff in seine Jackentasche und holte das Handy hervor.

Er drückte die Nummer des Notarztes. Der Stimme, die sich meldete, nannte er seinen Namen, seinen Dienstrang und die Adresse. »Hier liegt eine bewusstlose Frau. Die Ursache ist mir unbekannt, aber es ist eine Straftat zu vermuten. Bitte kommen Sie schnell«, erklärte er rasch.

Er drückte auf Unterbrechung und rief seine Dienststelle an. Er orderte einen Wagen, dann nahm er sich endlich wieder Zeit für Delgado.

Der hatte sein Tun die ganze Zeit wortlos verfolgt. Als er nun sah, dass der Kommissar ihm wieder Beachtung schenkte, meldete er sich voller Resignation in der Stimme zu Wort: »Nun, dann ist wohl alles vorbei.« Seine Schultern sackten nach unten, als wollte er sich geschlagen geben.

»Nun dann«, griff Martín seine Worte auf, »beginnen Sie mal mit der Beichte.«

Er legte seinen Kopf leicht schief auf seine rechte Hand, fast wie ein Beichtvater und sah den Gefesselten abwartend an. In dessen Augen sah er keine Reue, kein Schuldgefühl. Und genauso begann auch sein Geständnis:

»Wir gehören zu den ersten Familien im Ort. Dass dies so bliebe, war für mich Lebenszweck. Dagegen stand dieser alte Deutsche. Mit seinem Hinzögern des Grundstückgeschäftes brachte er unsere Familien an den Rand des Ruins. Er war alt und allein. Was konnte mich da sein Leben scheren? Ich war mir außerdem sicher, den Verdacht auf einen Einbrecher lenken zu können. Es sah ja auch so aus, als würde das gelingen. Unser aller Schicksal war jedenfalls viel mehr wert als seins! Da habe ich es eben getan. Ich habe es für unsere Familien getan, auch wenn es mir nun keiner lohnen wird.« Ein trotziges Schweigen setzte ein.

Martín war erschüttert über soviel Gefühlskälte und Arroganz. »Es musste Ihnen doch klar sein, dass Ihre Tat irgendwie ans Tageslicht kommen würde«, sagte er fassungslos.

»Nein, das musste nicht sein«, antwortete ihm Delgado voller Überzeugung. »Ich konnte ja nicht ahnen, dass man mir einen Schnüffler wie Sie in den Pelz setzen würde, der auch den Mörder in den höchsten Familien der Stadt suchte. Mit Teniente Morales wäre das nicht passiert!«

»Unterschätzen Sie Morales nicht. Er hat mir bei der

Aufklärung des Falles sehr geholfen«, fuhr ihm Martín über den Mund. »Aber warum haben Sie weiter gemordet? Warum musste Marco Fuentes sterben?«

»Ich bin keiner, der auf halbem Weg aufhört, wenn es noch eine Chance gibt«, erklärte Delgado großspurig.

»Der Junge hatte ein Gespräch zwischen mir und Maria belauscht. Er hatte dabei zu viel gehört und glaubte mich erpressen zu können. Nicht mit mir! Er musste weg, basta! Ich habe getan, als würde ich auf ihn eingehen. Ich habe ihn für die Nacht zu uns runter auf den Hof bestellt. Ich wollte ihn in Sicherheit wiegen. Ich habe gewartet, bis er im Dunkeln die Schießanlage kreuzte. Ich habe gezielt und abgedrückt. Ich glaube, er war sofort tot.«

›Ich, ich, ich‹, dachte Martín verbittert. Doch Delgado fuhr schon wieder fort:

»Ich kenne den Esperanzawald wie meine Westentasche von der Karnickeljagd. Ich habe Fuentes' Leiche mit meinem Pickup dorthin gefahren. Hinter dem Waldweg geht der alte Steinbruch ab. Er ist seit langem stillgelegt. Dort wollte ich den Toten auf Nimmerwiedersehen hinabstürzen. Leider verfing er sich auf halber Höhe an einer Felsnase im Buschwerk. Ich habe mich entschieden, ihn einfach dort liegenzulassen. Die Gegend ist sehr einsam, selbst Holzsucher gehen kaum bis zum Rand des Steinbruchs. Dass die auch dort Unrat aufsammeln würden, habe ich nicht vorhergesehen. Das war einfach Pech«, schloss er schulterzuckend.

Seine Miene zeigte wieder keinerlei Anzeichen von Reue, konstatierte Martín. »Seines Todes hätte es doch gar nicht bedurft«, belehrte Martín Delgado. »Irgendwann hätte Sie Maria Ramos verpfiffen.«

»Darum bin ich hier«, antwortete Delgado regungslos. »Einen Schritt nach dem anderen«, lachte der bitter.

»Was haben Sie mit ihr gemacht?«, wollte Martín nun wissen und deutete zu Maria hin.

»K.O.-Tropfen, der Stoff heißt Gamma-Hydroxybuttersäure. Zweieinhalb Milliliter reichen aus, um einen Menschen schachmatt zu setzen. Farb- und geruchlos ist er und passt in jeden Drink, ohne dass man es merkt. Er ist nicht nachzuweisen«, grinste er schmierig.

»Dann hat er Ihnen bei Ihren Weibergeschichten sicher schon gute Dienste geleistet«, erwiderte Martín wütend über so viel Schamlosigkeit.

»Was soll diese spießige Sicht der Dinge? Wenn ich so etwas tue, dann verschaffe ich den Frauen Glück und Erfüllung. Man sollte mir danken und mich nicht verteufeln.«

Martín wusste nicht, was er dazu sagen sollte. »Geht von dem Zeug Gefahr aus?«, fragte er stattdessen.

»Nicht in dieser Dosierung«, klang es fast entrüstet zurück.

Martín atmete erleichtert durch. Er sah sich im Raum um und entdeckte auf dem Couchtisch eine merkwürdige Box.

»Und wofür ist die gut, oder besser gesagt schlecht?«, verhörte er Delgado weiter.

»Das ist eine Kühlbox mit Trockeneis. Wir verwenden es manchmal auf dem Bau. Aber hier hatte es natürlich eine andere Bewandtnis.« Delgados Stimme zeigte unverhohlen Stolz über den teuflischen Plan, den er ausführen wollte:

»Trockeneis ist in Wasser aufgelöstes und circa minus 78 Grad tiefgefrorenes Kohlendioxid. Stellt man es in einer offenen Kühlbox in einen geschlossenen Raum, so verwandelt es sich zurück in Gas. Das ist schwerer als die Luft im Raum und setzt sich darunter. Liegt ein Mensch, wie Maria es sollte, schlafend in dieser Schicht, so kommt er bald in Atemnot, die in der anschließenden Phase zum Erstickungstod führt. Mit der Eingabe der Tropfen hatte ich die Sicherheit, dass Maria vorher nicht aufwachen würde. Am Leichnam wären übrigens später keine Verletzungsspuren zu entdecken gewesen. Auch Sie hätten nichts gefunden, Teniente«, sagte er hämisch.

Er hatte alles mit einem fachmännisch unterkühlten Ton vorgetragen, wie ein Produktionsleiter, der darlegt, warum eine vollautomatische Produktionsstraße ins Stocken geraten war.

»Was haben Sie nur für ein krankes Hirn«, flüsterte der Teniente fassungslos und schüttelte ungläubig den Kopf. Das Eintreffen seiner Kollegen und des Notarztes hinderten ihn daran, noch handgreiflich zu werden. Er würdigte den Mörder keines Blickes mehr, gab nur noch kurze Erklärungen ab und verließ völlig erschöpft den Raum.

Erst auf der Rückfahrt wurde ihm bewusst, dass der Fall gelöst war. Etwas Schweres, fast so gewichtig wie eine Bleiplatte, fiel von ihm ab!

ENDE

Epilog

San Andrés, das Fest der Kastanien und des neuen Weins, wurde wie jedes Jahr am Abend des 29. November, dem Vorabend des Sankt-Andreas-Tages gefeiert.

Das Fest setzte dem Spätsommer auf Teneriffa ein symbolisches Ende und läutete den Herbst und den Winter ein. Martín hatte seinen Vorsatz eingelöst: Der Fall Erwin Stein war zu diesem Zeitpunkt mit viel Anerkennung geklärt. Wo immer es passte, lobte Martín die große Hilfe, die Teniente Morales bei der Lösung des Falles gewesen war. Der blühte sichtlich auf, gewann seine alte Selbstsicherheit wieder und hatte bald das Renommée von zuvor. Er war erleichtert, denn er wollte nicht als »Sesselfurzer« enden!

In den Bodegas wurden die Fässer mit dem neuen Wein angestochen. Familien und Freunde trafen sich zum fröhlichen Feiern bei Röstkastanien und neuem Wein. Einige Familien waren dieses Jahr nicht dabei.

Aber Ramón Martín und Teresa Zafón feierten wacker mit. Sie taten es in Icod, in der gemütlichen Weinschenke der Bodega Cueva del Rey.

In dieser Stadt gehörte eine spaßige Tradition zu diesem Festtag: das Straßenrodeln. Schon Tage vorher waren die Tablas, Bretter aus altem Tea-Holz der kanarischen Kiefern geschliffen und poliert worden, damit sie am 29. November astrein über das Straßenpflaster flitzen konnten.

»*Correr las tablas*« nannte sich der nicht ungefährliche Volkssport des Straßenrodelns. In halsbrecherischem Tempo rasten die Mutigsten auf ihren Schlitten eine der steilsten

Straßen Icods hinab, um unten angekommen unsanft aber stolz in einem Haufen alter Autoreifen zu landen.

Teresa und Ramón waren begeisterte Zuschauer. Mit Riesenvergnügen beklatschten sie auch die Kinder, die mit Schlangen aus Blechdosen durch die Straßen zogen und für ohrenbetäubenden Lärm sorgten. Mit dieser Geräuschkulisse wurde das Rollen der Weinfässer zum Strand nachgeahmt. Die wurden nämlich noch bis vor wenigen Jahrzehnten im Meer für den neuen Wein mit Salzwasser gereinigt.

Die ungewöhnlichen Ereignisse in Santa Úrsula entwickelten Langzeitwirkung: Der Bürgermeister Pablo Arvelo konnte den Geruch von Vetternwirtschaft nie mehr ganz abstreifen. Er wurde bei der nächsten Wahl abgewählt. Delgado hatte ihn in seinen Aussagen nicht geschont: »Wenn ich untergehe, gehen alle anderen mit!«

Ibarra verlor alles außer seinem Leben. Er verschwand von der Insel und wurde von seinen Verfolgern wohl nie gefunden. Seine Frau Rosa wurde zur ungeliebten Last ihrer Kinder. Dort versuchten die Schuldeneintreiber ihr Glück, doch es war nichts zu holen. Mit dem finanziellen Ende der alten Eignerfamilien verflog über der Urbanisation Lomo Román endgültig der letzte Hauch feudaler »Grundstücksbaronie«.

Frau Delgado verfiel ganz ihren Süchten. Die labilen Schaltungen in ihrem Hirn wurden immer fehlerhafter. In einer geschlossenen Heilanstalt registrierte sie nicht einmal mehr, dass alle ihre Zukunftsängste Wirklichkeit geworden waren.

Die Ehe der López‘ überstand die Schmach der gesellschaftlichen Ächtung nicht. Frau López und die Kinder zogen sich in das gutbürgerliche Leben ihres Elternhauses zurück. Sie lebte dort wie eine Witwe, ohne Lust auf einen neuen Mann und wartete auf das Erbe.

Maria Ramos heiratete einen Hilfsarbeiter und führte ein stumpfes Leben weit unter ihrer »Traumgrenze«.

Mercedes Alonso bekam einen gesunden Sohn. Sie nannte ihn Afortunado, der Glückliche. Das war Name und Omen zugleich. Mercedes erhielt eine Anstellung bei Familie Hofmann, die sie fast wie die Tochter des Hauses behandelte. Sie gewann ihrem Leben bald wieder Sonnenseiten ab.

Teniente Martíns Verhältnis zu Dr. Teresa Zafón blieb offen. Ein weiteres Mal trafen sich die beiden im bekannten Restaurant eines Belgiers in Puerto. Ramón Martín hatte sich an einen Satz von Teresa erinnert und ihn beherzigt: »Ich liebe Schokolade, schwarze Schokolade!« Entsprechend hatte er ein Menü zusammengestellt: in Kakaobutter sautierte Jacobsmuscheln, Seebarbenfilet mit Champignon Carpaccio an Nuss-Parmesan-Salat mit Kakaopulver, Bressetaube mit Keksen von Kakaokernen und einer Sauce aus schwarzer Schokolade. Als Dessert wählte er eine Schokoladen-Nuss-Torte mit einem Sorbet aus weißer Schokolade!

Zum *Cortado* gab es eine Tequila-Praline. In einer Pipette wurden einige Tropfen des berühmten Agaven-Schnapses gereicht. »Man spritzt sich die Flüssigkeit direkt in den Mund, auf die herrliche Schokoladenpraline, die dort schon wartet«, erklärte ihnen der Ober. »Wenn Ihnen das zu süß ist, nehmen Sie bitte einige Krümel Salz auf die Praline!«

Teresa genoss das Essen, sagte es Ramón allerdings mit Untertönen: »Mein Gott, du bist wirklich ein Perfektionist«, lobte sie ihn für die Zusammenstellung des Menüs.

Sein Gesicht spiegelte Freude wider. »Dagegen ist doch hoffentlich nichts zu sagen, auch nicht berufsbedingt«, fragte er dann vorsichtig nach.

»Leider doch, es ist durchaus problematisch, wenn jemand durch und durch perfekt sein will. Du lebst nach der Devise, alles oder nichts! Läuft es suboptimal, ist es nichts wert, und das passiert immer wieder einmal. Wer so lebt, kann nicht glücklich werden. Jeder macht mal Fehler, und das macht das Leben sogar interessanter.«

Ein pikiertes Schweigen trat ein, dann erwiderte Martín trotzig: »Aber man sagt doch, ein jeder ist seines Glückes Schmied.«

Diese uneinsichtige Antwort ließ Teresa weiter mit ihm ins Gericht gehen: »Du wirkst auf mich, als wolltest du deine Ecken und Kanten verbergen. Die muss ich aber kennen, wenn wir uns wirklich näher kommen wollen«, legte sie ihm ans Herz.

Er reagierte irritiert: »Aha, Freudsche Psychoanalyse! Soll ich mich auf die Couch legen?«, fragte er bissig.

Er konnte sich diese scharfzüngige Bemerkung nicht verkneifen, und völlig unbeabsichtigt brach er damit die eingetretene Spannung zwischen ihnen.

Teresa lachte herzlich auf. Aber sie blieb trotz allem bei gebremstem Charme: »Ein Ypsilon-Chromosom hat nur der Mann. Es steht nach neuesten wissenschaftlichen Erkenntnissen nicht für den bevorstehenden Untergang des starken Geschlechts. Es ist vielmehr der Teil des Genoms, der sich am schnellsten verändert. Ich kann dir also Mut machen, ihr Männer werdet für uns auf Dauer wichtig bleiben!«

Martíns Tonfall wurde spöttisch: »Oha, dann bleibt mir ja doch noch ein Quäntchen Hoffnung, vom lästigen Stein in deinem Schuh zu einem Felsen zu mutieren, an den du dich anlehnen kannst.« Kaum hatte er mit dieser Nettigkeit Boden gut gemacht, legte er wieder den Rückwärtsgang ein: »Du könntest auch gut Neuropathologin sein, so sicher, wie du mich sezierst!«

»Das Beste liegt nie hinter uns, sondern immer vor uns«, sagte sie zu ihm am Ende des Abends und gab ihm einen Kuss. Dieser Satz barg Hoffnung für ihn…

Personenverzeichnis:

Agmour, Ali, alias Machoud, Bootflüchtling aus Afrika
Agmour, Turia, alias Machoud, Alis Ehefrau
Arvelo, Pablo, Bürgermeister von Santa Úrsula
Ana, die Sekretärin des Kommissars
Alonso, Mercedes, junge Frau aus Santa Úrsula
Alonso, Alberto, Bauarbeiter, Bruder von Mercedes
Barroso, Marina, Schönheitskönigin beim Santa-Úrsula-Fest
Bonito, Yorkshire-Terrier von Familie Ibarra
Bogen, Sepp und Ursula, Residenten in der Urbanisation Lomo Román
Corina, junge Frau aus Victoria, Angebetete zweier Männer aus Icod
Don José, Pater in Santa Úrsula
Don Pedro, Restaurantbesitzer in Puerto
Falcón, Francisco, Bankrevisor
Fuentes, Marco, Bauarbeiter
Gómez, José, Polizeibeamter in Icod
Hofmann, Roswitha und Werner, Residenten in der Urbanisation Lomo Román, Ehepaar aus Köln
Ibarra, Carmen, Ehefrau von Roberto
Ibarra, Roberto, Grundbesitzer in Santa Úrsula
López, Iván, Bankdirektor
Delgado, Fernando, Bauträger, Schwager von Roberto Ibarra
Delgado, Rosa, Ehefrau von Fernando
Martín, Emilia, verstorbene Ehefrau des Polizeiinspektors
Martín, Ramón, Polizeiinspektor in Puerto
Mendoza, Doktor, Polizeiarzt
Morales, Vicente, Polizeiinspektor
Moritz, Kater von Erwin Stein
Neli, Mädchen aus La Victoria
Ramos, Maria, Kassiererin, Geliebte von Fernando Delgado
Sánchez, Diego, Bauarbeiter
Smith, John, Pädophiler aus Los Cristianos
Stein, Erwin, Residenter in der Urbanisation Lomo Román, Witwer aus Hamburg
Stein, Elisabeth, ältere Schwester von Erwin Stein
Torres, Javier, Polizeichef von Puerto
Vegas, Maria, Schwester von Antonio Vegas aus Icod
Vegas, Antonio, Bürger aus Icod
Zafón, Dr. Teresa, Psychologin

Lesen Sie auch:

Das Drachenbaum-Amulett

Der Krimi-Erstling von Volker Himmelseher

Auf Teneriffa ereignen sich rätselhafte Serienmorde, vor denen auch Touristen nicht verschont bleiben. Am Tatort bleibt jedes Mal ein kleines Drachenbaum-Amulett zurück: Indiz für eine Opferweihe? Kriminalpsychologin Dr. Teresa Zafón zeichnet das Profil eines Ritualmörders, der schon bald wieder zuschlagen wird... Die Spur der Ermittler führt in den Souvenir-Großhandel.

Zech Verlag, Teneriffa 2010
ISBN 978-84-934857-8-8

Krimi

Tod am Teide

Kanaren-Krimi von Irene Börjes

Lisa Sommer ist frischgebackene Reiseleiterin. Als sie am Flughafen von Teneriffa ihre erste Wandergruppe in Empfang nimmt, fällt ihr der Starfußballer vom Verein Real Madrid tödlich getroffen vor die Füße. Die Reisegruppe entwickelt detektivischen Ehrgeiz...

Kein leichter Job für Lisa, die sich wacker bemüht, ihren munteren Trupp durch die Landschaften Teneriffas zu führen, viele Spuren deuten auf einen Zusammenhang mit traditionellen Inselbräuchen...

Zech Verlag, Teneriffa 2006
ISBN 978-84-934857-0-2

Krimi

Lesen Sie auch:

Harraga

Im Netz der Menschenhändler
Politischer Kriminalroman von Antonio Lozano

Flüchtlingsdrama an der Meerenge von Gibraltar: Korruption, Menschenhandel, Mord, Verzweiflung. Antonio Lozano schildert in diesem Roman hautnah eine menschliche Tragödie, wie sie sich täglich hundertfach an den Grenzen der »Festung Europa« abspielt:

Khalid, ein junger Kellner aus der Medina von Tanger, träumt von einem besseren Leben in Europa. Über einen marokkanischen Landsmann kommt er nach Granada. Gefangen zwischen den Erwartungen seiner armen Familie und seinem neuen Leben im vermeintlichen Paradies, steht er bald in einer tödlichen Sackgasse...

Antonio Lozano (geb. 1956 in Tanger, Marokko) schreibt politische und Kriminalromane. Lehrer und Übersetzer für die französische Sprache. Sein Erstlingsroman Harraga wurde u.a. mit dem Premio Novelpol 2003 als bester Krimi in Spanien ausgezeichnet.

Übersetzung aus dem Spanischen von Dorothee Leipoldt
Zech Verlag, Teneriffa 2011, ISBN 978-84-938151-1-0

Deutsche Erstausgabe

Tödlicher Abgrund

Kriminalgeschichten von Karl Brodhäcker

»Das Thermometer kletterte in die Höhe. Tobias wischte sich den Schweiß von der Stirn. Wolkenloser blauer Himmel wölbte sich über die Berggipfel und kündete für den Süden Gran Canarias wieder einen heißen Tag an. Da näherten sich zwei Pkw mit hoher Geschwindigkeit auf der kurvenreichen, schmalen und steilen Straße von Fataga her. Tobias schüttelte den Kopf über so viel Leichtsinn. Ob da zwei Fahrer bei einer Wettfahrt ihre Kräfte messen wollten...?«

Zech Verlag, Teneriffa 2009
ISBN 978-84-934857-5-7

Krimi

Der Vulkanteufel

Kanaren-Thriller von Harald Braem

Harald Braems fantastische Geschichte spielt auf der kanarischen Insel La Palma. Unvermittelt bricht Unheimliches in das Gleichmaß des Pauschaltourismus ein und führt uns an magische Orte, zu dunklen Ritualen im Schatten mächtiger Vulkane.

Der Vulkanteufel, mitreißend wie ein Thriller, lässt Gegenwart und Vergangenheit zu einer eigenen Wirklichkeit verschmelzen. Gleichzeitig wirft der Roman ein Schlaglicht auf die Probleme unserer Zeit.

Zech Verlag, Teneriffa 2010
ISBN 978-84-934857-2-6

Thriller

Sodom und Gomera

Kriminalroman, von Mani Beckmann

Als Ute nach vielen Jahren eine Postkarte von ihrer Zwillingsschwester von den Kanaren erhält, spürt sie sofort, dass sich dahinter ein verzweifelter Hilferuf verbirgt. Sie reist nach Gomera, um ihre Schwester zu suchen. Es soll eine Reise in tragische Verstrickungen und in das Reich einer gefährlichen Sekte werden...

»Launig erzählt Mani Beckmann einen Urlaubskrimi der heiteren Art. Trefflich schaut er dieser eigentümlichen Klasse von Urlaubern aufs Maul.« (Diabolo, Oldenburg)

Zech Verlag, Teneriffa 2009
ISBN 978-84-934857-7-1

Krimi

Tanausú

König der Guanchen Roman von Harald Braem

Während Kolumbus sich aufmacht, Amerika zu entdecken, will der Spanier Alonso de Lugo La Palma erobern, die einzige Kanaren-Insel neben Teneriffa, die noch nicht den Katholischen Königen unterworfen ist.

»Kompliment! So kann man den Menschen Geschichte näher bringen!« *(Offenbach Post)*

Zech Verlag, Teneriffa 2003
ISBN 978-84-933108-0-6

Der König von Taoro von Horst Uden

»Ein Werk, an dem niemand achtlos vorbei geht.« *(Francisco. P. Montes de Oca García (†), Historiker des kanarischen Archipels)*

Zech Verlag, Teneriffa 2001
ISBN 978-84-933108-4-4

Historische Romane

Unter dem Drachenbaum

Kanarische Legenden Von Horst Uden

Um die »Glücklichen Inseln« ranken sich zahlreiche Sagen und Legenden. Horst Uden hat den kanarischen Archipel in den 1930-er Jahren besucht und Erzählungen von allen Inseln aufgezeichnet. Er schildert Märchen und Mythen, Piratenabenteuer, Liebesgeschichten, Volksweisheiten, Anekdoten.

Zech Verlag, Teneriffa 2007
ISBN 978-84-933108-2-0

Legenden · Geschichte

Galerie der kanarischen Volksbräuche

Naive Malerei von Ángeles Violán

Die schönsten kanarischen Traditionen im Spiegel der naiven Malerei von Ángeles Violán. Szenen von schlichter Schönheit und glaubwürdiger Kulturinformation. Mit Texten von Rafael Arozarena (Kanarischer Literaturpreis).

Gebundene Ausgabe, farbig illustriert mit 45 Bildern, Zech Verlag, Teneriffa 2006

978-84-933108-9-9 (deutsch)
978-84-933108-8-2 (english)

Kunst · Brauchtum

Der Inseltraum

Story einer Aussteigerin, von Marga Lemmer

1967. Die deutsche Frauenbewegung steckt noch in den Kinderschuhen, als Marianne Vocke sich entschließt, nach Teneriffa auszuwandern und noch einmal von vorn anzufangen.

Marianne hat den Inseltraum, der oft zum Alptraum geriet, mit allen Konsequenzen gelebt...

Die Geschichte einer Aussteigerin: ehrlich – ungeschminkt – lebensnah

Zech Verlag, Teneriffa 2008
ISBN 978-84-934857-4-0

Frauen · Auswandern

Gefühle inklusive

Urlaubslieben und was aus ihnen wurde, von Andrea Micus

Fast jede Frau hat sich schon einmal im Urlaub verliebt, manche legen es sogar Jahr für Jahr darauf an. Was macht Pablo, den einheimischen Fischer aus Teneriffa, so viel attraktiver als Peter, den Angestellten aus Gelsenkirchen? Und was wird nach dem Sommer aus den romantischen Gefühlen? Nicht alle Urlaubsflirts enden als Strohfeuer, einige münden durchaus in dauerhafte Beziehungen oder Ehen... Andrea Micus erzählt die Geschichten von neun Frauen, die diesen Sprung gewagt haben.

Zech Verlag, Teneriffa 2010
ISBN 978-84-938151-0-3

Frauen · Auswandern

Auf den Spuren der Ureinwohner

Ein archäologischer Reiseführer, von Harald Braem

Spannende Entdeckungstouren auf Teneriffa, Gran Canaria, La Palma, La Gomera, El Hierro, Lanzarote, Fuerteventura. Der bekannte Buch- und Filmautor Harald Braem forscht seit 25 Jahren auf den Kanaren. Folgen Sie ihm auf den Spuren der Ureinwohner zu Kultplätzen, Höhlen, Pyramiden und zu rätselhaften Zeichen einer geheimnisvollen, versunkenen Kultur...

Museen, praktische Tipps, Literaturhinweise. Mit zahlreichen Illustrationen.

Zech Verlag, Teneriffa 2008
ISBN 978-84-934857-3-3

Sachbuch · Geschichte

Alexander von Humboldt

Seine Woche auf Teneriffa 1799, von Alfred Gebauer

Alexander von Humboldts erste Station zu Beginn seiner fünfjährigen Forschungsreise nach Südamerika war die Insel Teneriffa. Er bestieg den Vulkan Teide und maß dessen Höhe mit außerordentlicher Genauigkeit, studierte die Insel in geologischer, botanischer, astronomischer Hinsicht und entwickelte seine Wissenschaft von der Pflanzengeographie.

Originaltexte und Zeichnungen aus Humboldts historischem Reisebericht. Zahlreiche Illustrationen und Erläuterungen zur Natur und Geschichte Teneriffas. Vorwort von Ottmar Ette

Zech Verlag, Teneriffa 2009
ISBN 978-84-934857-6-4

Sachbuch · Geschichte

Spanisch im Alltag

Ein praktischer Sprachführer von Luis Ramos

Mit diesem praktischen Sprachführer findet sich der Spanisch-Anfänger schnell am Urlaubsort zurecht, sei es im Taxi, an der Rezeption, am Post- oder Bankschalter, bei Freunden zu Hause und in vielen anderen Alltagssituationen.

Über 500 Redewendungen, Vokabeln und praktische Tipps. Illustriert von Karin Tauer.

Zech Verlag, Teneriffa 2007
ISBN 978-84-934857-1-9

Sachbuch · Sprachen

Lesen Sie auch:

Harraga
Novela negra, de Antonio Lozano
Zech 2011, ISBN
978-84-938151-2-7

Bajo el drago
Leyendas de las islas Canarias, de Horst Uden, Zech 2010
ISBN 978-84-933108-3-7

El rey de Taoro
Novela histórica de la conquista de Tenerife, de Horst Uden, Zech 2004, ISBN 978-84-933108-1-6

Tanausú, rey de los guanches
Novela de Harald Braem, Zech 2005, ISBN 978-84-933108-5-9

Tras las huellas de los aborígenes
Guía arqueológica de Canarias, de Harald Braem, Zech 2010,
ISBN 978-84-934857-9-5

Guía naïf de costumbres canarias
De Ángeles Violán y Rafael Arozarena, Zech 2006
ISBN 978-84-933108-8-6

El salvaje gentilhombre de Tenerife. La singular historia...
De Roberto Zapperi, Zech 2006
ISBN 978-84-933108-7-5

In Spanisch

Bestellungen / Pedidos / Orders:

Zech Verlag · Carretera Vieja, 40 · E-38390 Santa Úrsula
Tlf./Fax: (+34) 922-302596 · E-Mail: info@zech-verlag.com
Internet: www.zech-verlag.com